お葉の医心帖

わかれの冬牡丹

有馬美季子

目次

第一章　菊花の想い

一

爽《さわ》やかな風に乗り、どこからか金木犀《きんもくせい》の香りが漂ってくる。

薬種問屋〈梅光堂《ばいこうどう》〉からの帰り道、お葉《よう》は包みを大切に抱えながら、目を上げた。

文政《ぶんせい》七年（一八二四）。長月（九月）の空は澄み、綿のような雲が浮かんでいる。

ヒヨドリの愛らしいさえずりが聞こえてきて、お葉は笑みを浮かべた。

木漏れ日が揺れる、穏やかな秋の景色を眺めながら、改めて思う。

――生きていて、本当によかった。

ちょうど一年前のこの時季に、お葉は自ら命を絶とうとしたのだ。

両親を痢病（赤痢）で亡くした後、奉公先で酷《ひど》い虐《いじ》めに遭い、絶望の果てに川に身を投げたところを、町医者である道庵《どうあん》に助けられた。

人を信じられなくなっていたお葉は、助けてくれた道庵に対しても初めは心を開けずにいた。だが、道庵の治療を受け、彼のもとで過ごすうちに、躰《からだ》も心も健やかになっていった。

行き場がなかったお葉は、診療所にそのまま留《とど》まり、道庵の仕事を手伝うようになった。医術の知識など皆無で、漢字の読み書きも不確かだったお葉は、初めは失敗ばかりで、よく叱られたものだ。けれども、道庵の医の心を知るにつれ、人を病から救う仕事に遣《や》り甲斐《がい》を覚えるようになっていった。

亡き父親は植木職人だったので、お葉も小さい頃から草花を愛《め》でていた。それらから採れる生薬を扱う仕事に、いつしか夢中になっていたのだ。

患者と向き合うことは、時に辛《つら》くもあるが、自分の手当てで彼らが治っていく姿を見るのは、お葉にとって何よりも嬉《うれ》しかった。

奉公先で虐められたことの傷も、今では治りつつある。お葉を苦しめた張本人であるお内儀の治療に、真っすぐに向き合ったからだ。そのような者を手当てすることは、やはり葛藤《かっとう》があった。だがお葉は、道庵や仲間たちから学んだ医の心をもって、懸命に取り組んだ。

自分を傷つけた者をしっかりと手当てすることで、お葉は自分の傷も、自ら治していったのだ。心の傷はだいぶ塞《ふさ》がったが、傷跡は残ってもいいと、お葉は思っている。

その傷跡こそが、自分が生きてきた証《あかし》であり、これからの人生にも働きかけてくれるであろうと、分かっているからだ。

お葉は自分に傷跡があるからこそ、人の傷の痛みが分かる。だから、どうにか癒《いや》してあげたいと、いっそう手当てに力が入るのだ。それゆえお葉は、ひたすら熱心に仕事に打ち込むことができるのだが、それは医術を志す者にとっては幸いだろう。

――病や、それに伴う悲しみや苦しみから、多くの人たちを救って差し上げたい。

道庵の仕事を手伝うようになって、十一月（十一ヵ月）が経った。お葉は、日々、そのような思いを強めている。道庵のように、強く優しい心を、持ち始めているのかもしれなかった。

診療所に着くと、お葉は格子戸を開け、澄んだ声を出した。

「ただいま戻りました」

すると道庵が診療部屋から首を伸ばし、笑顔を見せた。

「おう、ご苦労さん」

咳《せき》が聞こえてきて、中に患者がいると分かる。お葉は道庵に笑みを返し、急いで上《あ》がり框《がまち》を踏んだ。

道庵の診療所は神田須田町《かんだすだちょう》二丁目にあり、近くには菓子屋、八百屋、料理屋、塩問屋、油問屋、仏具屋、古着屋、湯屋、髪結い床、絵草紙屋などが軒を並べている。すぐ傍に神田川が流れていて、大きな火除御用地もあり、昌平《しょうへい》橋の前には八《や》ッ小路《こうじ》がある。

八ッ小路とは、中山道《なかせんどう》など八つの道が集まる交通の要衝ゆえ、そう呼ばれる。つまりはこのあたりは、人通りも多く、賑《にぎ》わっているところなのだ。

道庵は齢《よわい》五十八の男やもめ。ぶっきら棒で、口調は医者らしからぬ、べらんめえ。いつも怒ったような顔をしているが、《病は患者の心を見て治す》が信条で、根は優しく、親身になって患者を診る。そのような道庵を慕う者は多く、診療所を訪れる患者は後を絶たない。道庵は、この神田のあたりでは情に厚い腕利きの医者として知られていた。

土間を上がれば診療部屋なのだが、衝立《ついたて》を並べて、中が見えないように区切っている。

お葉が薬の包みを持って入ると、道庵は患者を診ていた。近くの長屋に住む、元左官屋で今は隠居している亥五郎《いごろう》だ。亥五郎は痰《たん》が絡むような咳をしている。

道庵は眼鏡をかけ直しながら、亥五郎に言った。

「風邪の引き始めだが、用心に越したことはねえ。躰を休めて、ゆっくりしろ。そして滋養のあるものを食って、この薬を飲んでりゃ治るぜ。酒は、ほどほどにな」

「先生、いつもありがとうございます」

道庵に薬の包みを差し出され、亥五郎は鼻水を啜《すす》りながら頭を下げる。包みには道庵の字で、小青竜湯《しょうせいりゅうとう》、と書かれてあった。

お葉は亥五郎を見送り、診療部屋へ戻ると、道庵に確かめた。

「先ほどのお薬は、水のような鼻水や痰や、くしゃみや咳に効き目があるんですよね」

「そうだ。だがな、躰が弱り過ぎている者は、飲むのは気をつけたほうがいい。体力がほどほどにある者に用いる」

お葉は肩を竦《すく》めた。

「ひとえに風邪薬と言っても、いろいろな種類があって覚えるのがたいへんです」

「いや、なかなかよく覚えているぜ。お葉、頼もしくなってきたな」

道庵に褒められ、お葉は含羞《はにか》んだ。

漢方薬の処方には、陰陽、虚実というものが関わってくる。ともに患者の体質を表すのだが、陰陽においては、寒さに支配されている体質を〝陰〟と呼び、熱に支配されている体質を〝陽〟と呼ぶ。

虚実においては、体力がなく病に対する抵抗力が弱い体質を〝虚〟と呼び、体力があり病に対する抵抗が強い体質を〝実〟と呼ぶ。また、そのどちらともいえない中間の体質は、〝虚実間《きょじつかん》〟と呼ばれる。

医者は患者を診ながら、その体質が、陰陽のどちらであるか、虚実あるいは虚実間のいずれであるかを判断し、最も適切な薬を処方しなければならない。

小青竜湯は、陽で虚実間の体質の者に処方される。風邪の引き始めに用いられる薬には、ほかに麻黄湯《まおうとう》や葛根湯《かっこんとう》があるが、これらは体力がある者に適している。特に、強い薬である麻黄湯は、年配者などが飲むには注意が必要なのだ。

風邪薬といっても、患者の体質や年齢を考えて選ばなければならない。お葉は頭を悩ませながら、それを一つ一つ覚えていくのだった。

少しして、道庵は往診へといき、お葉が留守番することになった。道庵は大抵お葉を往診に連れていくのだが、患者が性病に罹《かか》っていたりすると独りでいくことがある。お葉にはまだ、そのような手当てはさせたくないのだろう。

お葉は、性病の手当てを免除されているようで、なにやら申し訳なく、願い出たことはあった。

――私も往診にお供して、お手伝いします。

だが、道庵の答えはこうだった。

――お前は熱心だから、何でもできるようになりたいと思うのだろうが、焦ることはねえ。今はまだ、俺が頼むことだけを引き受けてくれ。それで充分ありがてえんだ。

真摯《しんし》な面持ちで言われ、お葉は口を噤《つぐ》んでしまった。そして少し考えて、謝った。

――かしこまりました。未熟な私が、差し出がましいことを言ってしまいました。まずは先生に頼まれたことを、しっかりできるようになりたいと思います。……まだ、完璧《かんぺき》にできるとは、決して言えませんので

素直に反省するお葉に、道庵は微笑んだのだった。

道庵は一人で往診にいく時も、入口の格子戸に《往診により留守。休み》と書い

た紙を貼っておく。お葉が留守番をしているといっても、まだ一人で患者を診ることなど無理であるからだ。

診療所に訪れる患者は馴染《なじ》みの者が多いので、入口にそのような紙が貼ってあると、納得し、おとなしく帰っていく。

お葉は一人になると、診療部屋を片付けた。いつも掃除を欠かさないが、いつぞや道庵のかつての弟子の源信《げんしん》から、診療所が古ぼけていると言われて以来、部屋も道具もいっそう磨きをかけている。道庵の診療所を侮られるのは、我慢がならないからだ。

診療部屋は八畳ほどの板敷きで、毛氈《もうせん》（絨毯《じゅうたん》のようなもの）を敷いてある。

診療部屋の奥には六畳ほどの薬部屋があり、百味簞笥《ひゃくみだんす》と呼ばれる大きな薬簞笥や棚が置かれて、薬を作る器具や書物などが並んでいる。薬部屋にあるのは、薬匙《さじ》や圧尺《あっしゃく》、生薬を碾《ひ》いて粉にする薬研《やげん》、丸薬を作る時に使う朱打ちや箔《はく》つけ、薬を量る秤《はかり》や、薬油を蒸留する蘭引《らんびき》などだ。七輪や炭の用意もしてあり、そこで煎《せん》じ薬や塗り薬などを作ることができる。薬を煎じる際には時間を計るため、枕時計と呼ばれる和時計も置いてあった。

診療部屋と薬部屋以外に、患者が寝泊まりできる養生部屋も二つあり、空いている時はお葉がその一つを使っている。

そのほかには、台所、厠《かわや》、居間そして道庵の書斎を兼ねた寝所がある。

裏庭は薬草園のようになっていて、鶏小屋と井戸、小さな納屋があった。

お葉は診療部屋と薬部屋を整えると、裏庭へ出た。たくさんの薬草と薬木に溢《あふ》れた裏庭は、お葉が愛する場所だ。

助けてもらった頃、人を信じられなくなっていたお葉は、いつ診療所を出ていこうかと絶えず考えていた。そのようなお葉をここに引き留めてくれたのが、この裏庭の光景だった。ここにいると、植木職人だった亡父と、優しい亡母の思い出が、草木の香りとともに蘇《よみがえ》るからだ。

今の時季には、棗《なつめ》の木が紅《あか》い実をつけ、吾亦紅《われもこう》や竜胆《りんどう》、女郎花《おみなえし》、千振《せんぶり》などが花を咲かせている。いずれも実や根、全草に薬効を持ち、人の傷ついた躰《からだ》を癒《いや》してくれる。

お葉は身を屈《かが》め、竜胆の青い花びらに、そっと触れた。

――こんなに可憐《かれん》なお花なのに、生薬になると苦いのよね。でも、胃ノ腑《ふ》やお腹の不調に、しっかり効いてくれるわ。

秋の穏やかな日差しを浴びて、草木は健やかに育っていた。

それから診療部屋へ戻り、道庵が記している《診療帖《しんりようちよう》》に目を通した。個々の患者の病状や経過、処方した薬などが詳しく書き留められているのだ。お葉も近頃は漢字が書けるようになっているので、診療帖をつけるのを手伝うこともあった。

ちなみにお葉も《医心帖《いしんちよう》》に、日々覚えたことや、学んだことを書き綴《つづ》っている。医心という語は、日本国の最古の医学書と言われる『医心方』から取った。また、道庵の医の心を学びたいという思いも籠《こ》めた。

道庵がぎっしりと書き込んだ診療帖を眺め、お葉は感嘆の息をつく。

――先生は、患者さんのお一人お一人に対して、これほど真剣に向き合っていらっしゃるのね。この帳面を読むだけで、とても勉強になるわ。

姿勢を正し、熱心に捲《めく》る。時を忘れて読み耽《ふけ》っていると、格子戸が強く叩《たた》かれ、お葉は我に返った。

「すみません！　どうしても診ていただきたいのですが」

女人の、大きな声が聞こえてくる。お葉は慌てて立ち上がり、診療部屋を出て、土間へと下りた。

格子戸を開けると、女が立っていた。齢は、道庵より少し上ぐらいだろうか。その身なりから、裕福な者であることが見て取れる。恭しく礼をする女に、お葉は訊《たず》ねた。

「どうかなさいましたか」

「はい。孫が酷《ひど》く具合が悪くて、どうか診にきていただきたいのです」

「どのようなお具合なのでしょう」

「鼻水や咳《せき》が出て、匂いや味も分からないようです。それで食欲もなく、昨日から何も食べておりません」

「風邪のようですが、お熱はありますか」

「熱はないのですが、頭が痛いと言っております。仰《おつしや》るように風邪の一種だと思うのですが、一度、診ていただけませんか？　神田の道庵先生のご評判を以前から伺っておりまして、是非、お願いしたく思いまして」

お葉は躊躇《ためら》いつつ、答えた。

「申し訳ございません。先生は今、往診に出ておりまして、いつ戻るかはっきり分からないのです」

するとと女は顔を曇らせ、溜息《ためいき》をついた。

「さようですか……。孫は頭だけでなく頬も痛いようで、泣いているのですが」

お葉は胸に手を当てた。頬まで痛いというならば、麻疹《はしか》の罹《かか》り始めではないかとも思われた。

「かしこまりました。先生が戻られましたら、すぐに向かわせます。お住まいを教えていただけますか」

「日本橋《にほんばし》は亀井町《かめいちょう》の米問屋〈実之屋《みのや》〉です。私はそこの内儀で斎《さい》と申します。孫娘は弓《ゆみ》でございます」

お斎はお葉をじっと見つめ、訊ねた。

「……あの、先生のお弟子さんですよね？」

「はい。さようです」

「では、貴女が診ていただけませんか？　なるべく早くお願いしたいのです」

お葉は目を見開き、慌てて手を振った。

「そ、そんな！　弟子といいましても見習いのようなものですから、私一人で診ることなどできません」

怖気《おじけ》づくお葉を、お斎は真摯な眼差《まなざ》しで見据えた。

「いえ、道庵先生のお弟子さんならば、できるはずです。失礼ですが、お弟子になられてどれぐらいですか」

「十一月ほどです。まだ一年経っておりません」

お斎は面持ちを和らげ、頷《うなず》いた。

「ならば、慣れていらっしゃいますでしょう。実は貴女のお噂も耳にしていたのです。道庵先生には女のお弟子さんがいて、そのお弟子さんも熱心に務めている、と」

「そんな……。私はまだ、先生のお手伝いをしているぐらいです」

その時、お斎がお葉の手を摑《つか》み、強い力で引っ張った。

「お願いです。来てください。駕籠《かご》を待たしてあるのです。大切な孫娘なのです。取り急ぎ、お薬を出していただけませんか？　……痛がっていて、可哀そうなのです」

お斎はお葉を見つめ、唇を震わせる。お葉は訊ねた。

「お孫さんはおいくつですか」

「十です」

お葉は戸惑いつつも、思う。

――小さい子が、それほど苦しんでいるなんて……。一刻も早く助けてあげたい。

お葉の医の心が頭を擡《もた》げ、道庵を待っていられなくなる。一年近く、日々、道庵の傍らで、彼の治療を見てきたのだ。自信があるとはとても言えないが、子供ならば、どうにか自分一人でも苦しみを和らげることはできるのではないかと思えてくる。

お斎は真剣な面持ちでお葉を見つめ、「お願いします」と繰り返す。

その切羽詰まった思いに絆《ほだ》され、また患者を救いたいという気持ちを溢れさせ、お葉はお斎に頷いた。

「かしこまりました。私でよろしければ、診させていただきます。私、弟子のお葉と申します」

「お葉さん、ありがとうございます。恩に着ます」

お斎はお葉に、改めて深々と礼をした。

錠を下ろし、お葉はお斎と一緒に駕籠に乗って向かった。道庵に事情を書き置いていきたかったが、その時間はなかった。

二

お葉が連れていかれた先は、亀井町の老舗《しにせ》の米問屋だった。その風格のある店構えに気圧《けお》されるも、お斎に急《せ》かされて中に入った。

薬箱を抱えたお葉を見て、手代たちは一瞬怪訝《けげん》な顔をしたが、お斎は凛《りん》と声を響かせた。

「道庵先生のお弟子のお葉さんです。今から診ていただきます」

　すると手代たちは一斉に姿勢を正し、礼をした。

「よろしくお願いいいたします」

「こちらこそよろしくお願いします」

　お葉も慌てて頭を下げる。お斎に手を引っ張られ、お葉は奥へと連れていかれた。


　広い廊下を歩きながら、お斎は孫娘のお弓について語った。お弓の両親は、お弓が三つの時に舟の事故で亡くなり、それからは祖父母に育てられているようだ。

「お弓はもともと、あまり丈夫ではなくて、病がちなんです。それなのに大のお医者嫌いで、困っておりました」

　お葉は思わず足を止めそうになった。

「で、では、私が診るのも嫌なのでは」

　お斎はいったん立ち止まり、お葉に微笑みかけた。

「だからお葉さんでよかったのです。男の先生でないほうが、あの子も怖がらないで済みますでしょう。お葉さん、優しそうですし」

　お斎が無理にでも自分を連れてきた意味が分かったような気がして、お葉も面持ちを微《かす》かに和らげた。

　奥の部屋で、お弓は床に臥《ふ》していた。お弓はお葉を見て瞬きをし、すぐに目を逸《そ》らした。お斎は孫娘に話しかけた。

「お前を診にきてくださったんだよ。さ、ご挨拶《あいさつ》して」

　お斎が起こそうとすると、お弓は掻《か》い巻《まき》に潜り込んで身を捩《よじ》った。

「お医者は嫌！」

「そんなこと言わないの。せっかく来ていただいたんだから」

「嫌！　嫌！」

　お斎が掻い巻を捲《まく》ろうとするも、お弓は必死で抵抗する。お葉が困っていると、祖父らしき男が部屋に入ってきた。

　男はお葉に礼をした。

「往診にきてくださって、まことにありがとうございます。私はお弓の祖父の実之《みの》輔《すけ》と申します。……申し訳ありません。甘やかして育ててしまったせいか、我儘《わがまま》なんです」

　溜息《ためいき》をつく実之輔に、お葉は言った。

「小さい子は皆、お医者が好きではないと思います。だから、無理やりはよくないかもしれません」

そしてお葉は、揉《も》み合っているお斎とお弓の傍らに腰を下ろし、お斎を止めて、お弓に話しかけた。

「お弓ちゃん、こんにちは。具合が悪いと聞いて、どうしても治してあげたくて、来ました。私はまだ見習いだけれど、診させてもらえませんか？」

お弓は掻い巻から、そっと目を覗《のぞ》かせる。お葉はお弓に微笑みかけ、手を伸ばして、小さな額に当てた。

「お熱はないようね。よかった。鼻水とお咳《せき》が出るの？」

お弓はお葉をじっと見つめ、少しの間の後で、小さく頷いた。お葉は続けて訊《たず》ねた。

「頭と頬っぺたが痛いって、本当？」

「……少し」

「起き上がれる？」

お弓は黙ってしまう。お葉は、お弓の頬にも手を伸ばした。

「ちょっと腫《は》れているような気がするわ」

お葉が今、お弓にしていることは「切診《せっしん》」という。患者に触れて、病状を診ることだ。

お葉はお弓に優しく言った。

「でも大丈夫。重い病などではないわ。ねえ、お弓ちゃん、お顔の色をよく見たいから、躰《からだ》を起こせるようだったら起こしてもらえるかしら」

お弓は掻い巻に潜ったまま、お葉を見やる。お葉は微笑みかけながら、お弓の小さな肩に触れた。

お葉はお弓と見つめ合う。お弓はどことなく険のある暗い面持ちだが、円い目をしていて、笑うと可愛いだろうと思えた。

お弓はゆっくりと躰を動かし始める。お葉に支えられ、半身を起こした。

「ありがとう。これでお弓ちゃんをよく診ることができるわ」

お葉が礼を言うと、お弓は困ったような顔で目を伏せた。きっと照れくさいのだろう。

お葉はお弓の顔色と目、唇、舌の色を診た。患者の顔色や動作を診て診断することを、「望診《ぼうしん》」という。お葉の診立てでは、お弓はやはり熱はないと思われた。

お葉はお弓に顔を近づけ、息の匂いや、躰の匂いを嗅《か》いだ。

――お口は少し臭うわね。鼻水が多いせいかしら。

声や呼吸や体臭などから診断することは「聞診《ぶんしん》」という。

お葉はお弓に訊ねた。

「ご飯はちゃんと食べてる？」

お弓は首を横に振った。

「味が分からないの？」

お弓は頷《うなず》く。お葉はお弓の頬から顎《あご》をそっと撫《な》でた。

「このあたり、痛い？」

お弓は顔を少し顰《しか》めて、また頷く。

患者に症状を訊《き》くことを、「問診《もんしん》」という。医者はこの「望診」「問診」「聞診」

「切診」で診断する。道庵の見様見真似で、お葉はお弓を熱心に診た。

「寒気はない？」

お弓は首を横に振る。お葉はお弓に口を大きく開けてもらい、中をよく見た。

――麻疹《はしか》の罹《かか》り始めかとも思ったけれど、どうも違うみたい。それならば、熱があるだろうし、目も赤くなって、口の中に水疱《すいほう》ができるはずだもの。

お弓の顔色は青白く、額や頬が冷たい。お葉は念のためにお弓の胸元や背中にも手で触れ、熱や腫れがないかを確かめてから、診立てを述べた。

「風邪の引き始めだと思われます。熱はないようですから、鼻風邪でしょう。大丈夫。お弓ちゃん、お薬を飲めば、すぐに治るわ」

お葉の診立てを聞いて、実之輔とお斎は顔を見合わせ、笑みを浮かべた。

「お弓、よかったな。大したことはないようだ」

「診てもらってよかったでしょう」

祖父母に言われ、お弓は小さく頷く。お葉はお弓の寝間着の衿元《えりもと》を直しながら、微笑みかけた。

「今からお薬を作るから、少し待っていてね」

「はい」

お弓は小さな声で答えた。

お葉は薬箱を開き、葛根湯加川芎辛夷《かっこんとうかせんきゅうしんい》という薬を作り始めた。風邪の引き始めによく処方される葛根湯に、川芎と辛夷を加えたものだ。

葛根湯に川芎を加えることによって、頭痛や、血行が悪いために起きる鼻づまりを改善する。辛夷は、名のとおり辛夷《こぶし》の蕾《つぼみ》であり、くしゃみや鼻水、鼻づまりなど鼻の病に効き目がある。

お葉は四日分の薬を作り、お斎に渡した。

「食前か食間に、煎《せん》じて飲ませてあげてください。お熱がなくてよかったですが、油断は禁物ですので、お気をつけくださいね」

「ありがとうございます。診ていただいて、本当に助かりました」

お斎は繰り返し頭を下げる。お葉はお弓に微笑んだ。

「お薬、少し苦いかもしれないけれど、しっかり飲んでね。そうすれば、お鼻も喉《のど》もよくなって、頭や頬っぺたの痛みも消えるわ」

「はい。……ありがとうございました」

お弓は礼を言うと、そっと目を伏せた。

帰る時、実之輔とお斎が、外に出て見送ってくれた。

「本当にありがとうございました。あの子があれほど素直に診てもらうなんて、珍しいです。また是非、お願いいたします」

「お薬がなくなった頃、また診ていただけますか。お迎えに参りますので」

お葉は少し考え、答えた。

「はい。次は道庵先生に、お弓ちゃんを改めて診てほしいと思います。もちろん私もお手伝いとして参ります」

「お手伝いとは言えないほどに、しっかりしたお診立てでしたよ」

「本当に。独り立ちなさってもいいみたい」

お葉は慌てて手を振った。

「私など、まだまだです！　しっかり学んで参ります」

恐縮しながら、実之輔とお斎に一礼する。二人は笑みを交わしつつ、お葉に包みを差し出した。

「薬礼です。お受け取りください」

お葉は目を瞬かせ、首を横に振った。

「いえ。薬礼はこの次ということで、お願いいたします。道庵先生に直接お渡しください」

「でも、無理を言って来ていただいたのですから」

「いえ。私は受け取れません」

お葉が頑として拒むと、実之輔とお斎は分かってくれたようだった。

「では次回、必ずお渡ししますね」

「今後ともよろしくお願いします」

「はい、こちらこそ」

お葉は一転、笑顔で頷く。

実之屋は駕籠《かご》を用意してくれていた。お葉はそれも断って歩いて帰ろうとすると、実之輔とお斎に無理やり押し込まれてしまった。

「せめて、これぐらいはさせていただきませんと、私どもとしましても面目が立ちません」

お斎に睨《にら》まれ、お葉は恐縮しつつ、駕籠で送ってもらった。


診療所に戻ったのは、七つ（午後四時）近くだったが、道庵はまだ帰っていなかった。

――今日は往診を二軒掛け持ちなさっているから、時間がかかっているみたいね。

そのようなことを考えながら、錠を外して中に入る。藍色《あいいろ》の半纏《はんてん》を脱ぎ、白い小《こ》袖《そで》の姿になって、お葉は一息ついた。

薬部屋へ行き、七輪に薬缶《やかん》を載せてお湯を沸かし、お茶を淹《い》れる。湯呑《ゆの》みを手に診療部屋へ戻り、座布団に腰を下ろして飲んだ。

柔らかな秋の日差しが、障子窓を照らしている。

――初めて一人で患者さんを診たわ。

満ち足りた思いが込み上げてきて、お葉は微《かす》かな笑みを浮かべた。濃いめのお茶が、お葉の胃ノ腑《ふ》だけでなく、心にまでゆっくりと沁《し》みていくようだ。

だが、懸念も浮かんだ。

――お斎さんに急《せ》かされて、勝手な判断で行動してしまったけれど……道庵先生に怒られるかしら。なんて話せばいいのだろう。

お葉は急に不安になり、胸に手を当てた。頭を悩ませていると、格子戸を叩《たた》く音がした。

「先生、お留守かしら？　お葉ちゃんもいないの？」

鼻にかかった甘い声に、お葉は覚えがあった。腰を上げて、土間へと出ていく。格子戸を開けると、近所の料理屋〈志のぶ〉の女将《おかみ》である志乃《しの》が立っていた。

「先生、往診に出て、まだ帰っていらっしゃらないんです。すみません」

お葉が頭を下げると、志乃は頬を少し膨らませた。そのような仕草も妙に艶《なま》めかしく見えてしまうほど、齢《よわい》二十九の志乃は女盛りの色香に溢《あふ》れている。それゆえお葉は、彼女が悪い人ではないと分かっていながらも、些《いささ》か苦手としていた。

「ふうん。お葉ちゃんを置いて往診にいっちゃったって訳ね。それなら仕方ないわ。

栗ご飯をたっぷり作ったから、お裾分《すそわ》け。先生と一緒に食べてね」

　志乃からまだ温かな包みを渡され、お葉は目を細めた。

「ありがとうございます。栗ご飯、大好きです。先生もお好きです」

　お葉の素直さが可愛いのだろう、志乃も頰を緩めた。

「お葉ちゃん、先生と本当に仲がよいから、好きな食べ物も似てくるのかもね。そういえば、顔つきや仕草もなんだか似てきたわ！　本当の親子に近づいているのよ」

　お葉は目を伏せ、含羞《はにか》んだ。

「そうでしょうか」

「そうよ。ほら先々月、先生とお墓参りに行ったでしょう？　あの頃から、ますます親子らしくなった感じがするわ」

　お葉は栗ご飯の包みを胸に抱き、小さく頷《うなず》く。文月《ふづき》（七月）の盂蘭盆会《うらぼんえ》の時、亡き両親のお墓参りに行ったのだ。お墓は巣鴨《すがも》にあり、ここからは少し離れているが、道庵が連れていってくれた。

　――一度、お前のご両親に、きちんと手向けたいと思っていたんだ。

　道庵がそう言ってくれた時、お葉は涙が滲《にじ》むほどに嬉《うれ》しかった。

　お墓参りのことを思い出し、胸を熱くするお葉に、志乃は流し目を送った。

「遠慮しなくていいのよ、お葉ちゃん。私がいつでもお母さんになってあげるから、ご要望の際には言ってね」

なにやら急に冷めたような気持ちになり、お葉は溜息《ためいき》をついた。志乃は道庵に惚《ほ》れているらしく、差し入れを口実に病気でもないのに診療所を訪れては、色目を使って帰っていくのだ。道庵は別に靡《なび》いてもいないようなので安心はしているが、魂胆が見え見えなので、お葉としては複雑である。

「私がお願いしたとしても、道庵先生のお許しが必要ですよね」

「あら、お葉ちゃんったら。可愛い顔して、なかなか言うじゃないの」

志乃は笑みを浮かべつつ、目をきらりと光らせる。そしてお葉の肩を優しく叩いた。

「先生によろしくね。あ、先生がお留守だからすぐに帰る訳ではないわよ。お店の支度があるからなの。またゆっくり来るわね。……そうそう。栗ご飯、冷めても美《お》味《い》しいから、お夕飯《めくば》で食べて」

志乃はお葉に目配《めくば》せし、甘い香りを残して、帰っていった。

それから半刻《はんとき》（およそ一時間）ほどして、薄暗くなった頃に道庵はようやく帰ってきた。

「時間がかかっちまって悪かった。二軒目の患者が、腰痛が酷《ひど》くてよ。鍼《はり》も灸《きゅう》も効かなくてたいへんだったぜ」

「先生がたいへんと仰《おっしゃ》るのなら、相当悪かったのですね」

「うむ。按摩《あんま》でどうにか治したが、俺の肩が凝っちまった」

道庵は肩を回し、首を捻《ひね》る。その様子を眺めながら、お葉はおずおずと言った。

「あの……肩をお揉《も》みしましょうか」

道庵はお葉を見やり、頰を少し搔《か》いた。

「そうしてもらえると嬉しいが」

お葉は笑顔で頷き、道庵にいざり寄る。このような思いもあった。

――先生の肩を癒《いや》して差し上げた後で、一人で往診にいったことをさりげなく伝えれば、それほど咎《とが》められないかもしれない。

つまりは肩揉《かたも》みで機嫌を取ろうと思った訳だが、もちろん道庵の肩凝りを癒してあげたい気持ちも強かった。道庵は以前から時折、肩が凝っているのではないかと思われる仕草をしていて、お葉は気になっていたのだ。肩揉みさせてもらいたいと、申し出たくはあったのだが、気恥ずかしくて言えなかった。

だが、道庵との距離が縮まってきているせいか、今日は躊躇《ためら》いもなく、自然に口に出せた。その裏にはご機嫌を取るという企《たくら》みもあったとはいえ、言い出せたことにお葉は自分でも驚いていたし、道庵が承諾してくれたことが嬉しくて堪《たま》らなかった。

お葉は道庵の後ろに回り、言った。

「では、お揉みいたします」

「うむ。優しく頼む。悲鳴を上げるほどに痛《いて》えのは勘弁だぜ」

おどける道庵に、お葉は思わず笑みを漏らしながら、その肩を見つめた。骨が太くて、頑丈そうだ。薬を調合するのは繊細な仕事だが、按摩や骨接ぎなどはいわば力仕事である。それらの治療も日々行う道庵は、鍛えられた躰《からだ》をしているのだ。

──先生の肩に触れるのは、初めてだわ。

道庵は寒い時季や、往診に出る時などは、十徳と呼ばれる医者の礼服である羽織を羽織っている。その着脱を手伝う時などに、手が微かに肩に触れることはあったが、しっかり摑《つか》んだことはない。

お葉は微かに緊張し、深呼吸をして、道庵の肩に手を乗せようとした。その時、格子戸が音を立てて開かれ、大きな声が響いた。

「先生、すみません！　うちの子、魚の骨が喉《のど》に引っかかっちまって、痛いみたいで。助けてください！」

お葉は慌てて土間に出ていく。近所の長屋のおかみさんが、七つぐらいの男の子を連れて立っていた。男の子は顔を顰《しか》めて、手で喉を押さえている。

「どうぞお上がりください」

お葉が急いで親子を診療部屋へ通すと、道庵は早速、診始めた。

道庵への肩揉みは中断となり、一人で往診にいったことを話す機会を逸してしまった。


その後も、患者たちが続けて訪ねてきた。皆、道庵が往診から帰ってくるのを待っていたようだ。忙しく、診療所を仕舞ったのはいつもより半刻（およそ一時間）遅い、六つ半（午後七時）だった。

道庵は仕事が終わると、診療帖《しんりょうちょう》に今日診た患者たちのことを記すので、お葉はその間に急いで夕餉《ゆうげ》の支度をしようと思った。

――志乃さんにもらった栗ご飯があるから、お菜を作ればいいわね。夕餉の後で、改めて肩を揉ませてもらおう。それで先生のご気分がよくなった時に、往診のことを切り出せば……怒られないわよね。

道庵のご機嫌を如何《いか》に取ろうかと、いろいろ策を練る。お葉が台所へ向かおうとした時、閉めたばかりの板戸を叩《たた》く者がいた。

お葉は道庵と顔を見合わせた。

「急患かもしれねえな」

道庵は腰を上げ、土間へと出て、声をかけた。

「どちら様ですかな」

すると大きな声で返事があった。

「俺だ！　旨《うま》い酒が手に入ったんで、先生にも吞ませてやろうと思って持ってきた」

お葉は診療部屋から首を伸ばした。声の主はすぐに分かった。道庵のかつての弟子の、竜《たつ》海源信である。

道庵が板戸を開けると、源信が笑みを浮かべて立っていた。徳利《とっくり》を突き出し、得意気に顎《あご》を上げる。

「灘《なだ》の下り酒だ。先生は五年に一度ぐらいしか吞めないだろう」

道庵は顔を顰め、眉間《みけん》を揉んだ。

「相変わらず口の減らねえ奴だな。まあ、上がれや。お前はどうでもいいが、酒はどうでもよくねえからよ」

「先生こそ相変わらず憎まれ口じゃねえか」

「お前ほどじゃねえよ」

「相変わらず貧乏くさい診療所だ」

「質素で片付いていると言え、戯《たわ》けが」

道庵と話しながら、源信はずけずけと上がり込んでくる。源信の、道庵をかつての師匠とも思わないような口ぶりと態度に、お葉は初めは戸惑ったものの、もう慣れてしまった。

「いらっしゃいませ」

お葉が挨拶《あいさつ》すると、源信は再び徳利を掲げた。

「お葉ちゃんも一緒に呑むかい？」

お葉は慌てて首を横に振った。

「いえ、私は呑《の》めません」

「いいだろ、一杯ぐらい。もう子供ではないんだから」

源信は端整な面立ちで、すらりと背が高く、自信に満ちているので、笑うと、どうしても不敵な笑みに見えてしまう。

お葉が眉《まゆ》を八の字にすると、道庵が助け舟を出した。

「いや、お葉は、そういうところはまだお子様だ。意地悪しねえでやってくれ」

「なるほど。お葉ちゃんは、おぼこ、ってことか。そりゃいいや」

源信は声を上げて笑う。おぼこという響きに、お葉は唇を尖《とが》らせる。源信にまた、からかわれたような気がしたのだ。

お葉は不貞腐《ふてくさ》れつつも、源信を居間へと通す。すぐに盃《さかずき》の用意をすると、肴《さかな》を作るために台所に立った。

——あのお二人がお酒を呑み始めたら、長くなりそうね。ああ、これでまた、道庵先生に往診のことを話す機会を逸してしまったわ。

道庵の好物の鰯《いわし》を焼きながら、お葉は頰を膨らませる。煙が目に沁《し》みて、小袖《こそで》の袂《たもと》で、そっと拭《ぬぐ》った。

源信は齢《よわい》二十七、長崎で蘭方医学を学んだ気鋭の医者との触れ込みで、日本橋は富沢町《とみざわちょう》に診療所を構えている。今年の初め頃に江戸《えど》に戻ってきたらしいが、源信にはすぐに診療所を用意してくれる贔屓筋《ひいきすじ》もついているようだ。

鋳掛職人と針子の次男坊だった彼は、十六の頃に道庵に弟子入りしたという。道庵の噂を予《かね》てから耳にしていて、憧《あこが》れていたのだろう。父親の跡は長男が継いだので、源信は好きな道を選んでも何の問題もなかったようだ。

両親の血を受け継いだ源信は手先が器用で、細々とした仕事をすぐに覚えていった。おまけに記憶力も優れており、やる気に満ちていたので、道庵が舌を巻くほどに呑み込みが早かったという。源信はすぐに、道庵のよき片腕になったそうだ。

だが、若いだけあって野心の塊の源信は、出世欲が皆無でひたすら患者を助けることにのみ情熱を傾ける道庵と、反りが合わなかったのだろう。意見が対立し、源信はやがて道庵のもとを離れた。知識欲も凄《すさ》まじかった彼は、大槻玄沢《おおつきげんたく》の私塾・芝《し》蘭堂《らんどう》で再び学び、それから長崎へ留学した。源信は、道庵の弟子というだけでは飽き足らなかったのだろう。

ちなみに大槻玄沢は、『解体新書』の訳で知られる杉田《すぎた》玄白《げんぱく》と前野良沢《まえのりょうたく》の弟子で、芝蘭堂からは橋本宗吉《はしもとそうきち》や佐々木中沢《ささきちゅうたく》などの蘭方医が生まれている。

長崎から帰ってきてそれほど経っていないので、源信は今は町医者の立場に甘んじているが、ゆくゆくは御典医《ごてんい》を狙っているようだ。

医者にも様々な階級がある。奥医師《おくいし》・御目見医師《おめみえいし》・藩医《はんい》を併せて、御典医と呼ぶ。御目見医師とは将軍に御目見を許された医者であり、奥医師になれば将軍とその家族たちの診療にあたる。この場合の藩医とは、国許《くにもと》ではなく、江戸上屋敷に出仕する医者をいう。

　これらの御典医は、道庵や源信のような町医者の中からも、腕がよければ抜擢《ばってき》されることがある。野心家の源信が、それを目指していることは大いに見て取れた。

　――お二人は、お医者としての姿勢が正反対だし、かつてはぶつかり合ったようだけれど、どうしてか、源信先生は道庵先生をよく訪ねてくるのよね。貧乏くさいと言いながら、ここはそれほど居心地がよいのかしら。

　お葉は鰯を返しながら、首を傾げる。

　源信に初めて会ったのは、八月（八ヵ月）前頃で、初めは彼に素直になれなかった。道庵を信奉するお葉としては、道庵の医の心を否定するような真似をした源信が、許せなかったのだ。それに加えて、源信はなんだかんだと道庵の優秀な弟子であったということが、お葉に引け目を感じさせた。

　それゆえ苦手だったのだが、仕事に力添えしてもらううちに、彼の真の思いが分かるようになった。医者としての姿勢は違うものの、源信だって道庵と同じく、多くの患者を助けることに情熱を注いでいるのだ。

　生意気で強気だけれど、悪い男ではないと気づき、お葉は源信を見る目が変わった。

——とはいえ、相変わらず振り回されるのよね。

お葉は鰯を皿に載せながら、溜息《ためいき》をつく。

居間からは、道庵と源信の賑《にぎ》やかな声が響いていた。


源信は遅くまで道庵と呑み、食べ、語り合い、腰を上げたのは九つ（午前零時）前だった。

「本当はここで道庵先生と雑魚寝《ざこね》してもよいが、おぼこのお葉ちゃんに怒られちゃいそうだからな」

憎々しいことを言い残し、源信はいい気分で帰っていった。木戸は既に閉まっている刻《とき》だが、夜間でも医者と産婆と火消しは通ることができるので、源信はその職権を乱用しているようだ。

源信を見送った後、居間を片付けにいくと、道庵は寝転がって鼾《いびき》を掻《か》いていた。酒が入っているので、この状態になると揺さぶり起こすのは難しい。

——今日は結局、話しそびれてしまった。

お葉は肩を落とし、唇を嚙《か》む。明日の朝に話すしか、ないようだ。道庵と源信は、栗ご飯も綺麗《きれい》に平らげていた。

三

翌朝、裏庭の薬草に水遣《みずや》りをした後、鶏小屋を覗《のぞ》いてみると、卵を二個産んでくれていた。お葉は笑みを浮かべて、鶏たちの頭を撫《な》でる。急いで小屋を掃除して、餌をあげ、卵を大切に抱えて中へと戻った。

朝餉《あさげ》に、椎茸《しいたけ》入りの玉子焼きを作って出すと、道庵は顔をほころばせた。玉子焼きは道庵の大好物で、椎茸も好むことを、お葉は知っている。

道庵は、いつもは厳めしい顔つきなのだが、笑うと皺《しわ》が刻まれた目尻《めじり》が下がって、柔和な面持ちになる。

障子窓から朝日が差し込んでいる。道庵は玉子焼きを嚙み締め、ぽつりと口にした。

「そういや明日は重陽《ちょうよう》の節句だな。お前がここに来て、一年経ったか」

「はい。早いものです」

お葉は一年前の今頃を思い出す。川に身を投げたお葉は道庵に命を助けられ、今に至る。だが救ってもらった頃は、心が傷ついていたあまり、誰もが疑わしく思え、それゆえ道庵にも迷惑をかけた。

お葉は姿勢を正し、道庵に頭を下げた。

「あの時は本当に申し訳ございませんでした。……そして、ありがとうございました。まだまだ至らぬ私ですが、精進して参りますので、これからもどうぞよろしくお願いいたします」

一年経ち、初心に返る思いで、お葉は道庵に改めて礼を述べる。顔を上げると、道庵と目が合った。道庵は優しい笑みを浮かべていた。

「こちらこそ、よろしくな。お葉、お前の成長には目を瞠《みは》っているぜ」

道庵は照れくさそうに言うと、大きな口を開け、玉子焼きを頰張った。お葉の目に涙が滲《にじ》みそうになる。

――道庵先生は、私のことを信用してくださっているのだわ。

熱い思いが込み上げ、胸に手を当て、お葉ははたと思い出した。昨日の往診のことをまだ話していなかった、と。

目の前の道庵は、満ち足りた面持ちで、しめじの味噌《みそ》汁《しる》を啜《すす》っている。お葉は息をつき、切り出そうとした。

「先生、あの、昨日」

言いかけたところで、板戸が勢いよく叩《たた》かれ、お葉は道庵と目を見合わせた。

道庵は急いで立ち上がり、居間を出ていく。お葉も後に続いた。

診療部屋を横切りながら、叫び声が耳に入った。

「すみません！　昨日、往診を頼んだ者ですが、孫の具合が酷《ひど》くなってしまったんです！」

お葉は立ち止まり、手で口を押さえた。その声に覚えがあった。お弓の祖父の実之輔に違いない。

――お弓ちゃんの具合が？　ということは、私の診立てと渡したお薬が間違いだったということ？　私のせいだと？

血の気が引いていく。お葉の背筋に冷たいものが走り、躰《からだ》が竦《すく》んでしまった。

道庵は急いで板戸を開け、訊《たず》ねた。

「失礼ですが、どちら様ですかな」

「日本橋は亀井町の米問屋、実之屋の主人の実之輔でございます」

「ああ、実之屋さん。大店《おおだな》でいらっしゃいますな。ですが……私は昨日、お宅へは往診にいっておりませんが」

首を傾げる道庵に、実之輔は答えた。

「お弟子さんに来ていただいたのです。お葉さんと仰《おっしゃ》る」

道庵の声が裏返った。

「なんですと？　お葉が一人で往診に伺ったというのですか」

「はい。お聞きになっていませんでしたか」

話し声が聞こえてきて、お葉は逃げ出したいような気分で泣きべそをかく。小刻みに震えていると、道庵が足音を立てて戻ってきて、雷を落とした。

「お葉、そんな大切なことを、どうして黙っていたんだ！」

お葉は躰をびくっとさせて、大粒の涙をこぼした。堪《こら》えようとしても駄目だった。

――自分の軽はずみな行動のせいで、たいへんなことになってしまった。

自責の念が、お葉を苛《さいな》む。しゃくりあげるお葉に、道庵は厳しい顔で声を響かせた。

「お葉、泣けば許してもらえるってもんじゃねえぞ。この仕事はそれほど甘くはねえんだ」

お葉は手で涙を拭《ぬぐ》い、歯を食い縛りながら答えた。

「もちろん、分かっています。……昨日から話そう話そうと思って、その機会を逸してしまって。さっき、言いかけたところだったのです」

道庵は腕を組み、お葉を真っすぐに見た。

「どんなことがあっても、言い訳はよくねえぞ。確かに昨夜は源信が来て遅くまで呑《の》んでいったし、俺も寝ちまった。だがな、昨日、俺が帰ってきてすぐに話してくれれば、また違っていたかもしれねえ。お前の診立てが間違っていたと気づいたら、実之屋まで走れただろうからな」

「はい。申し訳ございません」

道庵の言うことは尤《もっと》もで、お葉は肩を震わせ項垂《うなだ》れてしまう。

──先生、きっと、私に呆《あき》れてしまわれたわ。破門されてしまうかもしれない。

耐え難いような思いが、お葉の胸に込み上げる。

すると、近くで実之輔の声がした。

「すみません。勝手に上がらせていただきました。道庵先生、お葉さんをあまり責めないであげてください。先生がお留守のところ、私どもが無理を言って、お葉さんに頼んだのですから。悪いのは私どもなんです」

実之輔は道庵に、昨日の経緯を詳しく話した。自分の妻のお斎が診療所を訪ね、お葉を無理に連れてきたのだ、と。

「お葉さんは、それはしっかり診てくださいました。医者嫌いの孫娘も、お葉さんの言うことは、素直に聞いていました。いただいたお薬も不平を言わずちゃんと飲んだのですが、もしやそれが躰に合わなかったのかと」

道庵は実之輔に訊ねた。

「お孫さんは、どのような状態なのでしょう」

「診ていただく前から頭や頬が痛いと言っていたのですが、その痛みが増して、耳まで痛くなってきたようなのです。熱も少し出て参りました」

道庵はお葉を見て、訊ねた。

「それでお前は、どう診立てて、何の薬を出したんだ」

「はい。お弓ちゃんは鼻水も酷かったので、鼻風邪と思い、葛根湯加川芎辛夷《かっこんとうかせんきゅうしんい》を処方しました」

道庵は顎《あご》を撫でつつ、目を泳がせ、実之輔に言った。

「とにかく、参りましょう。しっかり診させていただきます」

「はい。ありがとうございます」

実之輔は深々と頭を下げ、先に出ていく。躊躇《ためら》うお葉に、道庵は声をかけた。

「行くぞ。薬箱を忘れるな」

「はい」

お葉は凜《りん》と声を響かせた。涙はもう収まっている。失敗してしまったことは取り返しがつかないが、道庵が見放さないでいてくれるのならば、力の限り精一杯応《こた》えたいと、お葉は真に思う。

実之輔は駕籠《かご》で迎えにきてくれていた。それに乗ろうとしたところに、お繁《しげ》が通りかかった。お繁は近所に住む、齢《よわい》五十三の産婆である。道庵との仲は古く、同士のような間柄であり、仕事の手伝いにもよく来てくれる。お葉はお繁のことも尊敬していた。

お繁はどうやら棒手振りを追いかけて、納豆を手に入れてきたようだ。お繁は道庵に、呑気《のんき》に声をかけた。

「朝早くから往診ですか。ご苦労様です」

すると道庵が手短に訳を説明し、お繁に頼んだ。

「さっき炊いた飯がまだ残ってるから、納豆かけてそれ食って、留守番していてくれねえか」

お繁は頷《うなず》いた。

「かしこまりました。お気をつけていってらっしゃいませ」

「ありがとよ。飯、ぜんぶ食っていいからな」

「お繁さん、よろしくお願いします」

道庵と一緒にお繁に一礼し、駕籠に乗って実之屋に向かった。


お弓は青白い顔で寝込んでいた。痛みのせいか顔を歪《ゆが》め、息苦しそうだ。傍らにはお斎がいて、憔悴《しょうすい》した面持ちで、お弓の手を握り締めている。殆《ほと》ど寝ていないであろうことが窺《うかが》われた。

お葉は平身低頭で謝った。

「たいへん申し訳ございませんでした」

お弓の身に何かあったらと思うと、堪えようとしても涙が滲《にじ》んでくる。お斎は首を横に振った。

「こちらこそ無理を言ってしまって、申し訳ありませんでした。お葉さんのせいではございません。お弓はお葉さんに診ていただいたことが、嬉《うれ》しかったようです。お帰りになった後も、お葉さんのお話をしておりました。だからご自分を責めないでください。……焦ってしまった私が悪かったのです」

お斎に頭を下げられ、お葉はいっそう戸惑う。お葉たちが話している間に、道庵は既にお弓を診始めていた。

「耳は昨夜から痛くなったんですか」

道庵が訊《たず》ねると、実之輔が答えた。

「さようです。お弓は小さい頃から躰《からだ》が弱くて、しょっちゅう風邪を引いておりますので、やはり風邪からきているものだとは思うのですが。濃い鼻水が出るのが続いておりましたし」

「頬の痛みも続いているのですな」

「はい。数日前から頭も痛いと言っておりました。それに耳の痛みまで加わって。熱も少しありますし、やはり悪性の風邪、麻疹《はしか》の一種なのではないかと」

実之輔とお斎は項垂れ、お葉も唇を嚙《か》み締める。お弓に万が一のことがあったらと、胸が痛くなる。

道庵はお弓の口、鼻、耳の中をよく見て、優しく訊ねた。

「お嬢ちゃん、ちょっと痛いかもしれねえけど、我慢してもらえるかい」

お弓は不安そうな顔で、お葉をちらと見る。お葉は——大丈夫よ——というように目配《めくば》せし、搔《か》い巻《まき》の上から、お弓の小さな足をさすった。

お弓は泣くのを我慢しているような面持ちで、道庵に頷く。道庵は小さく切った晒《さら》しをお弓の耳の中に入れて、拭《ふ》き取り、取り出した。晒しには膿《うみ》がついていた。道庵はお弓の鼻にも同じことをした。

晒しをよく見て、道庵は言った。

「これは風邪ではありませんな。鼻の奥に膿が溜《た》まる病（蓄膿症《ちくのうしょう》）です。それに罹《かか》ると、頬や頭の痛みや、粘り気のある鼻水などの症状が現れます。匂いや味が分からなくなり、口臭も出始めます。耳が痛むようになったのは、おそらく、鼻の膿が耳にも移ってしまったのでしょう。熱が少しあるのは、それらが躰の負担になっているからでしょう」

道庵の診立てに、実之輔とお斎、お葉は目を見開いた。実之輔が声を裏返す。

「風邪ではなかったのですか」

「はい。悪性の何かではまったくありませんので、ご心配なく。今から鼻の膿と、耳の膿と腫れに効く薬を作ってお渡しいたします。それを飲めば、よくなりますでしょう」

そして道庵はお葉に言った。

「お前が処方した葛根湯加川芎辛夷《かっこんとうかせんきゅうしんい》にも、鼻の膿を鎮める効果がない訳ではねえんだ。だが、麻黄《まおう》が入っているだろう。このお嬢ちゃんには、それが合わなかったのかもしれねえ。麻黄を用いる時には気をつけなければな」

麻黄は、人によっては副作用が現れる、強い生薬だ。お葉は納得し、大きく頷いた。

「はい。私の不注意でした。今後、充分に気をつけます」

道庵も頷き返す。

「気がつけば、いい。薬を作るぞ。手伝ってくれ」

「かしこまりました」

お葉は姿勢を正し、薬箱を開く。道庵に言われる薬を取り出し、手渡していった。

蓄膿症に効き目があるのは、竜胆瀉肝湯《りゅうたんしゃかんとう》だ。竜胆、沢瀉《たくしゃ》、車前子《しゃぜんし》（大葉子《おおばこ》）、木通《もくつう》、生地黄《しょうじおう》、当帰《とうき》、黄芩《おうごん》、山梔子《さんしし》、甘草《かんぞう》を併せて作る。竜胆とは、竜胆《りんどう》の根から採れる生薬だ。ほかもすべて草木の根や種、茎、葉、実から採れる。

この薬は耳鳴りや耳聾《じろう》にも効果があり、柴胡清肝湯《さいこせいかんとう》という薬と併せて服用すると、急性の耳の腫れや膿に効き目を現す。柴胡清肝湯には、肝ノ臓を清らかにして解毒する作用がある。

お葉は道庵と一緒に、柴胡清肝湯も調合していく。この薬は、柴胡や黄連《おうれん》、牛蒡子《ごぼうし》、桔梗《ききょう》、芍薬《しゃくやく》など十五種の生薬を、すべて同じ割合で併せて作る。

道庵は二つの薬を三日分作り、実之輔とお斎に渡した。

「食前もしくは食間に、ともに煎《せん》じて飲ませてあげてください。一緒に服用しますと、鼻と耳、両方に効き目があります。それらから引き起こされる頭痛にも」

実之輔とお斎は薬を胸に抱き、深々と頭を下げた。

「ありがとうございます。必ず飲ませます」

「悪性の病でなくて、本当によかったです。先生、恩に着ます」

真に安堵《あんど》したのだろう、お斎の目から涙がこぼれる。

お葉はお弓に掻い巻をかけ直しながら、話しかけた。

「原因が分かってよかったわね。道庵先生の治療、痛くなかったでしょう？」

お弓は頷き、小さな声で言った。

「痛くなかったわ。……先生、ありがとうございました」

「うむ。薬は少し苦いかもしれねえが、ちゃんと飲んでくれな。お嬢ちゃん、早く元気になるんだぜ」

「はい」

道庵に微笑まれ、お弓は素直に答えた。

部屋を出たところで、道庵とお葉は、実之輔とお斎に引き留められた。

「ご苦労様でございました。お時間がございますならば、お茶でも飲んでいかれませんか。お弓のことで、話したいこともございますので」

「あの子の持病のことなのです」

お葉は道庵と顔を見合わせる。道庵が答えた。

「お話、伺いましょう」


広い居間で、道庵とお葉は、実之輔夫婦に向かい合った。女中がお茶と栗羊羹《くりようかん》を運んできて、出してくれる。

女中が下がると、実之輔が薬礼の包みを差し出した。

「少なくて恐縮ですが、お納めください」

だが道庵は、手を伸ばさなかった。

「今回は私どもの手落ちということもありますので、お受け取りできません。それに私が出した薬が、お嬢さんにまた合わないとも限りませんからな。それゆえ暫く様子を見ることにいたしましょう。薬礼は次回からということで、お願いいたします」

道庵が一礼すると、実之輔とお斎は目を見開き、言葉を失った。道庵の頑《かたく》なさに、驚いたのだろう。実之輔は身を乗り出した。

「でも、先ほど見ておりましたら、あれほど多くの生薬を使っていらっしゃいました。その分のお代と、早朝からお手間を取らせてしまったことを考えますれば、薬礼をお受け取りいただかない訳には参りません」

「さようです。道庵先生に薬礼をお渡しせずにお返しするなど、実之屋の面目が立ちません。お願いです。どうぞお受け取りくださいませ」

お斎が包みを押しつけてくる。道庵は溜息《ためいき》をついた。

「困りましたな。ご自分たちのご都合ばかり考えられては。こちらとしましては、誤診した後に、改めて診させていただいたのです。それで薬礼を受け取るなど、私どもの面目が立ちません。もう少し、相手の都合というものを考えていただけませんか」

お葉は道庵の横顔を見つめる。道庵の医の心に触れる度、道庵への敬意も深まっていく。それとともに、己《おのれ》の失敗を反省する気持ちも強まっていくが、いっそうしっかり務めていきたいという思いも溢《あふ》れてくる。

困った顔をしている実之輔とお斎に、お葉は言った。

「今回は、すべて私の落ち度でございます。先生が仰《おっしゃ》いますこと、ご承諾いただけましたら幸いです。今後、充分に気をつけて参りますので、何卒お許しくださいませ」

お葉は畳に額がつくほどに、深々と頭を下げる。実之輔とお斎は慌てた。

「お葉さん、もうやめてください。無理を言った私たちのせいなのですから。……分かりました。そこまで仰るのならば、薬礼についていては次回からといいますことで、よろしくお願いいたします」

道庵は笑顔で頷《うなず》いた。

「そうしてくださるとありがたいです。お嬢さんのこと、しっかり治して参りますのでな」

道庵とお葉の人柄が分かったからだろうか、実之輔とお斎はすっかり心を開いたようで、お弓のことを詳しく話した。

「先にも申しましたが、あの子は生まれつき丈夫ではなくて、三年ほど前から目も患っているのです。右目だけなのですが、殆《ほとん》ど見えなくなってきているようで……。なかなか治らず、心配が募っております」

この時代、目の病に罹《かか》る者も多い。実之輔の後、お斎が続けた。

「お弓は小さい頃に両親を喪《うしな》いましてね。それが不憫《ふびん》で、私たちは甘やかして育ててしまったのです。手習い所でもからかわれたりして、それが辛《つら》いみたいで、休みがちで。友達もできず、可哀そうなんです。そのようなことが募って、我儘《わがまま》で捻《ひね》くれた娘になってしまいました」

涙ぐむお斎に、道庵が訊《たず》ねた。

「いったい、何をからかわれるのですか。躰《からだ》が弱いことですか」

お斎は息をつき、言いにくそうに答えた。

「お前の両親はずいぶん歳を取っているな、などと言われるみたいです。親代わりの私たちのことを揶揄《やゆ》しているのでしょう。仰るように、病弱なことも、からかいの種になっているようです」

話を聞き、道庵は眉根《まゆね》を寄せる。お葉の胸も痛んだ。奉公先で虐《いじ》められていた時のことを思い出したからだ。お弓にかつての自分が重なり合い、元気になってほしいという思いがいっそう強まる。

——大店《おおだな》のお嬢様のお弓ちゃんでも、からかいの対象になってしまうことがあるのね。

お葉は虚《むな》しさを感じつつ、言った。

「でも、お弓ちゃん、捻くれているようには見えません。素直なお嬢様だと思います」

　お斎は洟《はな》を啜《すす》りながら、答えた。

「それは、お葉さんが親切な方だと、お弓が直感したからだと思います。お葉さんには、素直になれたのでしょう。子供の勘って、鋭いみたいですから。大人のそれよりも遥《はる》かに」

　実之輔が相槌《あいづち》を打つ。

「確かに。お弓は、たとえ親戚《しんせき》でも、嫌だと思う者には挨拶《あいさつ》もしないのです。お医者にだってそうなので、正直、お二人に対するあの子の態度には驚いております」

　お葉は道庵と目を見合わせ、ともに笑みを浮かべた。

「お弓ちゃんに嫌われないで、よかったです」

「可愛いお嬢様なのですから、捻くれているなんて言わないであげてくださいね。もしお弓ちゃんの耳に入ったら、傷ついてしまいます」

　お葉が意見すると、実之輔とお斎は反省した面持ちで、大きく頷いた。

　道庵はお茶を啜り、訊ねた。

「ところで目の病というのは気になりますな。医者にかかったのですか」

「はい。何人かのお医者に診ていただきました。でも一向によくならず、年々、視界がぼやけてしまっているようなのです」

「薬は何を飲んでいましたか」

「六味地黄丸です」

道庵は顎《あご》をさすりながら、目を泳がせる。六味地黄丸《ろくみじおうがん》は、八味《はちみ》地黄丸から桂皮《けいひ》と附子《ぶし》を除いた処方のもので、排尿困難や頻尿、浮腫《むく》み、痒《かゆ》み、神経痛などに効き目があり、目の疲れにも効果を現す。

お斎が不安げに訊ねた。

「五臓にどこか悪いところがあって、それが目に出ているのでしょうか」

五臓とは、肝ノ臓、心ノ臓、脾《ひ》ノ臓、肺ノ臓、腎《じん》ノ臓のことである。道庵は答えた。

「いえ、片目だけならば、そうとは限りません。擦《こす》り過ぎて傷つけたなどということもあり得ます。もう一度診させていただきたく思いますが、診てもよろしいですかな。それとも次回にしましょうか。朝早くから伺って、お嬢さんもお疲れでしょうし」

実之輔は姿勢を正した。

「はい、もちろん次回でありがたい限りです。無理を言って来ていただいて、これ以上ご厚意に甘えてしまっては、申し訳が立ちません」

「先ほどお渡ししました竜胆瀉肝湯《りゅうたんしゃかんとう》は、目にも効きますので、是非飲ませてください。目のほうも、少しずつよくなるかもしれません」

実之輔とお斎は声を揃えて、礼を述べた。

「ありがとうございます。先生、お葉さん、今後ともよろしくお願いいたします」

「こちらこそ」

道庵とお葉も丁寧に礼を返す。

次の往診を約束して、腰を上げる。実之輔は駕籠《かご》を用意しようとしたが、道庵は丁重に断った。

「なに、こちらは、うちとそれほど離れておりません。弟子と一緒に散歩しながら帰りますよ」

お葉は頷いた。

「お天気もよいので、そういたします。このあたりの景色も眺められますし」

そう言って、実之屋を後にした。少し歩いて振り返ると、実之輔とお斎が店の前に佇《たたず》み、まだ見送っていた。二人に一礼され、お葉も立ち止まって礼を返す。そしてまた、道庵の後を追った。

亀井町の近くには、龍閑川《りゅうかんがわ》が流れている。浜町川《はまちょうがわ》を経て隅田川《すみだがわ》に抜ける掘割だ。朝の日差しに煌《きら》めく龍閑川に沿って歩きながら、お葉は道庵に改めて謝った。

「勝手なことをしてしまって、本当に申し訳ございませんでした」

「実之輔さんたちから話を聞いて、よく分かったぜ。まあ、お前がそんな勝手なことをするには、何か深い訳があったのだろうと思ってはいたがな」

お葉は声を掠《かす》れさせた。

「許していただけるのですね」

「前に言っただろう。お前がいくら失敗しても、俺はお前を見放すことなんてねえ、って」

道庵はお葉を見て、笑みを浮かべる。いつか、往診から帰る舟の上で、道庵に言われたことを思い出し、お葉の胸が熱くなる。言葉に詰まり、まだ青々としている銀杏《いちょう》の木の下で、お葉は目元をそっと指で押さえた。

すると、道庵が急に肩を回し、首を左右に動かした。

「しかし、朝から忙《せわ》しかったな。お葉、お前のせいでもあるから、後で肩揉《かたも》みをしてくれ。よくほぐれるまで、念入りに頼むぜ」

お葉は道庵を見つめ、目を瞬《またた》かせた。

「はい。……しっかり務めます」

笑いながら歩いていく道庵を、お葉は薬箱を抱えて追いかける。銀杏の並木の向こうには、目に沁《し》みるような青空が広がっていた。

四

次の日、お葉は一人で、龍閑川に沿って歩いた。薄曇りだが、気温はちょうどよく、過ごしやすい。川の流れは穏やかで、銀杏の葉もより濃く見えた。

実之屋に着くと、お葉は入口の長暖簾《のれん》を掻《か》き分け、中に入った。ちょうどお斎がいて、お葉を見て声を上げた。

「まあ、お葉さん。昨日はありがとうございました」

「こちらこそ。……あの、お弓ちゃんの具合、如何《いかが》ですか」

お斎は胸の前で手を合わせた。

「ええ、よくなって参りましたの。頭や頰、耳の痛みが消えてきたようです。特に耳が楽になったみたいで、本人も喜んでおります。鼻水も落ち着いて参りました」

お葉は面持ちを和らげた。

「それはよろしかったです。お薬、是非、続けていただきたいです」

「もちろんです！　よろしくお願いいたします。あ……気づかず申し訳ございません。薬礼をお渡ししなければ」

お斎に声を低められ、お葉は慌てて手を振った。

「それは次回でお願いいたします！　今日お伺いしたのは、お弓ちゃんに渡したいものがあったからです」

お斎はお葉を見つめた。

「では、直接あの子に渡してあげてください。そのほうが、あの子も喜ぶと思いますので。どうぞお上がりください」

「お邪魔いたします」

お葉はお斎に連れられ、奥へと通された。

お弓は臥《ふ》せっていたが、お葉を見ると笑みを浮かべた。お葉が傍らに腰を下ろすと、お弓は含羞《はにか》みながら訊《たず》ねた。

「今日も診にきてくれたの？」

お葉は微笑んだ。

「今日はね、お弓ちゃんに食べてもらいたいものを持ってきたの」

風呂敷《ふろしき》包《づつ》みの中から、弁当箱を取り出す。それを開けて見せると、お弓は目を見開いた。

「わあ、綺麗《きれい》！」

菊花と小さく切った柿が詰まった寒天に、お弓は感嘆する。お弓のこれほど生き生きとした声を聞いたのは、お葉は初めだった。

菓子に惹《ひ》きつけられるかのように、お弓は半身を起こそうとする。お葉とお斎が手伝った。

「ありがとう」

お弓はお葉に礼を言い、お斎をじっと見つめた。その眼差《まなざ》しに、お弓が二人きりにしてほしいと思っていることを読み取ったのだろう、お斎は腰を上げた。

「お茶を淹《い》れて参ります」

そう言い残し、部屋を離れた。

お葉はお弓と微笑み合った。お弓はまだ顔色はよいとは言えないが、面持ちはだいぶ和らいでいる。お葉は訊ねた。

「頬や耳の痛みはどう？」

「減ってきたわ。お薬が効いたのね」

「よかった。飲み続ければ、きっと消えるわ」

「苦いけれど……ちゃんと飲みます」

「お弓ちゃん、いい子ね」

お葉はお弓の小さな頭を撫《な》でる。そして右目をよく見た。道庵が言っていたように、黒目の色が少し薄く感じた。

「目は痛くはない？」

お弓は少し黙った後で、答えた。

「痛くはないけれど、右の目がぼやけて見えるの」

「そう。では今度、道庵先生に目もよく診てもらいましょう。少しずつ治していこうね」

お弓は不安げな顔でお葉を見た。

「治るかしら」

お葉はお弓の肩をそっと抱いた。

「大丈夫。必ずよくなるよう、先生と私で努めていくから」

お弓は小さく頷《うなず》く。お葉は菊花と柿の寒天を匙《さじ》で掬《すく》い、お弓の口元に近づけた。

「菊花には、目への薬効があるの。目の疲れを癒《いや》し、視力をよくしてくれるのよ」

お弓は大きな瞬きをした。

「菊の花にそんな力があるの？」

「そうよ。食べてみる？」

お弓はお葉を見つめたまま、口を開ける。お葉が食べさせると、お弓は顔をほころばせた。そしてまたすぐに口を開ける。三口食べ、お弓は笑顔で言った。

「美味《おい》しい。ほんのり甘くて」

お葉はお弓を見つめた。味が分かるようになったということは、鼻の具合もよくなってきているのだろう。お葉も笑みを浮かべた。

「喜んでもらえて、嬉《うれ》しいわ」

お弓は頷く。お葉から匙を受け取り、自分で食べ始めた。障子窓から秋の日が差している。お弓が匙で掬う度、美しい色合いの寒天が揺れた。

お弓が食べ終えると、お葉は用意してきた菊の被綿《きせわた》で、お弓の躰《からだ》を拭《ふ》いた。

長月（九月）九日の今日は、重陽の節句だ。お葉は昨日、菊の花に真綿を被《かぶ》せて、香りや露を吸わせた。その真綿で節句の当日に躰を拭《ぬぐ》い清めると、魔を祓《はら》い、長生きできると言い伝えられる。

「これで健やかに一年を過ごせるわ」

お弓の小さな手を真綿で優しく拭いながら、お葉が言う。お弓は急に涙ぐんだ。

「どうしたの」

お葉は手を止め、お弓を見つめる。お弓は鼻を啜《すす》りながら、ぽつりと言った。

「昔、おっ母さんに拭いてもらったことを思い出したの」

お葉は言葉に詰まる。お弓の寂しさが、お葉にはよく分かり、姿勢を正して優しく語りかけた。

「お弓ちゃんだけではないわ。私も、両親はもういないのよ」

お弓は涙に濡《ぬ》れる目で、お葉を見上げる。お葉はお弓に微笑みかけた。

「両親が亡くなった後、奉公に出されたの。そこでは虐《いじ》められて、ずっと独りぼっちだったわ」

お弓は目を瞬かせた。

「お姉ちゃんが？」

「そうよ。辛《つら》い目に遭って、それで私は病に罹《かか》ってしまったの。その時に、道庵先生に助けてもらったのよ」

お葉の話に、お弓は真摯《しんし》な面持ちで耳を傾ける。お葉は続けた。

「そして、命の大切さが分かった。それから先生のお手伝いをするようになったの。今は、少しでも多くの人たちの、傷ついた躰や心のお手当てをしたくて、毎日努めているわ」

お弓は掠《かす》れる声を出した。

「そうだったの……」

「寂しい思いをしているのは、お弓ちゃんだけではないわ。私もずっと寂しかったのだもの」

お葉はお弓の小さな肩を抱き寄せた。

「私たち、仲間なのかもしれないわね。きっと、仲よくできるわ」

お弓はお葉を食い入るように見つめて、言った。

「お姉ちゃん、仲よくしてくれるの?」

「もちろんよ。仲よしの約束をしましょう」

お葉が右手の小指を伸ばすと、お弓もおずおずと小指を差し出した。小指を絡ませ、お葉はお弓と指切りをした。

お弓の目から、ほろほろと涙がこぼれる。右目に刺激を与えぬよう気をつけながら、お葉は手ぬぐいで、お弓の涙をそっと拭った。

明後日に道庵と薬を届けにくることを約束して、お葉は実之屋を後にした。

帰り道、龍閑川に沿って歩きながら、昨夜のことを思い出していた。

緊張しつつも熱心に肩を揉《も》みほぐすお葉に、道庵は言ったのだ。明日は重陽の節句だから、菊花で何か作ってお弓に持っていってあげるといい、と。

——先生のお心遣いのおかげで、お弓ちゃんともぐっと親しくなれて嬉しいわ。

お弓ちゃんの笑顔、とっても可愛かったな。

来る時は薄曇りだったが、晴れてきている。目を上げると、木漏れ日が顔に降り注ぎ、お葉は頬を緩めた。可愛い妹ができたような思いで、足取り軽やかに、診療所へと戻っていった。

その夜、お葉は菊花ご飯を作った。塩と醤油《しょうゆ》と酒で味付けしながら白子《しらす》を一緒に炊き込んだご飯に、菊花を混ぜ合わせたものだ。

それに、鰯《いわし》と茄子《なす》を炒《いた》めた料理も添える。

——このお料理には思い出があるわ。

ちょうど一年前、生きる力を失っていたお葉に、道庵が作ってくれたのだ。その頃お葉は、助かってしまった身を嘆き、床に臥《ふ》せていた。だがその料理がとても美味しそうで、懸命に半身を起こして食べたのだ。

――あの時先生が、重陽の節句に茄子を食べる訳を教えてくれたわ。中風《ちゅうぶ》に罹らないで済むという言い伝えのほかに、災いを転じて福となす、という意味もあるって。思えばあの時から、私は少しずつ前向きになれていったのかも。先生が作ってくださったお料理のおかげで、この一年、元気に過ごすことができたのだわ。

お葉は、道庵も健やかでいてほしいと願いを籠《こ》めながら、鰯と茄子を炒め合わせた。

料理を作り終える頃、お繁が訪ねてきた。菊花の天麩羅《てんぷら》を持ってきてくれたのだ。すぐ帰ろうとするお繁を引き留め、皆で一緒に味わった。

「お葉、よかったね。この一年、無事に過ごせてさ」

「はい。先生とお繁さんのおかげです。その節は本当にありがとうございました」

お葉は改めて二人に深く礼をする。道庵が微笑んだ。

「今年もこうして祝えた。また一年、我々は元気でいられるぜ」

「寿命が延びますよ」

お繁も笑顔で相槌《あいづち》を打つ。皆で和やかに過ごしているところに、聞き覚えのある声と、板戸が叩《たた》かれる音が響いた。

道庵が出ていき、源信を連れて戻ってきた。

「お前、よく来るなあ。暇なのか」

ぶつぶつ言う道庵に、源信は唇を尖《とが》らせた。

「先生が侘《わび》しく暮らしてるんじゃねえかと思って、また酒を持ってきてやったんだ。感謝してもらいたいぜ」

源信は厚かましく腰を下ろし、鰯と茄子の炒めものに手を伸ばして、指で摘んで頬張る。お葉は急いで、源信の分の箸《はし》と皿と盃《さかずき》を用意した。

道庵と酒を酌み交わしながら、源信が切り出した。

「先生たち、実之屋の娘の治療をしていると聞いたんだが、俺も何か力添えさせてもらえないか？」

道庵は鼻で笑った。

「また分け前がほしいっていうのか」

「あたぼうよ！　と言いたいとこだが、ちょっと気になる噂を聞いたので、真に心配しているんだ」

「どんな噂だ」

「あそこの娘は目の病に罹っている、とな。もし白そこひ（白内障）だったら、俺が手術してもいいぜ。まあ、白そこひぐらいなら先生でも手術できるだろうが」

「まったく……お前は地獄耳だな」

道庵は眉根《まゆね》を寄せ、息をつく。

白そこひの手術の歴史は古く、室町《むろまち》時代に、印度《インド》から当時の元《げん》（中国）を経て伝わった。その手術法は、鍼《はり》で濁った水晶体を亜脱臼《だっきゅう》させて光の道を作る。つまりは鍼を目に刺す訳で、危険が伴うが、そのような手術を得意とする土生玄碩《はぶげんせき》などの高名な医者もいた。

源信は身を乗り出した。

「俺ならば絶対に失敗しないで治してみせるぜ。やらせてくれないか」

お葉は源信を眺め、息をつく。

──患者を治したいという気持ちも確かにあるでしょう。でも、どうもそれだけではないようだわ。とにかく手術をしたくて堪《たま》らないのね。……源信先生はそういう方。

道庵は酒を呷《あお》り、答えた。

「俺は目のほうはまだよく診ていねえから、はっきりしたことは言えねえ。白そこひか否かも分からねえ。だがな、もしそうであっても、今は手術はやめておく。齢《よわい》十の子供に、目の手術は危険過ぎる。薬で治していこうと思うが、大人になっても治らなければ、その時に手術を考えればいい」

源信は肩を竦《すく》めた。

「そうやって先延ばしにするよりも、さっさと手術して治しちまったほうが安心だろうが」

道庵は腕を組み、首を横に振った。

「駄目だ。実之屋の娘は、俺たちの患者だ。お前の好きにはさせねえ。どうしても目の手術をしたいのなら、お前のところに来た患者にしろ」

「まったく、いつまで経っても石頭だなあ」

源信は苦虫《にがむし》を嚙《か》み潰《つぶ》したような顔で、手酌で酒を吞《の》む。お繁が微笑んだ。

「道庵先生は、そういう石頭のところがいいんですよ。ねえ、お葉？」

お葉は道庵をちらと見る。ぶすっとした面持ちで腕を組んでいる道庵は、如何《いか》にも頑固者といった趣だ。

「はい。それに、私も先生の仰《おつしや》るとおりと思います。お弓ちゃんはもともとお医者があまり好きではないのです。そのような手術など、怖がってしまって、きっと受けられません」

お繁も相槌を打った。

「子供に麻沸散《まふっさん》（麻酔）を使うのも躊躇《ためら》われるものね。やはり今はやめておいたほうがいいよ」

道庵が有無を言わせぬ目で、源信を見やった。

「という訳で、我々はお前の申し出を断る。まあ、またの機会に力添えを頼むぜ。何かあったら、よろしくな」

「……人を都合よく使いやがって」

源信はぶつくさ言いながらも、居座って酒を呑む。お葉は腰を上げ、菊花を持ってきて、道庵たちの盃にその花びらを浮かべた。麗しい菊酒に、三人の顔がほころぶ。お葉はお茶に菊の花びらを浮かべて、味わった。重陽の節句の夜は、なんだかんだと、穏やかに更けていった。

五

二日後に約束どおり往診にいくと、お弓は起き上がって姿勢を正して座っていた。顔色もよくなってきている。お葉は思わず声を上げた。

「お弓ちゃん、お元気そうね」

お弓は含羞《はにか》みながら頷《うなず》いた。

「お薬が効いているみたい」

お葉だけでなく、道庵の面持ちもほぐれる。お斎は少し涙ぐんだ。

「先日診ていただいた時は、頭や頬が痛くて、そのせいか眩暈《めまい》が酷《ひど》くて起き上がれなかったんです。鼻水も止まらなくて、耳も聞こえにくくて……。それが、動けるようになって参りました。先生たちのおかげです。恩に着ます」

道庵はお斎に答えた。

「いえ、私たちだけということはありません。ご家族の熱心な看病があってこそです。……お弓ちゃん、よかったな。薬、苦いかもしれねえが、もう少し我慢してな」

するとお弓がくすりと笑った。お葉はその笑みの意味が分かったが、道庵は目を瞬かせる。お葉がお弓の気持ちを代弁した。

「お弓ちゃん、たぶん、先生のべらんめえな口ぶりが可笑《おか》しいのだと思います」

道庵は頭を掻《か》いた。

「そうか。お弓ちゃんにも丁寧に話さなければな」

するとお斎が泣き笑いで言った。

「べらんめえで、いいのですよ。お弓、喜んでおりますから」

道庵はまた頭を掻いた。

「ならば、このままで。お弓ちゃん、よろしくな」

「はい」

お弓の声にも張りが出てきている。

道庵が診たところ、鼻の膿《うみ》と、それによる急性の耳の病はよくなってきていた。耳の膿も殆《ほとん》ど出なくなっている。

目を丁寧に診たところ、やはりお弓は白そこひのようであった。お葉は道庵を手伝い、薬を作って渡した。

先日も処方した、鼻の膿に効く竜胆瀉肝湯《りゅうたんしゃかんとう》と、併せて服用すると耳の膿や腫れに効く柴胡清肝湯《さいこせいかんとう》だ。それに加えて、白そこひに効き目がある杞菊地黄丸《こぎくじおうがん》も渡す。丸薬のそれは、予《あらかじ》め作ってあった。

杞菊地黄丸は、補腎益精《ほじんえきせい》の効果を持つ六味地黄丸《ろくみ》に枸杞子《くこし》と菊花を併せて作る。枸杞子とは、枸杞の実を乾燥したものだ。

枸杞子と菊花は、ともに肝ノ臓の機能を高め、目にも効き目がある。目は肝ノ臓と密接な関係にあるからだ。

それを、腎ノ臓の働きをよくする六味地黄丸に併せることによって、肝ノ臓と腎ノ臓の両方が強められ、白そこひにも効果を現す。

道庵はお斎に言った。

「丸薬なので、煎《せん》じ薬よりは飲みやすいでしょう。耳は治ってきているので、耳の薬はそろそろ出さなくてもよろしいかもしれませんな。小さいお子さんに薬を飲ませ過ぎてもよくありませんが、鼻と目の薬は暫《しばら》く続けてみましょう」

お斎は繰り返し礼を言い、深く頭を下げる。実之輔も顔を出し、道庵とお葉に礼を述べた。

「お二人に診ていただいて、本当によかったです。お弓、あれほど医者嫌いだったのに、お二人がいらっしゃるのをそわそわしながら待っているのですから」

道庵は笑った。

「それはいいですな。医者に診てもらうのが楽しみになれば、治りも一段と早くなります」

「お弓ちゃん、また来るわね」

お葉が微笑むと、お弓は照れくさそうに頰を微《かす》かに染めて頷く。お葉は小さな包みを開き、小菊を取り出した。枯れぬように、茎の切り口を濡《ぬ》らした布で包《くる》んである。お葉はそれを、お弓に差し出した。

「よかったら、お部屋に飾ってね」

薄紅色と白色の小菊を眺め、お弓は目を丸くした。

「私がもらってもいいの？」

「もちろん。そのために持ってきたのだもの」

お葉から受け取り、お弓の目が微かに潤む。

「お花、好きよ」

「分かっていたわ」

お弓は先日、菊花と柿の寒天を見て感嘆の声を上げ、喜んで味わった。そのことからお葉は、お弓は花が好きなのではないかと察したのだ。

実之輔は、孫娘の頭を撫《な》でた。

「お弓、よかったな。菊は、お前のお父つぁんとおっ母さんも好きだったものな」

「菊は長持ちしますものね。大切にいたします。お心遣い、痛み入ります」

お斎はお葉にまたも丁寧に礼をし、腰を上げた。

「花器に水を入れて参りますね」

お斎が部屋を出ていき、象牙《ぞうげ》色の襖《ふすま》が静かに閉じられる。お弓は手にした小菊とお葉を交互に眺めながら、愛らしい笑みを浮かべていた。


お葉は四日に一度、道庵と一緒に実之屋に往診にいくようになった。

少しずつ寒さが増し、銀杏《いちょう》の葉の色が薄くなるにつれ、お弓は元気になっていった。鼻水はまだ出るものの、痛みは完全に消え、右目も以前よりは見えてきたようだ。お葉と散歩にいくこともあるが、手習い所にはまだ行く気が起きないらしい。欠席続きで、行きそびれてしまっているのだろう。

孫娘が心配のようで、ある時、道庵とお葉は、実之輔とお斎に相談された。

「どうしても通う気になれないのでしたら、お師匠さんに家に来ていただいて、家で学ばせてもいいとは思っているのです。でも、そうしますと同い年の友達ができず、あの子の我儘《わがまま》を増長させてしまう気もします」

道庵は答えた。

「いろいろな学び方があってもいいとは思いますが、まだ十ですからな。子供同士、賑《にぎ》やかに過ごすことも大事でしょう。それに手習い所はいくつもあります。一つのところが合わなくても、お弓ちゃんに合うところを見つけては如何《いかが》ですかな」

お弓はいずれ婿を取り、実之屋を継ぐことになるのだろう。ならば基礎の学力は必要であろうし、もう少し経てばお茶やお花などのお稽古《けいこ》事を始めて、礼儀作法も習得しなければならぬように思われた。

「いずれにせよ、健やかになってくれることが一番です。そうすれば、あの子の気持ちも少しずつ変わって参りますでしょう」

実之輔の言葉に、お葉は大きく頷いた。

六

来月の神無月（十月）は、暦の上では冬になる。初亥《はつい》の日には炉開きをして、火鉢や炬燵《こたつ》を用意するのだ。冬の足音が聞こえてきた、長月も終わりの頃の午後《ひるご》。診療所に何者かが飛び込んできて、叫んだ。

「すみません！　お弓お嬢様、こちらに来ていませんか」

驚いて道庵とお葉が出ていくと、覚えのある男が立っていた。実之屋の番頭だ。その剣幕に只事《ただごと》でない何かを感じ、お葉は胸に手を当てる。道庵が答えた。

「いえ、来ておりませんが、どうかなさいましたか」

「朝から姿が見えないのです。必死に捜したのですが、どこにもいなくて。こちらにもいないとなると……もしや、勾引《かどわ》かされたのでは」

番頭が唇を嚙《か》み締める。お葉は目を見開き、両手で口を押さえた。血の気が引いていくのが、自分でも分かる。

道庵は声を上擦らせた。

「どういうことです？　目を離した隙にいなくなったのですか」

「はい。お内儀様が起こしにいった時にはもう姿が見えず、厠《かわや》に行ったとばかり思っていたそうですが、なかなか戻ってこずに心配になって見にいったところ、中にはいなかったのです。煙の如く消えてしまいました」

お弓の無邪気な笑顔を思い出し、お葉は眩暈《めまい》を感じて、こめかみを押さえた。

——お弓ちゃん、どうか無事でいて。

祈るような思いが溢《あふ》れてくる。番頭が言った。

「もし、万が一にお嬢様がこちらへ来るようなことがございましたら、お手数おかけしますがお報《しら》せくださいますか。直ちに迎えに参りますので。……何卒《なにとぞ》、よろしくお願いいたします。お仕事中のところ、お騒がせして申し訳ございません」

番頭は深々と頭を下げる。恐縮の面持ちで立ち去ろうとしたところで、道庵が声をかけた。

「ご迷惑でなければ、私たちも捜すことに力添えしましょう」

お葉もすぐに続けた。

「是非、そうさせてください。お弓ちゃんが気懸かりで、仕事に身が入りません」

道庵とお葉の申し出に、番頭は平身低頭で感謝を述べる。番頭と一緒に、実之屋へと向かった。


実之屋に着くと、北町奉行所定町廻り同心《きたまちぶぎょうしょじょうまちまわりどうしん》の野木謙之助《のぎけんのすけ》の姿があった。謙之助は齢《よわい》二十五、優しげな面立ちで穏やかな趣だが、いざとなると男気を見せる。掏摸《すり》に刺されたところを道庵とお葉が手当てしたことが縁で、懇意の仲である。

勾引かしを懸念し、手代が番所に走り、そこの番人が奉行所に連絡したようだ。謙之助のほかにも同心が一人いて、それぞれの岡っ引きたちも集まっていた。

挨拶《あいさつ》を交わした後で、謙之助がお葉たちに言った。

「実之屋へ往診にきていたそうだな。先ほど、お内儀から聞いた」

「はい。お弓さんの治療をしていました。それで気に懸かりまして」

道庵が答えると、謙之助は苦々しい顔で声を潜めた。

「勾引かしかと思ったが、お嬢さんが姿を消してだいぶ時間が経っているのに、身代金の要求などがまだないんだ。ならば……神隠しということも考えられる」

「神隠し、ですか」

お葉は息を呑《の》み、手を握り合わせる。謙之助はお葉に謝った。

「不安にさせるようなことを言ってしまい、すまなかった。お内儀から聞いた。お弓はお葉ちゃんに懐いていたそうだな。本当の姉さんができたようだと、喜んでいたらしい」

お弓のことが思い出され、お葉は思わず涙ぐむ。早く見つかってほしいと祈るしかできないことが、もどかしい。謙之助が、お葉の肩に手を乗せた。

「必ず見つけ出してみせる。今から皆であらゆるところを捜してくるから、待っていてくれ」

「はい。お気をつけて」

お葉は目元を拭《ぬぐ》い、謙之助に頷《うなず》いた。

だが、謙之助たちはなかなか戻ってこなかった。徐々に日差しが弱まり始める。

この時季は、七つ半（午後五時）になれば薄暗くなってくる。

実之屋の者たちは皆、店に集まり、肩を落として沈痛の面持ちで、謙之助たちの報せを待っていた。実之輔とお斎は憔悴《しょうすい》しきっている。お斎は、涙も枯れ果てたようだった。

刻一刻が、耐え難いような重さで過ぎる。お葉は、組んだ両手を顎《あご》に近づけ、ひたすら祈っていた。

半刻《はんとき》（およそ一時間）ほど経つと謙之助が戻ってきて、厳しい面持ちで、実之輔とお斎に訊《たず》ねた。

「思い出してくれ。どのような些細《ささい》なことでもいい。近頃、お弓に変わったことはなかったか」

寒くなってきた時季というのに、謙之助は額に薄《うっす》ら汗を滲《にじ》ませている。駆け回っても、まだ手懸かりが摑《つか》めぬようだ。

お斎は項垂《うなだ》れ、唇を嚙んだ。

「近頃はずいぶん元気になってきておりまして、そろそろ手習い所に再び通おうとしていた矢先でした。なのに……どうしてこんなことに」

お斎の目から、大粒の涙がこぼれる。お葉の胸に、不穏な考えが浮かんだ。

――まさかお弓ちゃん、手習い所に通うのが本当は嫌で、それで家出してしまったのでは。

でも、そんなことはあり得ないと、必死で考えを打ち消す。お葉は不安に苛《さいな》まれつつ、実之輔が自分をじっと見ていることに気づいた。お葉が首を少し傾げると、実之輔が口を開いた。

「部屋に飾ってあった花が、なくなっていたような気がします。お葉さんにいただいた小菊が」

お斎が涙を拭いながら顔を上げた。

「そういえば……。ちょっと見て参ります」

足音を立てて、奥へと下がる。そしてすぐに戻ってきて、お斎は言った。

「なくなっていました。あの子、菊を持ってどこかに行ったのでしょうか」

お葉は、道庵の横顔を眺めた。道庵も厳しい面持ちで、考え込んでいる。お葉は、道庵はその欅《けやき》の木に似ていると思っている。

生まれ育った巣鴨の野原に立っている、欅の木を思い出した。お葉は以前から、道庵はその欅の木に似ていると思っている。

お葉はゆっくりと口を開いた。

「もしかしたら、お弓ちゃんは、お亡くなりになったご両親のお墓参りにいったのかもしれません」

皆の目が、お葉に集まる。お葉は道庵をちらと見て、続けた。

「私も先々月、お墓参りにいったのですが、その時、菊の花を持っていってお供えしました」

実之輔が躊躇《ためら》いながら言った。

「で、でも、うちには立派な仏壇だってあるのです。両親に祈りたいなら、仏壇の前で手を合わせればいいと思うのですが」

道庵が口を出した。

「仏壇に祈るのと、墓を参るのでは、少し違うかもしれませんな」

お葉は頷いた。

「仏壇もよいのですが、亡き人のお骨が眠っているところを訪ねたい気持ち、私にはよく分かるのです。両親はいつも私の心の中にいますが、久方ぶりにお墓参りにいって、とても気持ちが満たされました。……お弓ちゃん、お花が枯れる前に、ご両親に見せてあげたかったのではないでしょうか。実之輔様、仰《おっしゃ》ってましたよね。お弓ちゃんのご両親も菊の花がお好きだった、と」

「……確かに」

実之輔は目を泳がせ、顎を撫《な》でる。謙之助が訊ねた。

「ご両親のお墓はどこだ」

「浅草《あさくさ》の善立寺《ぜんりゅうじ》です。三味線《しゃみせん》堀《ぼり》のほうにあるのですが」

「ならばここと少し離れているな。子供の足では時間がかかってしまうだろう。よし、今からそこへ向かってみよう」

言うなり、謙之助は飛び出していく。お葉は外へ出て、声をかけた。

「謙之助様、よろしくお願いいたします」

謙之助はいったん振り返り、大きく手を振ると、また駆けていった。


日が暮れる頃、お弓は謙之助に無事保護され、一緒に実之屋へ戻ってきた。やはり一人で両親のお墓参りにいっていたのだ。その帰り、道に迷いそうになっていたところを、謙之助に見つけられたようだ。

心配させては駄目ではないかと、お弓は大人たちから叱責された。

「ごめんなさい」

迷いそうになったのが怖かったのだろう、お弓は詫《わ》びの言葉を繰り返し、泣きじゃくった。

「もう勝手なことは、絶対にしません」

お弓は大人たちに誓った。


謙之助たちは上役に報《しら》せるために先に帰り、その後で道庵とお葉が帰ろうとしたところ、実之輔とお斎に涙を浮かべて礼を言われた。

「お弓のことでは皆様にご迷惑をおかけしてしまいましたが、あの子、以前よりずっと朗らかになって参りました。道庵先生とお葉さんのおかげです」

道庵は微笑んだ。

「それはよかった。だが元気になりますと、子供はどうしても飛び跳ねてしまいます。今日みたいなことがあるので、気をつけてください」

「はい。申し訳ございませんでした」

実之輔とお斎は肩を竦《すく》めてひたすら恐縮の体《てい》だ。お弓が何か言いたそうな面持ちで、お葉を見る。お葉はお斎たちに一礼し、お弓の小さな背中に手を当て、外に出た。

お葉は身を少し屈《かが》め、お弓に優しく諭した。

「これからは、どこかへ行く時は、家の人に必ず行き先を伝えておかなくては駄目よ」

お弓は大きく頷《うなず》き、涙に潤む目を瞬《しばたた》かせた。

「本当にごめんなさい。……お姉ちゃんと先生を見ていたら、とても仲がよくて、羨《うらや》ましくて。それで私も、お父つぁんとおっ母さんに会いたくて堪《たま》らなくなって。お墓にまで行ってしまったの」

お葉は言葉を失う。お弓の気持ちがよく分かり、切なさが込み上げたのだ。お弓は続けて言った。

「それに、お父つぁんとおっ母さんに、どうしても報せたいことがあったから」

お葉は首を傾げ、訊ねた。

「何を報せたかったの」

お弓はお葉を見つめ、恥ずかしそうに答えた。

「……お医者さんのお弟子さんで、仲よくしてくれる人ができた、って」

お弓はそれがとても嬉《うれ》しくて、そのお葉からもらった花を亡き両親に手向けたかったと言った。

「そうだったのね」

お葉はお弓を抱き寄せ、頭を撫でた。お弓が取った行動は決して褒められることではないが、彼女への愛《いと》しさが溢《あふ》れてくる。

お弓は、これからは気をつけると、お葉に約束した。

お葉は道庵と診療所に戻り、部屋で一人になると《医心帖《いしんちょう》》を開いた。日々、学んだことや気づいたことなどを書き留めている。文月《ふづき》（七月）の出来事を読み返してみた。

お盆休みに道庵と、巣鴨まで両親のお墓参りにいったことを記していた。

《五年ぶりに巣鴨にいった。先生が、お父つぁんとおっ母さんのお墓に、菊の花とおせんこうを手向けてくれた。私を弟子として、りっぱに育てると、お父つぁんとおっ母さんに、約束してくださった。あんまりうれしくて、胸がいっぱいで、しゃべれなくなってしまった。とても暑かったけれど、空がすんでいて、風がきもちよくて、さわやかだった。空のむこうに、お父つぁんとおっ母さんの笑顔が見えた。この日を、一生、わすれないだろう》

その時のことを思い出して、お葉の胸が熱くなる。お墓参りの後で、道庵と欅の木を見たことも綴《つづ》っていた。

お葉が生まれ育った巣鴨の野原には、大きな欅の木がある。その欅は深く根を下ろして、どっしりしていて、嵐や雷などにも動じない。猛々《たけだけ》しいのに、四季折々に、繊細に姿を変える。強さと細やかさを併せ持ち、枯れているように見えて内に熱い思いを抱いている道庵は、お葉の目には、以前からその欅《けやき》の木のように映っていた。道庵の真っすぐさや、節くれ立つようなぶっきら棒なところも、欅の幹と重なり合った。

その欅の木を道庵と一緒に眺めることができた時、お葉の心は震えたものだ。

《先生はあのケヤキににていると言ったら、先生は優しい笑みをうかべた。先生は私のことを、名のとおり、木々の葉ににているとおっしゃる。木や葉からとれる生薬のように、これからも先生と、たくさんの人たちの病を治していきたい。先生のお力に少しでもなれるよう、つとめたい》

二月（二ヵ月）以上が経っているが、お葉はあの日のことを鮮明に覚えている。道庵と、亡き両親のお墓を参れたことは、お葉の胸に深く刻み込まれた。

息をつき、今日の出来事を綴るために、筆を執った。

《お弓ちゃんに、はらはらさせられた。でも明るくなってきて、うれしい。これからも仲よくさせてほしい。そして元気になるお手伝いをさせてほしい。お弓ちゃんだけでない、私もまだまだ失敗する。いっしょに成長していきたい》

神無月朔日《さくじつ》（十月一日）は、空がどこまでも高く見えるほどに、晴れ渡っていた。

お葉はお弓の小さな手を握り、龍閑川沿いの道を歩いていた。

南のほうへ少し逸《そ》れ、稲荷《いなり》を過ぎると、手習い所に着いた。小さな庭に桜の木が立っていて、子供たちが集まってきている。何人かの子供は、お弓を見て、驚いたような顔をした。

お葉はお弓の背中にそっと触れた。お弓が不安げな面持ちでお葉を見上げる。お葉は、大丈夫、というように笑顔で頷いた。するとお弓の顔は和らいだ。

お葉が背中を優しく押すと、お弓は駆けていった。子供たちがお葉のほうをちらちらと見ながら、お弓に話しかける。お弓は振り向き、手を大きく振った。

「お姉ちゃん、ありがとう！」

お葉も大きな声で返した。

「お弓ちゃん、しっかりね！」

そして拳《こぶし》を軽く掲げると、お弓も笑顔で真似をした。子供たちは目を丸くして、二人を眺める。中から師匠と思《おぼ》しき男が出てきたので、お葉は丁寧に一礼した。

桜の木の枝に、お腹が蜜柑色《みかんいろ》の鳥が止まって、愛らしくさえずっている。めっきり肌寒くなってきたというのに、その眺めには麗《うら》らかな温《ぬく》もりがあった。

第二章　新しい父

一

　神無月（十月）、裏庭の石蕗《つわぶき》が鮮やかな黄色い花を咲かせる頃。お葉は早朝から忙しかった。今日は、初亥《はつい》の日、つまりは炉開きだ。丸火鉢や長火鉢や置炬燵《おきごたつ》を出して、冬支度をする。

　風邪の患者も増えてきたので、今日からは中に入って待ってもらうことにした。いつもは外に並んでもらっているのだ。

　お葉は道庵と一緒に土間を片づけ、そこにも火鉢と、患者が腰かけるための床几《しょうぎ》を置いた。

　それから急いで朝餉《あさげ》を作って食べ、診療所を開ける。既に患者が待っていた。

午前《ひるまえ》は目まぐるしく過ぎ、正午を過ぎてようやく一息ついた。道庵が眼鏡を外して眉間《みけん》を揉《も》む。ちなみに道庵は、仕事をする時と本を読む時は、必ず眼鏡をかけている。眼鏡容《い》れを仕舞う袋と、眼鏡拭《ふ》きは、お葉の手作りだ。道庵はそれらを大切にしてくれていた。

「患者が増えてきたな。お葉、お前も風邪には気をつけろよ」

「はい。先生もお気をつけください」

「俺はお前が作ってくれる柚子《ゆず》酒を呑《の》んでいるから、大丈夫だ」

道庵は笑みを浮かべる。柚子は万能の食べ物だと道庵に教えられ、お葉が柚子酒を作ってみたところ、道庵はすっかり気に入ってしまったのだ。お葉は笑みを返した。

「でも先生、お酒の呑み過ぎには用心なさってくださいね」

道庵は度を越して呑むことはないと重々分かっているが、一応、念を押す。道庵は肩を竦《すく》めた。

「お葉に釘《くぎ》を刺されたら、言うことを聞かなくちゃいけねえな」

「はい、もちろん」

診療部屋に笑いが起きる。火鉢の炭が、爆《は》ぜる音を立てていた。

交替で昼餉《ひるげ》を取ろうとしていると、格子戸が勢いよく開かれ、大声が響いた。

「すみません！　屋根から足を滑らせて、重傷です。診てくださいませんか」

お葉は道庵と顔を見合わせる。ほぼ同時に立ち上がり、一緒に出ていった。

二人の若い男に左右から担がれるようにして、齢《よわい》五十ぐらいの男が顔を顰《しか》めている。先ほど声を上げたのは、若い男のどちらかだろう。担がれている男は足を傷めたらしく、立っているのも苦痛のようだ。お葉は道庵に囁《ささや》いた。

「あの、お座りになってもらったほうが」

道庵は小さく頷《うなず》き、男に声をかけた。身なりから察するに、三人とも大工であろう。

「いったん、ここに座ってもらえるかい」

道庵が上がり框《がまち》を指すと、若い男たちが座らせた。お葉も手伝い、背中を支える。男は痛みで声も出せないようだ。顰め面で唇を嚙《か》み締めている。男が穿《は》いている黒い股引《ももひき》に血が滲《にじ》んでいることに気づき、お葉は息を呑んだ。

道庵が股引を捲《まく》ろうとすると、男は呻《うめ》いた。

「お葉も手伝ってくれ」

頼まれ、お葉も必死に捲ろうとするが、擦《こす》れてしまって痛いのだろう、男は悲鳴を上げた。道庵はお葉に目配《めくば》せした。

「鋏《はさみ》を持ってきてくれ」

「はい」

お葉は頷き、急いで鋏を取りにいく。それを持って戻り、道庵に渡した。股引を切り、脹脛《ふくらはぎ》が露わになると、お葉は一瞬、目を逸《そ》らした。男の脹脛は、裂けるように切れていて、血が止まっていなかった。

「お葉、焼酎《しょうちゅう》だ」

道庵に言われ、お葉は直ちに焼酎を持ってくる。道庵は焼酎を口に含み、男の脹脛へと吹きかけた。男の悲鳴が響いた。男が身を捩《よじ》るので、道庵は若い男たちに頼んだ。

「すまねえが、押さえていてくれ」

「あ、はい」

二人は男を押さえつける。道庵が何度か焼酎の消毒を繰り返すと、固まっていた血が流れ、傷口がよく見えた。かなり深い裂傷だ。血もまたすぐに滲んでくる。屋根から落ちる時に、何かに足を引っかけてしまったと思われた。

お葉は道庵に訊《たず》ねた。

「晒《さら》しをご用意しましょうか」

「そうだな。中黄膏《ちゅうおうこう》もお願いする」

「かしこまりました」

中黄膏は、外傷や火傷《やけど》、皮膚の病、出血などに効く塗り薬だ。消炎や解毒作用のある黄檗《おうばく》と鬱金《うこん》に、蜜蠟《みつろう》と胡麻油《ごまあぶら》を併せて作る。

お葉はそれらを持って戻り、男の傷口に薬を丁寧に塗った。沁《し》みるようで男は呻いたが、ほかの二人に押さえてもらっているので、すぐに塗り終えることができた。患部を晒しで押さえ、その上からまた晒しを巻きつけ固定する。脹脛の治療をひとまず終えると、男の面持ちも少し和らいだようだった。

道庵は大きな手で男の足に触れながら、訊ねた。

「ほかに痛いところはあるかい」

「ひ、左の足首が痛《いて》えです」

道庵が足首に手を伸ばすと、男は躰《からだ》をびくっとさせた。少し触れるだけでも痛みが走るのだろう。

「我慢してくれ」

道庵は男に言い、右手の人差し指と中指の二本で、足首の周りの数カ所を押さえるように診ていく。ツボを確かめているのだろうと思われた。

「折れてはいねえようだな。捻挫《ねんざ》だが、ちいと重傷ってところだ。まあ、治るだろう。仕事もまたできるようになるから、心配はいらねえぜ」

「……よかった」

男はほっとしたようだ。若い男たちも、ようやく顔をほころばせた。

「それを聞いて安心しました。棟梁《とうりょう》にも報《しら》せることができます」

「吾作《ごさく》さんが働けなくなったら、うちの組、腕のよい職人がいなくなっちまうんで」

男は吾作という名のようだ。道庵は、二人をじろりと見た。

「それは、お前さんたちが腕を上げれば済むことだがな」

「はい、まあ、仰《おっしゃ》るとおりで」

二人は頭を掻《か》く。お葉は、ぼんやりと思った。

――どうして吾作さんはそれほど腕がよろしいのに、足を滑らせたりしたのかしら。でも……人間は誰しも、間違えることもあるわよね。

道庵は吾作に訊ねた。

「落ちた時に、頭は打たなかったか」

「足から落ちたんで大丈夫だったが、肩を打った。尻《しり》と腰も痛え」

この近くの商家で、屋根の修理をしていて災難に見舞われたらしい。道庵に頼まれ、お葉は筵《むしろ》を用意した。吾作をそれに乗せ、皆で引っ張って診療部屋へと運んだ。

道庵が吾作を丁寧に診ている間、お葉は薬部屋で治打撲一方《ぢだぼくいっぽう》を作った。この薬は、名のとおり、打撲や捻挫、骨折の治療に使われる。

川芎《せんきゅう》や桂皮《けいひ》や丁子《ちょうじ》など七種の生薬を併せて作るこの薬は、戦国時代の金創医《きんそうい》から伝わったという。生薬の配合において、傷を負った直後には大黄《だいおう》を用い、数日経っても効果があまり見られない時には、附子《ぶし》を加える。吾作には、大黄を併せて作った。

散薬（煎《せん》じ薬）であるが、患部に湿布する方法もある。その場合は、活血効果のある酒や酢で溶かして使った。

お葉が煎じた治打撲一方を、吾作は顔を少々顰めながら飲んだ。道庵が言った。

「お前さん、躰が鍛えられているだけあって、骨折は免れたな。捻挫と打撲だ。薬と鍼灸《しんきゅう》と按摩《あんま》で、治していけるぜ」

「先生、お願いするよ。しかし腰も痛えなあ」

吾作は苦悶《くもん》の面持ちで腰をさする。道庵が訊ねた。

「かみさんと住んでるのか」

「かみさんは、三年前にあの世に逝っちまった。今は娘と暮らしてる」

「そうか。お前さんの躰の具合を見たいんで、何日かここに留《とど》まってもらいてえんだが、できるかい」

吾作は溜息《ためいき》をつき、肩を落とした。

「今日はもう動けねえような気がするから、泊めてもらえるとありがてえ」

道庵は頷き、今度は若い男たちに言った。

「この親父《おやじ》さんは、今日は取り敢《あ》えずここで預かるので、その旨、娘さんに伝えてもらえるかい？　お父つぁんが帰ってこなかったら、娘さんも不安になるだろうからよ」

「はい。必ず報せます」

二人は約束し、帰っていった。

吾作は養生部屋に留まることになり、お葉は夕餉《ゆうげ》を作って出した。吾作は内臓に疾患がある訳ではないので、精のつく料理を選んだ。

ちょうどこの時季は、鮭が美味《おい》しい。道庵曰《いわ》く、魚や獣肉には人間の躰を作る栄養があるとのことで、傷を負った時に食べると躰の修復に繋《つな》がるのでよいそうだ。鮭のほかに榎《えのき》や葱《ねぎ》や豆腐を加え、味噌《みそ》仕立ての小鍋《なべ》にした。豆腐や味噌にも、躰を作る栄養があることを、お葉は覚えている。

鮭の小鍋と白いご飯に沢庵《たくあん》が添えられた夕餉を見て、吾作は顔をほころばせた。彼の笑顔を初めて見られて、お葉は少し安堵《あんど》した。

吾作はすぐに箸《はし》をつけ、しみじみと言った。

「旨《うめ》えなあ。泊めてもらって、本当にありがてえ」

お葉は微笑んだ。

「お気に召していただけて、よかったです。しっかり召し上がれば、傷の治りも早くなりますから。吾作さん、痛いところはございませんか」

すると吾作は食べる手を止め、眉《まゆ》を掻いた。

「足首と腰と肩は相変わらず痛え。だが、脹脛が一番かもしれねえ」

お葉は眉根《まゆね》を微《かす》かに寄せた。あの深い裂傷が、瞼《まぶた》に浮かんだ。

「かしこまりました。お食事の後で、お手当てさせていただきますね」

不安を見せぬよう、お葉は努めて朗らかに返事をした。ごゆっくりお召し上がりください、と告げて、部屋を出た。

養生部屋に男の患者が留まっている時は、お葉は居間に移って寝起きする。年頃のお葉を慮《おもんぱか》り、道庵がそう決めているのだ。そして患者が重症の時は、道庵が隣の養生部屋で寝起きする。吾作は命に関わる病ではないが、動けず襁褓《むつき》を当てる状態だったので、道庵は隣に移っていた。

女の患者の下の世話はお葉が務めるが、男の患者のそれは道庵がまだ務めてくれていた。

次の日、若い大工たちが棟梁を連れて再び訪れた。

彼らによると、吾作の怪我のことと、ここで養生していることは、娘にちゃんと伝えたという。

「娘さん、よろしくお願いします、とのことです」

若い大工の一人が言うと、棟梁が続けた。

「ご迷惑おかけしますが、吾作をしっかり治してくだせえ。仕事に復帰しますのは、それからでも充分ですんで。吾作は今まで懸命に働いてくれたので、これを機会に少しの間、躰を休めてほしいと思っておりやす。先生、どうか頼みます」

棟梁は道庵に深々と頭を下げた。

三人で吾作を見舞い、暫くして帰っていった。

二

吾作へは、煎じ薬、塗り薬、そして鍼灸と按摩の治療を続けた。道庵は、吾作の傷ついた足首の周りに鍼《はり》をたくさん刺して様子を見ていた。足首の周りにはツボが多いとのことだ。腰や肩も鍼で治していくと、二日ほどすると、吾作の痛みは幾分和らいだようだった。躰《からだ》を動かすことができるようになってきたが、お葉が心配なのは脹脛《ふくらはぎ》の傷であった。

吾作は何かに摑《つか》まれば立ち上がれそうなのだが、足に力に入れようとすると、その裂傷が酷《ひど》く痛むためか、できなかった。

お葉はこまめに薬を塗って晒《さら》しを当て変えていたが、不安に苛《さいな》まれていた。

――この深い傷、本当にこれだけで治るのかしら。

以前この養生部屋に留まっていた、武家の娘の傷が思い出され、お葉は深い溜息をつくのだった。

その夜、診療所を仕舞って少し経った頃、源信が訪ねてきた。道庵は源信を見て、笑みを浮かべた。

「よう先生、来てくださってありがてえ」

行灯《あんどん》の明かりの中、お葉は道庵の横顔を見つめる。道庵が源信を呼んだのであろう。その意味が、薄々分かった。

源信は大きな道具箱を手に提げたまま、お葉に言った。

「患者のところへ案内してくれないか。一刻も早く、治したいのでね」

「かしこまりました」

源信はやはり、吾作の脹脛の手術をしにきたようだ。源信の腕の確かさは、お葉も見て、知っている。長崎で学んだ術を駆使して、武家の娘の傷を丁寧に縫い合わせてくれたのだ。

診療部屋を横切る時、源信は道庵に目配《めくば》せした。

「先生、麻沸散《まふっさん》（麻酔薬）を頼むぜ。それから分け前のほうも忘れずに。手に入れたい本や道具が多くてね」

「おう、分かってる。今回の傷は結構深いから、しっかり縫い合わせてくれ」

道庵はそう言うと、直ちに薬部屋へと向かった。

華岡青洲《はなおかせいしゅう》は今から二十年前の文化《ぶんか》元年（一八〇四）、自ら編み出した麻沸散を用いて、乳癌の摘出手術に成功している。麻沸散を完成させるまでに、青洲は自分の妻と母親の躰を使って効き目を試し、その結果、妻は失明し、母親は亡くなっている。つまりは分量を間違えればたいへん危険な薬なので、その作り方は弟子以外には流通させていないようだ。

だが道庵は、青洲の調合の仕方が薄々分かっているらしく、その中から危険な生薬を除いて作る。毒性もある附子《ぶし》は使わないといったように。ちなみに附子は、鳥兜《とりかぶと》の子根である。

道庵が麻沸散を作っている間、源信は吾作を説得した。だが吾作は怖気《おじけ》づいてしまった。

「しゅ、手術なんて、嫌だよ！　縫い合わせるなんて、そんな怖《こえ》えこと！」

震え上がる吾作の肩を、源信は叩《たた》いた。

「そんなに怖がらなくてもいいぜ。寝ている間に終わっちまうよ」

「でも、躰を縫うなんて、痛《いて》えだろうよ」

今にも泣き出しそうな吾作を、源信は見据えた。

「何を臆病《おくびょう》なことを言っているんだ。お前さんよりずっと若い娘さんだって、手術を受けていているんだ。今のままだと、一生足に力が入らなくて、動けなくなってしまうかもしれないぞ」

源信は鋭い目に力を籠《こ》め、脅かすように言う。吾作は口をへの字に曲げてうつむいていたが、目を上げて答えた。

「分かった。受ける。でも、あまり痛くしねえでほしい」

すると源信は不敵な笑みを浮かべた。

「ああ、もちろん。俺は縫うのが速いから、痛みを感じる間もないだろう。任せておけ」

源信の自信に満ちた面持ちを、吾作は訝《いぶか》しげに眺める。お葉は吾作を宥《なだ》めた。

「大丈夫ですよ。源信先生は生意気ですが、手術の腕は優れていらっしゃいますので」

すると源信が目を剝《む》いた。

「生意気というのはよけいだろう」

「あ。つい、うっかり」

慌てて両の手で口を押さえる。すると吾作が、ふふ、と笑みを漏らした。源信も苦い笑みを浮かべる。思いがけず空気が和み、肩を竦《すく》めながら、お葉も頬を緩めた。

そこへ道庵が麻沸散を運んできて、吾作に飲ませた。麻沸散が効いてくる時間は人によって違うので、お葉たちは気長に待つ。徐々に吾作の欠伸《あくび》が多くなり、四半《しはん》刻《とき》（およそ三十分）も経たぬうちに寝息を立て始めた。

お葉たちは目配せし合い、手術を始めた。道庵が小型の行灯を掲げ、患部をしっかりと照らす。お葉は源信の傍らで、源信に言われるものを道具箱から次々に取り出し、渡していった。

以前は重篤な傷などを見ると眩暈《めまい》を起こしかけていたお葉だが、気丈さを保てるようになっていた。見るのが怖いというよりも、治したいという気持ちのほうが強くなってきたからだ。

源信に言われ、焼酎《しょうちゅう》を浸した木綿を渡す。源信はそれで、脹脛の裂傷を消毒した。

「次は、棕櫚《しゅろ》の油」

「はい」

棕櫚とは、椰子《やし》の一種であり、日本国にも平安《へいあん》時代から植えられている。源信はその棕櫚の油を裂傷に塗った。

源信は、戦国時代に活躍した金創医と呼ばれる外科医たちの手術法を手本にしているようだ。南蛮貿易をしていた当時は、焼酎で消毒した傷口には椰子油《やしゆ》を塗っていたらしい。

それから源信はお葉に、針と糸を頼んだ。

「この糸ではなくて、もう少し太いものにしてくれ」

「はい」

源信の希《のぞ》みに最も適切と思われる糸を選び直し、渡す。

「糸を針に装着してくれ」

そう言われて戸惑っていると、源信が遣《や》り方を教えてくれたので、鑷子《せっし》（ピンセットのこと）を使って、どうにか装着することができた。

「よし、これでいい」

お葉が渡した針を見て源信は頷《うなず》くと、それを吾作の脹脛に突き刺した。吾作は一瞬目を開けたが、叫ぶこともなく、また閉じた。

源信は面持ちを少しも変えることなく、素早く、冷静に、裂傷を縫い合わせていく。

その術に、お葉は息を呑《の》んだ。

――源信先生、大口を叩くだけあるわ。吾作さんを騒がせることなく、すいすい縫っていく……。

人間の皮膚と肉が縫い合わされていく様を、お葉は息を凝らして見る。吾作は時折、軽い呻《うめ》き声を上げたが、悲鳴を上げることも、暴れ出すこともなかった。

縫合を終えると、源信は再び焼酎を塗り、晒《さら》しを巻いた。戦国時代の金創医たちもこのようにして縫合手術を行っていたらしい。

「よし、これで大丈夫だ」

成功したようだ。お葉たちは目と目を見交わし、笑みを浮かべる。

「先生、感謝するぜ」

道庵に礼を言われ、源信は満足げな笑みを浮かべながら、小さな盥《たらい》に張った水で手を洗う。お葉は手ぬぐいを渡した。

「ご苦労様でした」

「お葉ちゃんもご苦労様。今日は、まあ、しっかりやれたな」

お葉は唇を少し尖《とが》らせた。

「まあ、ですか」

「糸をもっと早く装着できるようにならなくてはな」

「あ……確かに」

源信はお葉の肩を軽く叩き、立ち上がった。

「もう少ししたら、中黄膏《ちゅうおうこう》を塗っておいてくれ。寝る前頃でいい」

「かしこまりました」

お葉は源信を見つめ、頷いた。

三

源信の手術のおかげで、吾作の脹脛《ふくらはぎ》の出血は完全に止まり、痛みも消えたようだった。それに加えて煎《せん》じ薬と飲み薬、道庵の鍼《はり》と按摩《あんま》治療が功を奏し、吾作は立ち上がって杖《つえ》を使えば歩くことができるようになった。

吾作が診療所へ留《とど》まるようになって七日目の夜、お繁が煮物を持ってきてくれた。帰ろうとするお繁をお葉が呼び止め、道庵も一緒に三人で夕餉《ゆうげ》を味わった。

お繁の料理に、お葉は目を細めた。

「この厚揚げと葱《ねぎ》の煮物、絶品です」

「それはよかった。お葉が作った鰆《さわら》の山椒《さんしょう》焼きも美味《おい》しいよ。腕を上げたね」

お繁も笑顔で頬張る。お葉は、鰆を焼いて粉山椒を振ったものに、焼き椎茸《しいたけ》を添えた。道庵は顔をほころばせて味わっている。鰆も山椒も椎茸も、すべて道庵の好物だ。

炬燵《こたつ》にあたって食事をしながら、話を弾ませる。吾作の具合がよくなってきたことを皆で喜ぶも、お繁が道庵に訊《たず》ねた。

「娘さんはお見舞いに来ないのですか」

話が途切れる。そのことが、お葉も実は気になっていたのだ。道庵はお茶を啜《すす》った。

「うむ。娘さんは来れねえだろう。身籠《みごも》っていて、臨月だそうだ」

お葉は目を丸くした。

「そうだったのですか。初めて聞きました」

「俺も今朝、聞いたんだ」

「おめでたい話ではありませんか。吾作さん、生まれてくるお孫さんのためにも、早くお元気になりませんとね」

お繁は嬉々《きき》とするも、道庵は複雑そうな面持ちだ。

「それがな……深い事情があるようだ」

お葉はお繁と顔を見合わせる。お繁が訊ねた。

「どのようなことですか」

「うむ」

道庵は腕を組み、口籠る。お葉とお繁にじっと見つめられ、道庵は苦々しく話した。

「娘さんは相手の男と夫婦《めおと》にならずに、一人で子供を産んで育てると言い張っているそうだ。吾作さんはそれが気懸かりなあまりに、仕事中もぼんやりして、足を滑らせちまったんだと」

お葉は、仕事に熟練していた吾作が屋根から落ちた意味が、ようやく分かった。

吾作の娘はお袖《そで》といい、齢《よわい》十八、美人と評判で、浅草寺《せんそうじ》門前の水茶屋で働いていたようだ。その時に相手の男と知り合ったと思われるが、どのような男なのか、吾作もよく分からないという。

お繁はお茶を啜り、溜息《ためいき》をついた。

「近頃は、そういう女人も増えていますが、やはり心配ですよ。一人で子供を育てていくっていうのはね」

「お袖さんの相手の男の人は、そのことをもちろん知っているのですよね」

お葉の問いに、道庵は首を傾げた。

「知っているだろうが、一緒にはなれない、何か深い訳があるのかもしれねえな」

お葉は、ふとお夕《ゆう》のことを思い出した。道庵の手伝いをするようになった頃、出会った女だった。――傷や傷跡が多い男の人って、素敵な人が多いのよ――。そう言って微笑んだ彼女のことを、お葉は鮮明に覚えている。

――もしやお袖さんの相手も、家族がある人なのかしら。

そのような考えが浮かび、お葉はいっそう気に懸かる。一緒になるのが難しいと思われる男との間に、お夕は子供を作ることはなかったが、お袖は子を生《な》そうとしている。相当の決意であろうが、女手一つで育てていくには、やはり厳しいことも待ち受けているだろう。

――お袖さんだってそのことは覚悟の上でしょう。それでも子供を産みたいということは……その相手の人を、真に好いているのでは。

お葉が思ったことを話してみると、道庵は頷いた。

「俺もそのように思う」

お繁が道庵に言った。

「どのような男か、気になりますね。ちょいと探りを入れてみましょうか」

道庵は首を横に振った。

「いや、そこまではしなくていい。よけいな世話だ。俺とお葉で一度、お袖に会いにいってみる。そして本人に直接訊ねてみるぜ」

お繁は首を竦《すく》めた。

「先生がそう仰《おっしゃ》るのでしたら、出過ぎたことはいたしません。でも……お袖さん、相手の男が誰か、お父つぁんにも頑として口を割らなかったのでしょう？　ならば先生が訊ねられても、そう易々とは明かさないようにも思いますがね」

お繁の言うことは尤《もっと》もなような気がして、お葉は口を噤《つぐ》んでしまう。道庵も何も答えず、お茶を啜った。


翌日、往診の帰り道、お葉は道庵と一緒にお袖のもとへと向かった。小雨が降る中、薬箱が濡《ぬ》れぬよう気をつけながら歩く。吾作が娘と暮らしている長屋は横大工《よこだいく》町《ちょう》にあり、診療所とそう離れていない。名のとおり、大工が多く住んでいる町だ。長屋の木戸を通り、吾作の家の前で道庵が声を上げると、中から返事があった。

「どちら様でしょう」

「お父つぁんの治療をしている者だ。ちょいと話があって伺ったんだが」

腰高障子が開けられ、お袖と思《おぼ》しき女が顔を出した。不安げな面持ちなのは、医者が突然訪ねてきたので、吾作の身に何か起きたのかと案じたのだろうか。そのお腹は、目立って大きかった。

道庵はお袖に微笑んだ。

「お父つぁん、元気になってきているぜ。もう少ししたら、家に戻れる」

お袖は息をついた。

「安心しました。お伝えくださって、ありがとうございます」

お袖は丁寧に一礼し、顔を上げた。その時、ふらりとしたので、お葉は慌てて支えた。

「大丈夫ですか」

お袖は額に手を当てながら、頷《うなず》いた。

「はい。すみません。……たまに、立ち眩《くら》みが起きるのです」

道庵はお袖の顔色を見て、言った。

「それは気懸かりだな。薬は何か飲んでいるかい」

「いえ、特に」

「少し浮腫《むく》みがあるようだ。お前さんにも薬が必要かもしれねえ。診させてもらってもいいかい」

お葉は付け加えた。

「今、お躰《からだ》、大切な時期でしょうから」

「……はい」

お袖は、道庵とお葉を中に通した。

道庵はお袖を診て、当帰芍薬散《とうきしやくやくさん》を処方した。女人の躰に著しく効き目のある芍薬を主とし、当帰、川芎《せんきゆう》、茯苓《ぶくりよう》、沢瀉《たくしや》、白朮《びやくじゆつ》を併せて作るこの薬は、産前の浮腫みや眩暈《めまい》、立ち眩み、腹痛などに効果を現し、流産の兆候がある時にも服用される。

お葉も手伝って薬を作って渡すと、お袖は深く頭を下げた。

「ありがとうございます。実はこのところ眩暈が酷《ひど》くて、困っていたのです。……でも、お医者にはあまり診てもらいたくなくて」

道庵は眉根《まゆね》を少し寄せた。

「どうしてだ」

お袖は口籠り、目を伏せる。お葉は、会ったばかりの頃のお弓を思い出した。

──お袖さんも医者が苦手なのかしら。

道庵も同じことを考えたのだろう、お袖を和ませるように微笑んだ。

「お前さんは身重だ。医者があまり好きじゃなくても、本当に具合が悪い時は、診てもらいいな。呼びにいくのがたいへんなら、周りの人を頼ってもいいと思うぜ。近所のおかみさんたちに、医者を連れてきてもらうとかな」

道庵が言うと、お袖は目を上げた。

「はい。……子供を産む時は、頼んであります。産婆さんを呼んでください、と」

お袖はお腹にそっと手を当てる。道庵が訊《たず》ねた。

「お前さん、産婆はもう決めているのかい」

「いえ、それはまだ」

「ならば、須田町のお繁という産婆に頼むといい。腕がよいうえに面倒見もよいからな。産気づいたら、すぐに飛んできてくれるぜ」

お袖は面持ちを緩めた。

「ありがとうございます。心強いです。是非お願いしたいと思います」

今度はお葉がおずおずと訊ねた。

「ご予定はいつ頃ですか。そろそろ、ですよね」

「はい。今月中だとは思います」

道庵はお袖に微笑んだ。

「めでてえな。元気な子を産むんだぜ」

「はい。ありがとうございます」

お袖も笑みを浮かべる。お葉は気づいていた。

――先生が、相手の男の人のことをお訊ねにならないのは、お袖さんのお躰を慮《おもんぱか》っていらっしゃるからだわ。お袖さんの心の負担となるようなことを避けているのね。

お葉もまた、道庵と同じ気持ちだった。

お袖が薬礼を払うと言うと、道庵は、出産の後でよいと答えた。

お袖は外に出て、道庵とお葉を見送ろうとした。道庵は言った。

「雨に濡れないほうがよいから、中にいろ。躰、大切にしてくれな」

お袖の目が不意に潤む。その白い頬に涙が伝ったのを見て、お葉は微《かす》かに動揺した。

――身籠《みごも》っていらっしゃるから、よけいに心が揺れ動くのかもしれないわ。

お葉はお袖の背中にそっと手を当て、微笑みかける。だがお袖の涙は止まらない。

お葉は背中を優しくさすり続ける。お袖は少し落ち着くと、目元を指で拭《ぬぐ》いながら言った。

「世の中には、ご親切なお医者様もいらっしゃるのですね。……お父つぁんが運ばれたところが、道庵先生とお葉さんの診療所で、本当によかったです」

お葉は、ふと思った。

――もしやお袖さんは、医者に何か嫌な思い出でもあるのかしら。それで医者に診てもらう気になれなかったのでは。

道庵は真摯《しんし》な声を響かせた。

「お父つぁんをしっかり治して、必ず元気にして返すからな。もう少し待っていてくれ」

「お願いいたします」

お袖は繰り返し礼を言う。

道庵とお葉は傘を差し、雨に煙る町を抜け、診療所へと戻っていった。

吾作は回復してきていたが、若くはないせいか、杖《つえ》なしでも歩けるようになるには時間がかかりそうだった。

長屋に帰りたいみたいだが、厠《かわや》で用を足すこともまだ難儀なので、道庵はもう少し留《とど》まるよう告げた。

四

丸い月が輝く晩、診療所を仕舞った後で、謙之助が訪ねてきた。

「道庵先生には酒、お葉ちゃんには羊羹《ようかん》だ」

手土産を渡され、お葉は恐縮しつつも顔をほころばせる。

三人で炬燵《こたつ》に当たりながら、鯖《さば》の味噌《みそ》鍋《なべ》を味わった。大きな鯖のほか、葱《ねぎ》、人参《にんじん》、しめじがたっぷり入っている。赤味噌と白味噌の合わせ味噌で作った鍋《なべ》は、謙之助の胃ノ腑《ふ》を摑《つか》んだようだった。

「実に旨《うま》い。いくらでも食べられる」

舌鼓を打つ謙之助に、道庵が微笑んだ。

「今、養生部屋に留まっている患者も、これを食べて喜んでましたよ」

「だろうな。やはり怪我をして運ばれるなら、あの何某《なにがし》などのところではなく、この診療所が尤《もっと》もだ」

謙之助がさりげなく源信を揶揄《やゆ》していることに気づき、お葉は困ったような笑みを浮かべる。道庵も、ふふ、と笑いながら、謙之助に酒を注いだ。

「旦那《だんな》にそう仰《おっしゃ》っていただけて、嬉《うれ》しいですよ」

その酒を干し、謙之助は息をついた。

「近頃、つくづく思うのだ。医者にもいろいろな者がいる、と。……ここで養生している大工の娘を身籠らせたのは、どうも医者の息子らしいな」

道庵の手が、徳利《とっくり》を持ったまま、止まる。お葉も目を見開き、声を上擦らせた。

「謙之助様、どうしてそのことを？」

謙之助は肩を竦《すく》め、苦い笑みを浮かべた。

「実は、お繁さんから相談されたんだ。お袖の相手を、突き止めておいたほうがよいのではないかと。いわば、その男のせいで、吾作は怪我をしたようなものだからな。私もお繁さんに同意したが、先生とお葉ちゃんは、出産を控えたお袖に問い質《ただ》すことはできぬだろうと思ったのだ。それで勝手ながら、私が調べさせてもらったという訳だ。まあ、仕事柄、できることだ」

十手を忍ばせた懐をぽんと叩《たた》きながら、謙之助は目配《めくば》せをする。お葉は道庵と、目と目を見交わした。

謙之助は仕事の合間に、お袖が働いていた浅草寺門前の水茶屋へ赴くなどして、聞き込みしながら掴んでいったようだ。

道庵が訊ねた。

「ならば、その男も医者ってことですか」

謙之助は顔を少し顰《しか》めた。

「いや、それが違うようだ。どうも、博徒《ばくと》らしい」

お葉は息を呑《の》む。博打《ばくち》で活計《たつき》を立てているということだ。破落戸《ごろつき》と変わらないであろう。道庵は顎《あご》をさすりながら、目を泳がせる。謙之助は続けて言った。

「男は総一郎《そういちろう》という名で、齢《よわい》二十八。両国《りょうごく》や浅草の賭場《とば》に出入りしている。総一郎の父親は御典医という噂で、町医者の出ながら、上様に御目見が許された御目見医師のようだ。そのうちに奥医師になるのではないかと言われている。父親の跡は、医者になった次男が継ぐのだろう。つまりは、総一郎は、医者一家のはみ出し者という訳だ」

謙之助の話を聞きながら、お葉は、以前治療にあたったお年寄りの長男と次男のことを思い出していた。

――あのご兄弟は、お兄さんが素直に父親の跡を継いで、弟さんが飛び出していったのよね。でも、このご兄弟は反対だわ。

道庵が謙之助に酌をする。謙之助はそれを一口呑んで、息をついた。

「総一郎は、子供の時から出来はよかったようだが、どこかで歯車が狂ってしまったのだろう。……まあ、これはあくまで私の推測だが、奥医師を目指すような父親ならば、傲岸《ごうがん》なところもあるのではないか。その父親に対する反発だったのかもしれぬ」

お葉は思い出した。いつぞや源信から聞いた、道庵の足を引っ張っていた、斎英《さいえい》という医者のことを。斎英は武士に阿《おもね》り町人を蔑《ないがし》ろにした挙句、藩医になれたものの、その罰が当たったかのように間もなく病に倒れ、血を吐いて死んでいったという。

――そのような医者も、世の中には、まだまだいるのかもしれないわ。

総一郎の父親も斎英のように、出世欲に囚《とら》われた非道な医者であるならば、反発したくなる気持ちも、お葉には分かる。

――総一郎さんは、医者になる勉強をすることが嫌だったのではなくて、医者になることが嫌だったのではないかしら。父親のような人間になりたくなかったのかもしれない。

そしてお葉は気づいた。

お袖があの時、父親が運ばれたのが道庵とお葉の診療所で本当によかったと言って、泣いた訳に。

――お袖さんは、総一郎さんの生い立ちや、彼の父親のことや、家の事情を知っていたのでしょう。総一郎さんから父親の愚痴を聞かされたりして、ご自分も医者に対してよい印象を持てなくなっていたのかもしれないわ。だから医者に診てもらうことに、躊躇《ためら》いがあったのでは。

医者への不信感が募っていたからこそ、べらんめえながら情に厚い道庵に診てもらって、真に嬉しかったのだろう。お袖の涙の意味が分かり、お葉の胸も熱くなる。

今度は謙之助が道庵に酌をする。道庵は寡黙になっていた。行灯《あんどん》の明かりが、道庵の横顔を照らす。明かりの加減か、目尻《めじり》の皺《しわ》が、より深く刻まれているように見える。お葉は、道庵の気持ちを察知する。道庵が訊《たず》ねたいであろうことを、代わりに自ら謙之助に訊ねた。

「総一郎さんの父親のお名前は、お分かりになりますか」

「最上総伯《もがみそうはく》。赤坂御門《あかさかごもん》の近くに、邸《やしき》兼診療所を構えているようだ」

お葉は道庵をちらと見る。道庵はゆっくりと酒を啜《すす》る。だがその面持ちがどこか変わったことに、お葉は気づいた。

——先生、その最上という医者のことをご存じなのでは。

道庵は、謙之助に注いでもらった酒を干すと、ぽつりと言った。

「医者の家に生まれても、その仕事に興味が持てないのであれば、医者になることもないでしょう。ですが風来坊のまま、父親になることからも逃げるようでは、いけませんな」

「私も、先生の言うとおりだと思う。どうにか総一郎に、意見してやればいいのだが」

道庵と謙之助は、厳しい面持ちで酒を酌み交わす。その傍らで、お葉はお茶を飲みながら、お袖を案じていた。

翌日は、よく晴れた。朝晩とめっきり冷えるようになってきたが、日中はまだ秋の名残りがあって過ごしやすい。

道庵の使いで日本橋は本町《ほんちょう》の薬種問屋〈梅光堂《ばいこうどう》〉へ赴いた帰り、お葉はお袖が住む横大工町へと向かった。道庵に、薬を渡してきてくれと頼まれたのだ。

長屋の木戸を通り、お葉は目を細めた。この前来た時は雨が降っていたので気づかなかったが、庭に枇杷《びわ》の木が立っていて、白い花を咲かせ始めている。暫し見惚《みと》れてから、お袖の家の前に立った。

腰高障子越しに声をかけると、お袖がすぐに出てきて、中に通してくれた。

「すみません。来ていただいて」

お茶の用意をしようとするお袖に、お葉は言った。

「お構いなく。すぐにお暇《いとま》しますので」

だがお袖はやめようとしないので、お葉も手伝った。火鉢の五徳の上で音を立てている薬缶《やかん》を持ち、急須《きびしょう》に湯を注ぐ。少し蒸らしてから、湯呑《ゆの》みには、お袖が注いだ。

お葉はそれを飲み、目を細めて一息つく。円《まろ》やかな味わいで、温《ぬく》もるようだった。

お葉は当帰芍薬散《とうきしやくやくさん》を四日分渡し、風呂敷《ふろしき》包《づつ》みを開いた。

「心ばかりのものですが、お受け取りいただけましたら嬉《うれ》しいです」

お葉が、神田明神の安産祈願のお守りと、棗《なつめ》の蜂蜜《はちみつ》漬けを差し出すと、お袖は目を丸くした。

「本当にいただいてもよろしいんですか」

滋養が豊富な棗は、妊娠中の人にも、妊娠を願っている人にも、効果のある食べ物だ。お葉は道庵の許しを得て、裏庭に生《な》っている棗の実をいくつか摘んで、作った。

「本当にありがとうございます。なんとお礼を言ってよいか……。お守り、肌身離さずつけていようと思います。食欲がなくなってきていましたが、棗の蜂蜜漬けは食べられそうです。私、甘いものが好きなので」

お袖は恐縮しつつも喜んでいる。お葉は笑みを浮かべた。

「よかったです。滋養のある甘いもの、また差し入れしますね」

「そんな。お気持ちはありがたいですが、お気遣いなく」

お袖はますます恐縮するも、お守りを懐へと、大切そうに仕舞った。

和やかにお茶を味わいながら、お葉はお袖にいろいろ訊《き》いてみたかったが、出産間際なのでよけいなことを口にするのは、やはり憚《はばか》られた。

七つ（午後四時）の鐘が聞こえると、お袖のほうから切り出した。

「お父つぁんには心配かけてますが、一人でしっかり育てていこうと思います。父親が誰であれ、お腹の子は、私の子なのですから」

お袖の決意は固いようだ。お葉はお袖に微笑んだ。

「応援しています。私にできることがありましたら、お手伝いさせてくださいね」

「ありがとうございます」

お袖は目を微《かす》かに潤ませる。

お葉の穏やかな声に心をほぐされたのだろうか、お袖は相手の男についても語った。

「子供ができたのに夫婦《めおと》になることを拒む、あの人のような男を、世間では碌《ろく》でなしと言うのでしょう。でも私、あの人を好いたことを後悔していません。あの人、優しいところもあったんです。でも……親と仲が悪かったらしくて、それで道を踏み外してしまったみたいで。それを自分でも悔やんでいて、辛《つら》いのだろうと、私も気づいていました」

お葉はお袖の肩に、そっと手を乗せる。するとお袖は、昂《たかぶ》りが幾分落ち着いたようだった。

「だから……今じゃなくても、いいんです。子供を育てながら、あの人が気持ちにけじめをつけて立ち直ってくれるのを、待とうと思います」

「お袖さんのところへお戻りになったら、お許しになるのですね」

「はい。もちろん」

お袖は涙をこぼし、思いを迸《ほとばし》らせた。

「あの人、粋《いき》がっているけれど、根は優しいんです。よく料理を作ってくれました。それがとっても美味《おい》しくって。私が美味しいって言うと、子供みたいに喜んで、また懸命に作り始めるんです」

「お料理上手なんて、素敵な方ですね」

「はい。私にとっては、まことに素敵な人でした。……あの人、横暴な父親を憎んでいたから、きっと自分が父親になりたくないのだと思います。家族に幻滅していたから、家族を持ちたくないんです。それが分かるから……私までいっそう辛くて」

お袖の涙は、なかなか止まらない。お葉はお袖の肩をそっと抱く。お袖はお葉にもたれ、身を震わせながら静かに泣いた。お袖からは、母になる直前の女の、甘く優しい香りが漂っていた。

お葉は診療所に戻ると、お袖の決意と総一郎に対する思いを、道庵に伝えた。道庵は黙って聞き、そうか、と一言呟《つぶや》いた。

道庵は総一郎のことを、吾作にはまだ詳しくは話していないようだ。だが吾作は、娘の相手がどこの誰か分かって、ひとまず安心したらしい。回復も早まってきていた。

五

浅草御蔵《おくら》前の森田町《もりたちょう》に往診にいった帰り、掘割に架かる鳥越橋《とりごえばし》を歩きながら、お葉はぽつりと口にした。

「総一郎さんのこと、気になりますね」

一歩前をいく道庵が、足を止めた。黒い十徳を羽織った大きな背中を、お葉は眺める。謙之助から話を聞いた時からずっと、道庵が総一郎を気に懸けているであろうことに、お葉は気づいていた。

道庵は何も答えず、再び歩き始める。

――怒らせてしまったかしら。

お葉は不安になるも、薬箱を抱えて、道庵を追う。曇り空で、掘割も薄暗く見える。白い小袖《こそで》の上に藍色《あいいろ》の半纏《はんてん》を羽織っていても、肌寒かった。

橋を渡り終えたところで、道庵が不意に言った。

「ちょいと寄ってみるか」

総一郎が住む長屋は、両国広小路《ひろこうじ》近くの米沢町《よねざわちょう》にあることを、謙之助から聞いて知っていた。丁半《ちょうはん》長屋と呼ばれていて、博徒たちが多く住んでいるようだ。お葉は少し怖いようにも思ったが、道庵が一緒なので心強くはあった。

芝居小屋や見世物小屋が建ち並ぶ両国の広小路のあたりには、独特な熱気が漂っている。いかがわしくも、逞《たくま》しく生きている者たちが醸し出すものなのだろう。通りには、着物を着崩した、派手な姿の若い男女が群れをなしていた。

お葉が少し怖気《おじけ》づいているのが分かったのだろう、道庵は寄り添うように歩いてくれた。

長屋はすぐに見つかった。丁半長屋と呼ばれるだけあって、どことなく怪しげな趣だ。

井戸端で洗濯をしている女も、化粧が濃くて、妙に艶《なま》めかしい。道庵がその女に訊《たず》ねた。

「ちいと訊きてえんだが、総一郎さんの家はどこかい？」

するると女は立ち上がり、指を差した。

「あそこです。黒い猫が、入口で丸まっているところ」

「おう、そうか。ありがとよ。洗濯していたところ、すまねえ」

「そんなことありませんよ」

女は笑みを浮かべて会釈し、洗濯に戻る。婀娜《あだ》っぽくも気さくな女を眺めながら、お葉はふと志乃を思い出した。

道庵とお葉が総一郎の家に近づくと、黒猫は啼《な》き声を上げて去っていった。腰高障子の隙間から、中を覗《のぞ》いてみる。総一郎と思《おぼ》しき男が、昼間というのに、片膝《かたひざ》を立てて酒を喰らっていた。女もいて、総一郎にもたれかかっている。二人とも肩が露《あら》わになるほど、だらしない恰好《かっこう》だ。

見てはいけないものを見てしまったような気がして、お葉は思わず目を逸《そ》らす。お袖のことを思うと胸が痛んだ。だがお葉は、総一郎と女との間に、色気というものは不思議と感じなかった。総一郎の暗く険しい面持ちから、自棄《やけ》になっているような思いが汲《く》み取れて、痛々しさのほうが勝った。

道庵は、下腹に力を籠《こ》めるような声を上げた。

「すまねえ。総一郎さんに話があって伺ったのだが」

するると、物音がした後で、腰高障子が開けられた。総一郎は道庵とお葉を眺め、怪訝《けげん》な顔をした。

「どちらさんで」

「お袖さんの知り合いの者だ。お袖さんのお父つぁんの治療をしている」

総一郎の顔色が変わる。お葉は、総一郎を間近で見て、思った。崩れた趣ではあるが、繊細そうな男だと。

総一郎は目を伏せ、言葉を失う。奥から、女の甘ったるい声が聞こえた。

「あんたぁ、誰が来たのぉ？」

道庵は総一郎を真っすぐ見つめ、声を低めた。

「悪いが、少し話をさせてくれねえか。外に出られるかい」

総一郎は目を上げ、道庵を見る。そして腰高障子を勢いよく閉めた。

お葉は道庵と顔を見合わせる。帰れという意味なのだろうか。道庵が再び声を出そうとしたところで、腰高障子が再び開いた。

中にいた女が、衿元《えりもと》を直しつつ、ぶつぶつ言いながら出てくる。女はお葉たちを屹度《きっと》睨《にら》むと、下駄を鳴らして去っていった。

お葉が呆気《あっけ》に取られていると、総一郎の声がした。上がってくれ、と。

酒と女の匂いが籠《こも》った部屋に、お葉は道庵と腰を下ろした。総一郎は突っ慳貪《けんどん》に言った。

「話は聞くが、早く帰ってくれ」

道庵は苦い笑みを浮かべた。

「分かった。手短にするぜ。すまねえな、突然押しかけちまって」

総一郎はぶすっとした顔で、酒を呷《あお》る。道庵が率直に訊ねた。

「お袖のことは、どうするんだ」

総一郎の手が一瞬止まる。だがすぐに、また酒を干した。道庵が声を響かせた。

「お袖はどうしてもお前さんとの子供がほしくて、一人で産もうとしている。そして一人で育てようとしているんだ。そこまで、お前さんを好いてるんだとよ」

総一郎は歪《ゆが》んだ笑みを浮かべた。

「ご覧のとおり、俺は父親になれるような男ではないんでね」

「父親になってみなければ、分からねえだろう」

「分かるよ。俺は父親になれねえ、なる気もねえ」

鼻で笑う総一郎を、道庵は睨《ね》めた。

「お前さんは男としての責任を感じねえのか。女手一つで子供を育てることが如何《いか》にたいへんか、お前さんだって分かっているだろう」

総一郎は押し黙ってしまう。道庵は膝《ひざ》の上で拳《こぶし》を握った。

「所帯を持つ気はないようだな。だがな、これから先、お袖が子供を育てることを、手伝ってやることはできねえか」

総一郎は、少しの間の後で、言った。

「俺は、医者が嫌いだ」

日が差さぬ部屋に、深い静寂が漂う。

お葉は道庵をちらと見た。その横顔は強張《こわば》っているかのように、動かない。

総一郎は酒を啜《すす》り、続けた。

「偉そうに、尤《もっと》もらしいことを言いやがって。その裏では何をやっているか分からねえ。仏の顔して、鬼の心で、金や出世や名誉の欲を貪《むさぼ》るんだ。医者って、汚ねえなあ」

総一郎は突然、大声で笑った。道庵はひたすら彼を見つめている。総一郎は一頻《ひとしき》り笑うと、腕で目元を拭《ぬぐ》った。

道庵はゆっくりと口を開いた。

「お前さんの親父《おやじ》さんも医者だと聞いたが」

総一郎は険しい目で道庵を見た。

「あんなの親父でも何でもない」

吐き捨てるように言い、総一郎はさらに声を荒らげた。

「もう帰ってくれ」

道庵は口を開きかけたが、黙った。

総一郎は片膝を立て、酒を呷る。道庵は少し掠《かす》れる声で言った。

「お袖は、お前さんを、待っているぜ」

総一郎は何も答えず、盃《さかずき》を空けて顔を顰《しか》める。その姿は、無性に寂しげに見えた。

お葉は道庵と一緒に腰を上げ、外に出た。黒猫が足元に寄ってきたので、お葉はその背中をそっと撫《な》でた。

日差しが弱まり始めている。お葉は道庵とともに、丁半長屋を後にした。

診療所に帰る途中、冷たい風に吹かれながら、お葉は道庵に訊ねた。

「総一郎さんって、悪い人なのでしょうか」

ほかの女を連れ込んで、昼間から呑《の》んだくれている総一郎は、お葉の目には決して誠実な男には映らなかった。世を拗《す》ねているようにも見えた。お袖は総一郎のことを、優しいところもあったと言っていたが、果たして本当なのだろうかと懸念も込み上げてくる。

道庵は足を止め、お葉に微笑んだ。

「いや、それほどでもねえよ」

「え？」

「あいつは口先だけだ。墨が入ってなかったからな。本物の悪《わる》とは言えねえ」

お葉は思い当たった。総一郎は胸元をはだけて腕も露わにした、だらしない姿だったが、罪人が課せられる入れ墨は、確かにどこにもなかった。

道庵は再び歩き始める。お葉も薬箱を抱えて、歩を進めた。

その夜、行灯《あんどん》の明かりの中で、お葉は医心帖《いしんちょう》を開いたまま、思いを巡らせた。お葉は気づいていた。道庵が総一郎を見る眼差《まなざ》しには、憐《あわ》れみとはまた違う、慈しみのような奥深い思いが隠れているということに。

道庵がどうして医者を目指したのか、その訳を、お葉はお繁から聞いて知っていた。

両替商の家に生まれた道庵は、幼い頃は何不自由なく暮らしていたが、躰《からだ》が弱かった母親が亡くなってから、事態が一変した。父親がすぐに後妻をもらったのだ。どうやら、その女とは、以前から関係があったようだった。後妻は、露骨に道庵に冷たくあたった。一年後に息子を産むと、さらに道庵を邪険にするようになった。父親はまったく味方をしてくれず後妻の言いなりで、道庵は家にいるのが耐えられなくなり、町をうろつくようになった。

その頃、道庵は齢《よわい》十五。同い歳の仲間の中には、父親のことでからかってくる者もいた。すると道庵は頭に血が上った。若さゆえか、苛立《いらだ》ちの持って行き場がなく、喧嘩《けんか》に明け暮れた。父親と後妻が道庵に跡を継がせないように仕向けていることは分かっていたし、継ぐ気もなかった。

肩で風を切って町を彷徨《さまよ》ううちに、破落戸《ごろつき》たちにも目をつけられるようになった。ある時、そのような輩《やから》と大喧嘩をして大怪我を負い、町医者のもとに担ぎ込まれた。死にかけそうになったところを、道庵も町医者に助けられたのだ。

その挙田《あぐた》道誉《どうよ》という町医者は、道庵を叱りながらも、励ましてくれた。道庵の悩みを親身になって聞き、一緒に涙してくれた。

それからは改心して、その医者に弟子入りして修業を積んだ。独り立ちする時に、恩師から一文字もらい、道庵と名乗るようになった。挙田の姓も受け継いだ。

この時代、医学館などで学んだ医者もいたが、治療の経験を積んだ腕がよい医者が頼りにされていたのも事実だ。道庵は後者として、腕を磨いていったのだ。

そのような経歴の道庵が、町の皆に慕われる医者になるまでには、相当な努力をしたであろうことは察しがつく。

若い頃には家族のことで葛藤《かっとう》し、医者になってからは妻子を喪《うしな》うという不幸に見舞われた道庵も、苦悩を乗り越えてきた者なのだろう。だが道庵は、自分のその苦悩を、人に見せるということがない。いつだって強い心で、患者たちに向き合っている。それゆえに皆から頼りにされるのだ。

――そのような先生の足を引っ張るお医者も、多かったというわ。

源信に聞いたことを思い出す。道庵も道誉に勧められて、若い頃に長崎に留学していたことがあったという。江戸へ帰ってきてからは町医者として活躍していたが、その時に道庵は、野心に満ちた医者を多く見たようだ。

金を稼ぐことしか考えておらぬ者、出世の欲に取り憑《つ》かれている者、仕事が好きでもないのにただ自尊心を満たすために医者を名乗っている者、人の命を軽んじる者。

道庵はそのような者たちを見過ぎたせいで、こうはなりたくないという思いが強くなっていったのだろう。つまりはそのような医者たちを悪い見本として学び、今の道庵の人格が形成されたのだ。

斎英という医者のことを源信に話した時、道庵はこう言ったという。

――そういう奴を見ていて、俺は出世なんかどうでもよくなっちまった。でも、人を助けたい気持ちは変わらねえ。変わらねえってことは、それが本心ってことだ。だから俺は本心のまま、町の皆を助けていきてえ。ただそれだけだ――

横暴な医者を見過ぎたことに加えて、最愛の妻と娘を病から救えなかったことが、道庵に追い打ちをかけたのだろう。人生の無常というものを知り、さらに無欲になり、ひたすら人の命を救うことに打ち込むようになっていったと思われた。

源信は言っていた。道庵こそ御典医を目指せる医者だったのに、もったいない、と。

お葉は書き溜《た》めた医心帖を捲《めく》りつつ、思う。

――道庵先生は出世の道から外れてしまったのかもしれないけれど、私は先生のお心を知って、ますます尊敬申し上げるようになったわ。先生の医の心は、私にとって、かけがえのないもの。

だが世の中には、傲岸《ごうがん》な医者も溢《あふ》れているようだ。父親を疎んでしまう総一郎の気持ちも、お葉は分からなくはなかった。道庵もまた、然《しか》りなのであろう。

お葉は医心帖を閉じ、文机《ふづくえ》に頬杖《ほおづえ》をつく。

――道庵先生は、やはり、総一郎さんの父親のことをご存じなのではないかしら。いったい、どのような人なのだろう。

行灯の明かりが揺れる。それをぼんやりと眺めながら、お葉は溜息《ためいき》をついた。

六

お葉はお袖に薬を届ける時、お繁も連れていき、紹介した。お繁は笑顔で挨拶《あいさつ》をした。

「私でよければ、出産のお手伝いをさせてもらうね。分からないことや不安なこと、何でも訊《き》いておくれ。任せておいて！」

お繁が胸を叩《たた》くと、お袖もつられたように笑みを浮かべた。

「心強いです。初めてのことなので、やはり不安で……。お繁さん、よろしくお願いします」

お繁は大きく頷《うなず》き、お袖の顔色や躰つきを見た。

「そろそろだね。よし、明日から毎日、様子を見にくることにしよう」

「え、そんな、申し訳ないです」

お袖は手を横に振り、肩を竦《すく》める。お繁はお袖の肩に、手を乗せた。

「遠慮することないよ。私がそうしたくて、するんだからさ」

そしてお繁は、お葉に目をやった。

「お袖さんが産気づいたら、ここにいるお葉にも手伝ってもらって、私たちで責任持って取り上げるからね！　元気な子を産むんだよ」

お繁に肩を優しく叩かれ、お袖は目を潤ませる。

「はい。……ありがとうございます。こんなにお心遣いをいただいて」

お袖はお腹をさすりながら、礼を言う。お葉はお袖を見守りつつ、複雑な思いもあった。

――私もお産のお手伝いをしなければならないみたいね。……ちゃんと務めることができるかしら。

お葉は不安ながらも、命が生まれてくる瞬間に立ち会ってみたいと、切に思う。

お袖の子供を、お繁と一緒に取り上げたかった。

吾作は、杖《つえ》を使わずに歩くことができるようになってきていた。大工の仲間や棟《とう》梁《りょう》がよく見舞いに訪れるので、取り残されるような思いを抱くこともないみたいだ。

「仕事仲間に恵まれて、よかったじゃねえか」

道庵が言うと、吾作は照れたような笑みを浮かべた。お葉は思っていた。

――吾作さんとお袖さんの父娘《おやこ》は、どちらもお人柄がよくていらっしゃる。

だからこそ、総一郎のお袖に対する態度には、胸が痛むのだった。

紅葉が見頃になってきた折、お葉が道庵と交替で昼餉《ひるげ》を取っていると、お繁が息せき切って飛び込んできた。

「お袖さん、産まれそうだよ！」

お葉は急いで立ち上がり、診療部屋を出た。奥で昼餉を食べていた道庵も、おにぎりを摑《つか》んだまま出てくる。お葉は道庵に力強く言った。

「行って参ります」

「おう、しっかりな。俺も後で行く」

お葉は頷き、土間に下りようとしたところで、気づいた。養生部屋から、吾作も出てきたことに。不安そうな面持ちの吾作に、お葉は笑顔で拳《こぶし》を掲げた。

「張り切ってお手伝いして参ります！　可愛いお孫さんが生まれますこと、楽しみにしていてください」

「よろしくお願いします」

吾作は大声で言い、何度も頭を下げる。お葉はお繁と一緒に、駆け出していった。


横大工町の長屋へ着くと、お袖の家の前に、おかみさんたちが集まっていた。挨拶を交わしながら急いで中に入る。既に陣痛が始まり、お袖は息を荒らげている。慌てるお葉に、お繁は言った。

「このぶんだと、産まれるのは、七つ半（午後五時）から六つ（午後六時）の間ぐらいだろうね」

お葉は目を丸くした。今は正午を過ぎた頃だ。

「それほど時間がかかるのですか」

「そうさ。初めてのお産では、陣痛が始まって半日以上経って生まれることが多いからね」

おかみさんたちが口を挟んだ。

「お袖さんは今日の朝早くから、陣痛が始まっていたんですよ」

「それでお繁さんに来てもらったんです」

お繁は先に来て、お袖の様子を見つつ用意をしてから、お葉を呼びにいったようだ。

お袖の傍らには、たくさんの手ぬぐいと晒《さら》し、水を張った盥《たらい》などが置かれていた。お袖は襦袢《じゅばん》姿で壁にもたれて、息苦しそうにお腹をさすっている。お繁は風呂敷《ふろしき》包《づつ》みの中から綱を取り出した。

「そろそろ、これを天井から吊《つ》るしておこう。お葉、手伝っておくれ」

「はい」

おかみさんが急いで脚立を持ってきてくれる。お葉はそれに乗って、綱を梁《はり》にかけて吊るした。これを産綱《さんづな》あるいは力綱ということは、お葉は知っていた。子供を産む時、この綱を摑んで息むのだ。

寒い時季というのに、お袖は苦悶《くもん》の面持ちで、額に汗を浮かべている。お産の時に叫び声を上げることははしたないとされ、それゆえに懐紙を嚙《か》み締めながら出産する者もいるが、お繁はお袖に言った。

「我慢しないで、どんどん声を上げなさい」

お袖は眉根《まゆね》を寄せながら、お繁に頷く。お葉はお袖に付き添い、お袖の腰と横腹を優しくさすり続けた。

――元気な子が生まれますように。お産が少しでも楽でありますように。

そう祈りながら。

八つ半（午後三時）を過ぎると、お袖の目は血走り、はあっ、はあっ、と息遣いがいっそう苦しげになってきた。

お繁は、お袖がかけた掻《か》い巻《まき》の中に手を入れて確かめた。

「破水はまだだね。女子胞（子宮）が開ききっていない」

お袖の様子を見ながら、お繁はお葉に言った。

「薬箱は持ってきているね。桂枝茯苓丸《けいしぶくりょうがん》は入っているかい」

お葉は薬箱の中を見て、答えた。

「申し訳ありません。用意していないです」

桂枝茯苓丸のような丸薬（錠剤）は、作るのに時間を要するので、前以《まえも》って拵《こしら》えておくことが多い。

「そうかい。ならば煎《せん》じ薬でもいいから、今から作ろう。あの薬には、お産を速めて、楽にする効果があるんだ」

「かしこまりました」

お葉はしかと頷《うなず》き、お繁と一緒に作り始める。桂皮《けいひ》、茯苓、芍薬《しゃくやく》、桃仁《とうにん》、牡丹皮《ぼたんぴ》を併せて作るこの薬は、瘀血《おけつ》を改善し、女人に特有の病に効き目を現す。瘀血とは、古い血が滞ってしまうことだ。

桃仁には女子胞の収縮を強める作用があるため、流産や早産を引き起こすことがあり得る。それゆえこの薬は、妊婦は服用しないことが好ましいのだが、分娩《ぶんべん》の場合にはその作用が逆に有効となる。

桃仁とは、桃の成熟した種子を乾燥したものだ。牡丹皮とは名のとおり、牡丹の根皮を乾燥したものである。

急いで作り、お葉はそれを煎じて、お袖に飲ませた。お袖がゆっくりと飲む間、お葉は彼女の額の汗を手ぬぐいで拭《ぬぐ》った。

お袖は薬を飲み終えると、お葉の手を握った。お葉はお袖を見つめる。お袖はお葉の手をお腹へと当て、微《かす》かな笑みを浮かべた。

「動いているでしょう？」

お腹の子の息吹きが伝わってきて、お葉の胸が熱くなる。お葉は笑顔で頷いた。

「もうすぐ、会えますよ」

お袖も頷き返し、お葉の手を握り締める。お葉は祈りを籠《こ》めて、お袖のお腹を触れるようにさすった。


七つ（午後四時）になり薄暗くなってきた頃、お袖は破水した。破水とは、胎児を包んでいた卵膜が破れ、羊水が外に流れ出ることだ。いよいよお産である。

お葉はお袖を手伝い、産綱に摑まらせた。お繁は集まっていたおかみさんたちに言った。

「ごめんね。ここからは、私とお葉でやるよ。生まれるまでは、そっとしておいてくれるかい。お袖さんも、いろんな人に見られるのは、やはり恥ずかしいだろうからさ」

おかみさんたちは顔を見合わせ、頷いた。

「そうですね。後はお願いします。何かあったら、いつでも呼んでください」

「助かるよ。ありがとね」

おかみさんたちが帰ると、お袖は座った姿勢で産綱に摑まり、息み始めた。この時代は座位分娩である。

お繁はお袖の背中に手を当て、気丈な声を響かせた。

「はい、息を大きく吸って、吐いて！　大丈夫、女は皆こうして、乗り越えているんだ」

産綱を握り締め、顔を真っ赤にして息むお袖に、お葉も声をかけた。

「お袖さん、しっかり！　私たちがついていますよ、一緒に産みましょう！」

気が昂《たかぶ》り、なにやら訳の分からぬことを口走ってしまう。するとお繁が思わず笑った。

「そりゃいいね。お葉の言うとおりだ、皆で一緒に産もう。産みの痛みを分かち合い、喜びも分かち合うんだ」

お繁はそう言って、お袖の背中をさする。お葉も必死で、お袖の躰《からだ》を支えた。

――そう。痛みを分かち合えばいいんだわ。そうすれば、お袖さんが楽になる。

二人の思いが伝わったのだろうか、お葉の発言が可笑《おか》しかったのだろうか、お袖の躰の強張《こわば》りが、少し和らいだように思えた。

暫《しばら》くそうしていたが、半刻《はんとき》（およそ一時間）ほど経つと、息む間隔が短くなり始めた。お袖は真っ赤な顔で、叫び声を上げる。お葉とお繁も負けじと声を出した。

「お袖さん、しっかりね！」

「もうすぐですよ！」

二人で励まし続ける。赤子の頭が見えてきた時、お葉は胸を押さえた。熱い思いが込み上げ、お葉の頰にも血が上る。

お葉は思わず、産綱を握るお袖の手に、自分の手を重ね合わせた。その手に祈りと力を籠め、お袖を励ます。

六つになる前頃、長屋に、赤子の産声が響き渡った。

「元気な男の子だよ。おめでとう」

お繁が臍《へそ》の緒を鋏《はさみ》で切り、お袖に渡す。お袖は我が子を胸に抱き、顔を汗と涙に塗《まみ》れさせて、泣きじゃくった。

赤子は壊れてしまいそうなほど小さくて、弱々しいのに、力強く泣いている。

「お袖さん、おめでとうございます。……赤ちゃん、本当に可愛い」

お葉は祝いの言葉を述べながら、胸が打たれて涙が溢《あふ》れてくる。お袖が無事に子供を産んだことが、なにより嬉《うれ》しかった。

お繁が産湯の用意をする間に、お袖から胎盤が剝《は》がれ出た。お葉はそれを酒で清め、土器《かわらけ》に仕舞った。後で、土中に埋めるのだ。本当はこのようなことをするのは、亭主の務めなのだが、総一郎があの状態なので、お葉が責任を持って務めることにした。

お繁は湯加減を調えてから、赤子に産湯を使わせた。

「お葉、よく見ておくんだよ。こうして赤子を洗うんだ」

「はい」

お葉は息を凝らし、お繁の遣《や》り方を目に焼きつける。赤子の扱いはまだ惑うことが多いので、お繁を見て、学び取っていくつもりだった。


腰高障子が叩《たた》かれて、お葉が出ていくと、おかみさんたちが立っていた。

「生まれたみたいですね」

「はい。元気な男の子です」

お葉が答えると、おかみさんたちは笑顔を弾《はじ》けさせた。

「それは、めでたいねえ」

「男の子か、賑《にぎ》やかになるよ」

「ご苦労様でした。疲れたでしょう。これ、よかったら食べてください」

おにぎりがたくさん載った皿を差し出され、お葉は目を丸くした。赤飯のそれが半分、海苔《のり》が巻かれたそれが半分。沢庵《たくあん》も添えてある。

「ありがとうございます。でも、こんなにいただいて、よろしいんですか？」

「もちろん！　そのつもりで、皆で作ったんですよ」

「食べられるようだったら、お袖さんにも分けてあげてね。産後に食べてもいいのはお粥《かゆ》だけ、なんて言う産婆さんもいるけどさ、お粥だけじゃ力が出ないもんね」

「本当。あれは悪しき風習だ」

お葉は大きな皿を持ち、微笑んだ。

「お繁さんはそういう風習にあまり拘《こだわ》らないので、お袖さんにも食べてもらいたいと思います。……あ、赤ちゃん、ご覧になりますか」

おかみさんたちは顔を見合わせ、首を横に振った。

「お袖さん、疲れているだろうから、今日はよしとくよ。明日、ゆっくり見させてもらうね」

すると、赤子がまた泣き声を上げた。おかみさんたちは笑った。

「顔を見なくたって、元気な子だって分かるよ」

お袖が衝立《ついたて》から首を伸ばすと、おかみさんたちは声をかけた。

「おめでとう！　今日はゆっくり休んでね。また来るよ」

お袖は笑みを浮かべて会釈をする。おかみさんたちは揃《そろ》って帰っていった。

その後、お葉はお繁とおにぎりを味わった。お袖は出産直後で、食欲が湧かないようだったが、お葉が持ってきた棗《なつめ》の蜂蜜漬けは口にすることができた。棗には血を補い、母乳の出をよくする効果がある。お繁に言われて、お袖は試しに赤子を乳房に近づけたが、母乳はまだ出ないようだった。お繁によると、だいたい二、三日してから出始めることが多いという。

お葉は、赤子を胸に抱くお袖を、慈愛に満ちていてとても美しいと思った。

暫くして、道庵もやってきた。道庵は赤子に目を細め、祝いの言葉を述べ、包みを差し出した。

「枸杞子《くこし》という、枸杞の実を乾燥した生薬だ。母乳の出をよくする効き目がある。そのまま食べてもいいが、粥などに入れてふやけさせると食べやすくなる。味わってみてくれ」

お袖は包みを胸に抱え、頭を下げた。

「ありがとうございます。……皆さん、何から何まで」

そして、不意に涙をこぼす。お繁は搔《か》い巻《まき》をかけ直した。

「今日はご苦労様。風邪引かないようにね」

お袖は洟《はな》を啜《すす》り、お繁とお葉を見た。

「お二人に傍にいていただいて、本当に心強かったです。それほど緊張せずに済みました」

道庵は微笑んだ。

「それはよかったぜ。お袖さん、すっかりおっ母さんの顔だな」

お袖は含羞《はにか》みながら目を伏せる。道庵は続けて言った。

「お父つぁんは、明日、連れてくる。一緒に来たいようだったが、もう暗いし、お袖さんにゆっくり休んでもらいたいんで、今日は連れてこなかった。お父つぁんが来れば、積もる話もあって長くなるだろうからな」

「はい。明日、楽しみにしています」

お袖は笑みを浮かべた。

お繁は泊まって付き添いすることになり、お葉は道庵と一緒に帰った。帰り道、お葉は満ち足りた気持ちで、夜空を眺めた。澄んだ空気の中で、星々が瞬いている。

——おっ母さんも、私のことを、あのようにして懸命に産んでくれたのね。

亡き母親への感謝の思いが、いっそう募る。夜空を見上げながら歩くお葉に、道庵が訊《たず》ねた。

「どうだった。お繁さんの手伝いをしてみて」

お葉は道庵に目を移し、息を白く曇らせながら答えた。

「はい。とても貴い経験でした。お手伝いできて、本当によかったです」

「そうか」

道庵は頷《うなず》く。満天の星の下、お葉は薬箱を抱え、道庵と一緒に歩いていった。


次の日、道庵とお葉は、吾作を連れて再びお袖を訪ねた。吾作は横大丁町まで、ゆっくりと歩くことができた。

お繁はまだ留《とど》まり、お袖の世話をしていた。道庵たちと一緒に入ってきた吾作を見て、お袖は声を上げた。

「お父つぁん」

吾作は娘に微笑んだ。

「お袖、でかしたじゃねえか」

「会いにきてくれたんだね。動けるようになって、よかった」

道庵とお葉が手伝い、吾作に腰を下ろさせる。急に賑やかになったからだろうか、赤子が泣き始めた。お袖は赤子を抱き上げてあやしながら、吾作を見つめた。

「お父つぁん、抱いてみる？」

吾作は頷き、真摯《しんし》な面持ちで、腕を差し出す。お袖から赤子を渡され、その小さな躰《からだ》を優しく抱きながら、吾作は満面に笑みを浮かべた。

「可愛いなあ、おう、よしよし」

泣き止まない赤子に手こずりながらも、吾作は真に嬉《うれ》しそうだ。

吾作は目を潤ませながら、お袖に言った。

「早くよくなって、めいっぱい働いて、お前たちを支えていくからな。安心しろ」

父親の思いを聞いて、お袖も涙を滲《にじ》ませた。

「お父つぁん、私のこと、許してくれるのね」

「当たり前だ。お前は何も悪いことなどしていねえ」

「ありがとう、お父つぁん。私もこの子のために懸命に働くから、心配しないで。でも、本当にたいへんな時は、甘えさせてね」

「おう、いつでも甘えろよ」

心を通い合わせる父娘《おやこ》を、お葉は見守る。お繁が言った。

「お袖さん、困った時は私もお手伝いさせてもらうからさ、遠慮せずに言ってね」

「私も、お手伝いさせていただきます」

お葉が相槌《あいづち》を打つと、道庵も声を響かせた。

「子供を育てるのは、周りの力添えがあってこそだ。お袖さん、長屋のおかみさんたちも頼っていいと思うぜ。もちろん、俺も力になる」

お袖と吾作は顔を見合わせ、同時に頭を下げた。

「皆さん、ありがとうございます」

吾作は赤子をお袖に返し、畳に頭を擦《こす》りつけるように、もう一度礼をした。赤子の泣き声は収まり、微睡《まどろ》み始めていた。

七

お繁の面倒見のおかげか、お袖は産後、肥立ちも乳の出もよく、順調だった。

孫が生まれていっそうやる気になったのか、吾作は躰を動かす稽古《けいこ》を重ね、目覚ましい回復を見せた。

「もう家に戻っても大丈夫だろう。仕事も少しずつ始められるぜ」

道庵の許しが出ると、吾作は頰に血を上らせて喜んだ。

家に戻る三日前の朝、お葉が朝餉《あさげ》を運ぶと、吾作は不意に言った。

「総一郎って男は、子供の顔を見にきてないのだろうか」

「そのうち、いらっしゃると思います」

お葉は曖昧《あいまい》な返事しかできなかった。

その日の午後《ひるご》、道庵とお葉は往診に出た帰りに、再び両国は米沢町の丁半長屋に寄ってみた。

腰高障子越しに声をかけると、総一郎が出てきた。一人で酒を飲んでいたようだ。道庵が厳しい面持ちで言った。

「話があるんだ。ちょいと入れてもらえねえか」

総一郎は薄ら笑いを浮かべた。

「こっちはもう話すことなんてねえよ。さっさと帰って……」

総一郎が腰高障子を閉めようとした時、道庵がその手を押さえた。

「つっ……」

道庵の力が思いのほか強かったのだろう、総一郎は右手首を摑《つか》まれ、顔を顰《しか》める。道庵は少しも面持ちを変えずに、彼の手首を捻《ひね》り上げる。このような道庵を見たのは初めてで、お葉は息を呑《の》んだ。

道庵が若かった頃、破落戸《ごろつき》たちと喧嘩《けんか》を繰り返していたということが、よく分かったような気がした。道庵には、それほどの凄《すご》みがあった。

総一郎は根を上げた。

「わ、分かったから放してくれ！」

道庵が手を緩めると、総一郎は左手で右手首を押さえながら、顎《あご》で促した。

「……入れよ。話はさっさと終わらせてくれ」

道庵はずけずけと家に上がる。お葉も後に続いて土間に入ると、入口の近くにいた黒猫が啼《な》き声を上げた。お葉は黒猫に微笑みかけ、腰高障子を閉めた。

薄暗い部屋の中で、道庵とお葉は、総一郎に向かい合った。道庵が低い声で言った。

「お袖さんに子供が生まれた。元気な男の子だ」

総一郎は少し黙った後、掠《かす》れた声を出した。

「そうか」

道庵は総一郎を見据えた。

「お前さんは、その子の顔を見にいってやらねえのか。お前さんは、その子の父親なんだぜ」

総一郎は顔を顰め、手で額を押さえた。

「何度も言うが、俺は父親になるつもりはねえんだ」

「お父つぁんのことが嫌いだったからか。それだけの理由か」

「ああ、そうだ。父親なんてものに憧《あこが》れねえんだ」

道庵は語気を強めた。

「ならば、お前さんがいい父親になればいいじゃねえか」

お葉は道庵を見る。道庵は唇を微《かす》かに震わせている。しんとなった部屋で、道庵は続けて言った。

「お前さんは、あんなの親父《おやじ》でも何でもないと言いながら、未《いま》だにその父親に縛られているように見えるぜ。それほど父親が嫌いだったのなら、いつまでもその父親に縛られるな。お前さんは、お前さんなんだ」

総一郎は顔を少し青褪《あおざ》めさせ、爪を嚙《か》む。道庵が放つ言葉は、冷たい空気を震わせた。

「世の中は、善《い》い人間ばかりじゃねえ。いくら話し合っても分かり合えない者だっている。家族にだって、そういう者はいるだろう。そして生きていれば、そのような者に迷惑をかけられることだってある。だがな、それはお前さんだけじゃねえんだ。俺だってそうだ、ここにいるお葉だってそうなんだ。皆、口に出して言わないだけで、そのような思いを乗り越えてきてるんだ。これだけは忘れないでいてほしい。辛《つら》い思いをしているのは、お前さんだけじゃねえってことを」

総一郎が天井を見る。その目に涙が光っていることに、お葉は気づいた。道庵は総一郎を真っすぐに見つめ、声を少し和らげた。

「誰かのせいで躓《つまず》いたとしてもな、自分の力で立ち上がって、前に進むことはできるんだぜ」

総一郎の目から、涙がこぼれた。それを腕で拭《ぬぐ》い、酒を呷《あお》る。道庵は笑みを浮かべた。

「たくさん喋《しゃべ》って喉《のど》が渇いちまった。俺にも一杯、くれねえか」

総一郎は洟《はな》を啜《すす》り、顎で戸棚を差した。

「あの中に入ってる」

お葉が腰を上げ、戸棚から盃《さかずき》を取り出し、道庵に渡した。道庵は総一郎から徳利《とっくり》を奪って自分で注《つ》ぎ、盃を掲げた。

「馳走《ちそう》になるぜ」

そして一息に干し、唇を舐《な》めた。

北風が吹き、腰高障子が音を立てる。総一郎は背中を丸めたまま、ぽつぽつと話し始めた。

「俺だって、お袖のことが気懸かりじゃない訳ではないんだ。あいつは、尽くしてくれたからな」

道庵は、総一郎に酌をした。

「ならば、一緒に暮らせばいいじゃねえか」

総一郎は弱々しく首を横に振った。

「博徒をしながら父親になるのは、無理だ。俺は十五で家を飛び出してから、ずっと風来坊だったから、もうまともな仕事はできねえ。潰《つぶ》しが効かねえんだ。やるとしたら、日雇い働きぐらいか。でも、結局はその日暮らしだ。自分一人ならどうにかなるだろうが、女房と子供まで養えるかどうか」

総一郎は胸の内を打ち明けながら、酒を呷り、息をつく。そして苦い笑みを浮かべた。

「お袖は、俺なんかより、ほかの男と一緒になったほうが幸せになれる。子供がいたって、あいつぐらいの器量なら、惚《ほ》れる男はいるさ」

無性に寂しげな顔をしている総一郎を見て、お葉は思った。

――総一郎さんも、本当はお袖さんのことが愛《いと》しいのでは。

道庵が腕を組んだ。

「でもよ、お袖も働くと言っているんだ。二人で働けば、どうにかなるんじゃねえか」

総一郎は押し黙ってしまう。何杯か続けて呑み干し、口を開いた。

「きっと、お袖のほうがしっかり働くことになって、俺が引け目を感じるようになっちまうよ。女房に食わせてもらってる、ってね」

その時、お葉はふと思い出し、口を挟んだ。

「お料理のお仕事などは如何《いかが》でしょう？　お袖さんが仰《おっしゃ》ってました。総一郎さんが作ってくれるお料理がとても美味《おい》しかった、って。総一郎さんのそのようなお優しいところを、お袖さんは好いていらしたようです」

総一郎は頬を微かに緩めたが、深い溜息《ためいき》をついた。

「俺の歳じゃ、無理だろう。板前の修業をしようと思ったところで、一人前になるにはどれほどの時間がかかるか。初めは、金だってそれほどもらえないだろうし」

板前を目指すには、追い回しから始めて、洗い方、焼き方控え、焼き方、煮方脇、煮方、脇板、そして板前と、順に上がっていかなければならない。いわゆる使い走りである追い回しから、洗い方に昇進するまでにも、二、三年を要する、厳しい世界なのだ。

道庵も手酌で呑みつつ、頰を搔《か》いた。

「なに、板前なんてかしこまったものでなくても、料理人ならば、どうにかいけるんじゃねえか？」

「料理人ができれば願ったりだが、果たして雇ってくれるところがあるかどうか」

首を傾げる総一郎に、道庵はにやりと笑った。

「もし本気で料理の仕事をしたい気持ちがあるのなら、俺に当てがない訳ではねえぜ」

総一郎は目を瞬かせる。道庵は頷《うなず》いた。

「どうやら立ち直る気はあるようだな。お前さんの気持ちが分かって嬉《うれ》しいぜ。お袖は、気立てのよい女だ。いい女房になるだろうよ。お袖の親父さんも、心の広い、温《あった》かな男だぜ。……おっと、親父さんが屋根から足を滑らせて大怪我したのは、お袖が一人で母親になるのが心配だったからだそうだ。お前さんのせいで、親父さんにまで気苦労させたんだ。反省しろ」

道庵に笑顔で睨《にら》まれ、総一郎は項垂《うなだ》れた。

「そうだったのか……。それは悪いことをしたな」

二人の話を聞きながら、お葉は胸の前で手を合わせた。

「そうだ。お袖さんと夫婦《めおと》になれば、吾作さんが総一郎さんの新しいお義父《とっ》つぁんになりますね！」

総一郎と道庵が、お葉をまじまじと見る。何かおかしいことを言ってしまったかと、お葉は思わず口に手を当てた。

道庵は、ふふ、と笑みを漏らした。

「お葉の言うとおりだ。吾作さんは、新しいお義父つぁんには申し分ねぇと思うぜ。一緒に酒を呑《の》んでも楽しいだろう」

道庵は総一郎に酒を注ぎつつ、続けた。

「どうだ。この際、古いお父つぁんのことはすっぱり忘れて、新しいお義父つぁんも一緒に、自分の家族を作っていくってのは」

総一郎は酒を啜り、微かな声で呟《つぶや》く。

「新しいお義父つぁん、か」

そして頷いた。

「いいかもしれねえ」

溢《あふ》れる涙を拭おうともせずに、総一郎は酒を呑む。道庵は総一郎の肩を叩《たた》いた。

「あとは任せておけ」

総一郎は道庵に頭を下げるも、徳利を振って、眉根《まゆね》を寄せた。

「先生、あんた、ずいぶん呑んだな」

道庵は黙って頭を掻く。お葉は目を潤ませつつ、笑いを嚙《か》み殺した。

八

吾作が長屋に戻る日、道庵とお葉も付き添った。普通に歩けるようになり、吾作は嬉しそうだ。吾作は長屋に辿《たど》り着くと、大きく息を吸い込んだ。そして庭に立っている枇杷《びわ》の木を眺め、相好を崩した。

「ちょっと見ない間に、ずいぶん花を咲かせたなあ」

白い花をたくさんつけたその姿は、木が綿帽子を被《かぶ》っているようにも見える。

吾作が家に戻ると、お袖が赤子と一緒に待っていた。お繁も手伝いにきている。

お袖は赤子を胸に抱きながら、吾作に微笑んだ。

「お父つぁん、お帰りなさい」

「ただいま。これから怪我には気をつけるよ」

吾作も娘に笑みを返す。お葉は台所を貸してもらい、お繁と一緒に、小松菜と蒲《かま》鉾《ぼこ》と椎茸《しいたけ》を載せた饂飩《うどん》を作って、皆で味わった。

赤子が泣くと、その度に吾作は食べる手を止め、腕に抱えてあやす。目に入れても痛くないほど、可愛くて仕方がないようだ。

そのような吾作を眺め、お葉も道庵と微笑み合う。

食事の後でお茶を飲んで和んでいると、腰高障子が叩かれた。お葉が腰を上げ、土間へと下りる。お葉は、男を中へ通した。

その男を見て、お袖は目を見開き、声を上擦らせた。

「お前さん……」

男は総一郎だった。見違えるほどにさっぱりとした身なりになった総一郎は、お袖の目を見つめて、言った。

「俺を許してくれるか」

お袖は何も答えず、唇を震わせる。そして感極まったように泣き出した。すると赤子も泣き始めたので、お繁が抱き上げ、あやす。お葉はお袖の背中をさすった。

吾作は瞬きもせずに、総一郎を食い入るように見ている。総一郎は吾作に土下座をして詫《わ》びた。

「娘さんに心苦しい思いをさせてしまい、本当に申し訳ありませんでした。これから一からやり直し、身を粉にして働いて参ります。お袖と子供を必ず守ります。だから、どうか、お袖と夫婦になることを許してください」

平伏《ひれふ》す総一郎を、吾作は口をへの字に曲げて、睨《ね》めるように見続ける。

泣いたばかりの赤子が、お繁にあやされ、微《かす》かな笑みを浮かべた。吾作はゆっくりと口を開いた。

「お前さんのその言葉に、二言はねえな」

総一郎は頭を下げたまま、答えた。

「はい。ありません。誓います」

吾作が娘に目を移す。お袖は涙に濡《ぬ》れる目で、父親に頷いた。吾作は再び総一郎を見やった。

「ならば、許そう」

総一郎は顔を上げ、涙を腕で拭《ぬぐ》い、大きな声で礼を言った。

「ありがとうございます、お義父つぁん」

吾作は手のひらで洟《はな》を拭《ふ》いた。

「ふん。不肖の息子が。今度お袖を泣かしたら、ただじゃおかねえからな」

お袖はお葉にもたれ、肩を震わせる。よかったですね、と囁《ささや》きながら、お葉はお袖の背中をさすり続けた。お繁も思わず貰《もら》い泣きだ。

道庵は吾作に、総一郎が料理屋で働くことになったと告げた。

その料理屋とは、実は志乃の店の〈志のぶ〉である。道庵は志乃から、料理人が急に辞めて困っていると聞いていたのだ。それを思い出して、総一郎について頼んでみた。志のぶは気さくな店なので、腕前がよければ、段階を踏まなくても、料理を任せてもらえる。志乃は総一郎と面接し、実際に料理を作らせ、その腕前を見た。そして総一郎は認められ、志のぶで働くことが叶《かな》ったのだ。

志乃は、親子で暮らしていけるぐらいの給金は出すと、約束してくれた。

――その代わり、びしびし厳しくするわよ。

そう言う志乃に、道庵は笑って答えた。

――お願いするぜ。一から鍛えてやってくれ。

総一郎自身、風来坊の暮らしを送りながら、このままではいけないという、焦りはあったのだろう。道庵に叱責《しっせき》されて目が覚め、心を入れ替えたようだ。子供もできたことだ。やり直すならば今しかないと、悟ったに違いなかった。

お繁が総一郎に言った。

「抱いてみるかい」

総一郎は目を瞬かせ、我が子を、恐る恐る受け止める。赤子は総一郎に抱かれ、微笑んだ。

「小さいんだな。壊れちまいそうに。……でも、しっかりしている。骨も、声も」

総一郎は感極まった面持ちで、我が子を食い入るように見つめる。

お繁がお袖に訊《たず》ねた。

「ところで、赤子の名前は決めたのかい」

「いえ……まだ。お父つぁんが戻ってから、一緒に考えようと思っていました」

すると吾作が意見した。

「ならば道庵先生につけてもらおう。先生に名付け親になってもらえれば、こんなにありがてえことはねえ」

「それはいいいな」

赤子を抱きながら、総一郎も同意する。お袖も顔を明るくした。

「先生、是非、つけてください」

お葉とお繁も、笑顔で頷《うなず》く。

「俺でいいのかい」

道庵は頭を掻《か》きながら、暫《しば》し考え、言った。

「総吾《そうご》、はどうだい？　総一郎さんの総と、吾作さんの吾、だ。きっと、気持ちの優しい、懐の大きな男に育つぜ」

吾作とお袖、総一郎は目と目を見交わし、頷き合う。吾作は洟を啜《すす》った。

「先生、よい名をつけてくれて、ありがてえよ」

総一郎は我が子を高く抱き上げ、声を響かせた。

「総吾、俺がお前のお父つぁんだ。よろしくな」

それから吾作と総一郎は、固めの盃《さかずき》を交わした。

お葉は外へ出て、枇杷の花をいくつか摘んで戻り、それをお袖の髪に飾った。

「綿帽子みたいだね」

お繁が言うと、お袖は照れくさそうに微笑んだ。授乳中なのでお袖には酒ではなく、蜜柑《みかん》の搾り汁を盃に注いで渡す。

吾作たちが盃を傾け合い、親子そして夫婦《めおと》の絆《きずな》を誓い合うのを、お葉たちは笑顔で見守った。

診療所へと戻る道、道庵が息をついた。

「まあ、よかったが、志乃さんにはこれで借りができちまったな」

お繁が笑った。

「仕方ないですよ。たまには食べにいってあげればいいじゃないですか」

「総一郎さんがどのようなお料理を作るか、興味があります」

お葉も相槌《あいづち》を打つ。道庵は空に向かって、大きく伸びをした。

「食べるついでに、あいつがちゃんとやってるか、様子を窺《うかが》うことにするか」

「そうしましょう」

お葉も拳《こぶし》を掲げる。するとお繁も真似た。

「その時は私もお供しますよ」

「だらけてたら、皆で活を入れてやろうぜ」

橙色《だいだいいろ》の夕焼けが、空に広がり始めている。お葉は半纏《はんてん》の衿元《えりもと》をそっと直した。冷たい風に吹かれながらも、お葉の心はほっこりと満ち足りていた。

第三章　昔の恋人

一

霜月になると、お葉は道庵の許しを得て、裏庭の南天の実を摘み、蜂蜜《はちみつ》を加えて酒に漬けた。二月《ふたつき》ほど置けば、南天酒ができる。

――今から用意すれば、お正月に先生にお出しすることができるわ。

道庵の喜ぶ顔を思い浮かべ、お葉の面持ちもほころぶ。

南天は実だけでなく、葉、根、茎にも優れた薬効がある。実は、鎮咳《ちんがい》のほか、眼病に効果を現す。

――でも、南天のお酒は、呑《の》み過ぎてはいけないのよね。先生には適量を守って、味わっていただかなくては。

二月後に美味《おい》しい酒ができていることを祈りながら、甕《かめ》に蓋《ふた》をして、台所の薄暗いところへと置いた。

　めっきり寒くなってきたせいか、風邪の患者が多く、夕刻からお繁が手伝いにきてくれた。

　診療所を仕舞って一息ついたところで、お繁と一緒に夕餉《ゆうげ》を作り、皆で味わった。雑穀を混ぜた玄米ご飯のほかは、里芋の味噌汁《みそしる》、鮪《まぐろ》のカマの煮つけ、大根の醤油《しょうゆ》漬けだ。鮪は下魚と見做《みな》され、只《ただ》同然で手に入ることもある。

「鮪でも充分に旨《うめ》え。カマのところは特にな。脂が乗っているぜ」

　満足げに嚙《か》み締める道庵に、お繁が言った。

「お葉は節約しているんですよ。正月に食べる餅《もち》を買えなくなるのは嫌なんでしょう」

　すると道庵が急に噎《む》せたので、お葉は慌てて立ち上がる。水を取りに台所へ向かおうとすると、道庵がお茶を啜りながら引き留めた。

「大丈夫だ。……すまねえな、お葉。気苦労させちまって」

　お葉は腰を下ろし、道庵に微笑んだ。

「診療所のことを心配している訳ではありません。節約は、私の趣味なんです。小さい頃から、節約は大切だと親に教えられましたので」

道庵は湯呑《ゆの》みを手に、大きく頷いた。

「それは、まことによい教えだ。お葉に帳簿を任せておけば、ここも安泰だぜ」

「お葉、よい趣味じゃないの」

お繁が相槌を打ち、笑いが漏れる。楽しく過ごしながら、お葉は先ほどから少々気になっていた。なにやら、外が騒がしいのだ。

夕餉を片付け、皆で湯屋に行こうとしていると、診療所の板戸が勢いよく叩《たた》かれた。お葉の面持ちが引き締まる。道庵が居間を出ていき、お葉とお繁も後に続いた。

「すみやせん！　開けてください！」

板戸の向こうから、叫び声が聞こえてくる。道庵は土間に下り、大声で訊ねた。

「どうしました」

「火消しが大火傷《おおやけど》をしやした」

お葉は息を吞む。道庵は顔色を変えて、板戸を開いた。顔や腕が煤《すす》で真っ黒になった火消しが、無事だった火消しに負ぶられている。ほかにも火消しが二人付き添っていた。このあたりを受け持っている、町火消しの〈よ組〉の者たちであることは、半纏の大紋からも分かった。

道庵は火消したちに言った。

「早く入れて、土間に寝かせてくれ。お葉とお繁さんは、水を盥《たらい》に汲《く》んで持ってきてくれ」

「はい」

お葉はお繁と一緒に、直ちに裏庭の井戸へと向かう。戻ってくると、土間の上で、火傷《やけど》をした火消しが唸《うな》っていた。よく見ると、煤の下で顔や腕は赤く爛《ただ》れ、水膨れができている。

道庵は急いで、火消しに水をかけた。沁《し》みるのだろう、ぎゃあっ、という凄《すさ》まじい悲鳴が響いた。半纏などを脱がさずに水をかけたのは、その下にできている水膨れを潰《つぶ》さないようにするためと思われた。道庵は火消しの躰《からだ》を冷やしながら、言った。

「それだけ声が出るのなら、大丈夫だ。肌も黒くはなっていねえ。重傷ではないぜ。……おい、お葉、手ぬぐいを多めに用意してくれ。それから鋏《はさみ》もだ」

「はい」

お葉は胸に手を当てながら、診療部屋へと向かう。手ぬぐいと鋏を持って戻ると、土間は水浸しになっていた。盥の水をすべて火消しにかけたようだ。

それから道庵はお繁と一緒に、火消しの半纏や股引《ももひき》を鋏で裁ち始めた。道庵はまたお葉に言った。

「潤肌膏《じゅんきこう》を持ってきてくれ」

「はい」

お葉は直ちに薬部屋へと向かう。塗り薬はすぐに使えるよう、予《あらかじ》め作って置いてある。

潤肌膏は、お葉が道庵とお繁に教えてもらって初めて作った薬なので、思い入れがある。紫根《しこん》、当帰《とうき》、胡麻油《ごまあぶら》、蜜蠟《みつろう》を併せて作るこの薬は、湿疹《しっしん》やあかぎれのほか、火傷や爛れなど、あらゆる皮膚の炎症に効果を現す。皮膚に効き目のある塗り薬の中でも、火傷には、中黄膏よりも潤肌膏のほうが適していた。

道庵とお繁が火消しを褌《ふんどし》一枚の姿にすると、お葉も手伝って、全身に潤肌膏を塗っていった。道庵は火消しの躰をよく見ながら、仲間の火消したちに言った。

「中度の火傷だ。火傷してまだそれほど経っていねえだろう」

「はい、急いで運びやしたから」

「火傷した後すぐにこの薬を塗れば、痕《あと》はそれほど残らずに済む。お前さんたちのおかげだ」

仲間たちはようやく、面持ちを少し和らげた。

「よかったです。どうかしっかり治してやってくだせえ」

三人は頭を下げる。火消したちによると、隣の小柳町《こやなぎちょう》の料理屋で火事が起き、店は全焼してしまったようだが、燃え広がることは防げたという。

お葉は薬を必死に塗りながら、思った。

――夕餉の時に感じていた外の騒ぎは、火事によるものだったのね。

隣町ではたいへんなことになっていたのだと、息を呑む。火消しはほぼ全身が赤く爛れ、水膨れができている。その姿を見るのは正直怖いが、気持ちを抑え、お葉は道庵とお繁とともに隈《くま》なく薬を塗っていった。

薬が沁みるのか火消しは時折呻《うめ》いたが、身を捩《よじ》ることはなかった。躰の表側に薬を塗り終えると、仲間たちにも手伝ってもらって、半身を起こさせ、背中に塗った。足を抱えてもらって、尻《しり》にも塗り込んだ。

それから晒《さら》し木綿《もめん》を全身に当て、少しの間そのままにしておき、薬が馴染《なじ》んだ頃、筵《むしろ》に火消しを乗せて、皆で診療部屋へと担ぎ込んだ。

寒い季節というのに、懸命な手当てにより、お葉たちは額に汗を浮かべている。診療部屋に火消しを寝かせ、道庵はようやく息をついた。

「これで、取り敢《あ》えず大丈夫だ。様子を見よう。なに、意識もあるし、吐き気などはねえようだから、大事には至らねえよ。すぐに運び込んでくれてよかったぜ」

「お力添えありがとうございました」

お葉が一礼すると、火消しの仲間たちは照れくさそうに頭を掻《か》いた。

「そんな。先生たちのおかげです。こちらこそ、ありがとうございやした」

「火事場に呼ばれていた医者に、言われたんです。こんなに酷《ひど》かったら俺の手には負えない、って。それでこちらに運び込んだという訳です」

「助け出したお客さんに、教えてもらったんですよ。隣町の道庵先生なら診てくれるんじゃないか、って」

彼らの話を聞きながら、お葉たちは顔を見合わせる。道庵が低い声を響かせた。

「そうだったのか。事情は分かった。必ず治して返すんで、少しの間、患者を預からせてもらえねえか」

火消したちは大きく頷《うなず》いた。

「そうしていただけると助かりやす。頭《かしら》にも伝えておきやすので」

「頭も連れて、また明日《あした》、改めて伺います」

「こちらに連れてきて本当によかったです。……真っ黒になっちまってたから、もしや、って思って」

仲間の一人が洟《はな》を啜《すす》る。お葉は微笑みかけた。

「患者さん、責任もってお預かりします。しっかりお手当てさせていただきますので、ご心配なく」

「はい。お願いしやす」

火消したちは深々と頭を下げる。お繁が訊《たず》ねた。

「火事を出したのは、何ていう料理屋ですか」

「瀬利屋《せりや》です」

するとお繁は驚きの声を上げた。

「ええ、あそこが？　大きい店ですよね。離れもあるし」

瀬利屋の名は、お葉も聞いたことがある。道庵が訊ねた。

「それで、何が原因だったんだ」

火消したちは首を捻《ひね》った。

「まだよく分かっていねえようです。奉行所の旦那《だんな》も来ていたので、これから調べるのではないかと」

火傷を負ったのは、齢《よわい》二十三の直弥《なおや》だという。直弥のことを頼み、火消したちは帰っていった。

その後、道庵に教えてもらって、お葉はお繁と一緒に黄連解毒湯《おうれんげどくとう》という薬を作った。黄連、黄芩《おうごん》、黄檗《おうばく》、山梔子《さんしし》を併せて作るこの薬は、清熱、消炎、解毒の効果がある。

それを煎《せん》じると、お葉は指で直弥の口を開き、匙《さじ》で少しずつ流し込んだ。すべて飲ませると、道庵が言った。

「二人とも、ご苦労だった。お繁さん、頼りにしちまって、いつも本当にすまねえ。帰って、ゆっくり休んでくれ」

道庵に頭を下げられ、お繁は目を瞬かせた。

「あら、私、泊まっていってもいいですよ。どうせ今は独り身、気楽なものですからね。夜っぴて、お世話させていただきます」

お繁の亭主は既に亡くなり、娘たちは嫁にいっている。産婆の仕事を手伝ってくれる者はいるようだが、同居している訳ではないので、独り暮らしなのだ。

だが道庵は首を横に振った。

「そこまでしてもらったら、申し訳が立たねえよ。お繁さんは自分の仕事もあるんだ。夜はゆっくり過ごしてくれ」

お繁は肩を竦《すく》めた。

「そうですか。まあ、道庵先生に恐縮させてしまうのも何ですからね。今日は、おとなしく帰らせていただきましょうか」

「うむ。また何かの折には頼んじまうだろうが、その時はよろしくな」

「はい。いつでも頼んでください」

お繁は道庵に笑顔で答えてから、直弥に目を移した。

「早く手当てできて、本当によかったですよ。息もしっかりしていますしね。大丈夫でしょう」

「そうだな。お繁さんとお葉の力添えのおかげだ。改めて礼を言うぜ」

「なんなら明日早く来て、お葉と一緒に潤肌膏を作っておきましょうか。このぶんだと、たくさんあったほうがよいですよね」

道庵がお葉を見る。お葉は頷いた。

「はい。潤肌膏、よぶんに作っておきます。私一人でも大丈夫ですが……お繁さん、頼ってしまって本当によろしいですか」

「もちろん。私が言ったことだもの。責任持って手伝うよ」

お繁が胸を叩《たた》く。お葉は面持ちを明るくした。

「お願いします。たっぷり作りましょうね」

お繁はお葉の肩を優しくさすり、帰っていった。


直弥の様子は落ち着いていたが、いつ急変するとも限らないので、お葉は道庵と交替で看《み》ることを望んだ。だが道庵は頑として言った。

「今夜は、俺がここで患者と一緒に寝るから、交替なんてことは必要ねぇ。お葉は自分の部屋で、ぐっすり寝《やす》んでくれ。明日も朝から忙しいんだ」

お葉は眉《まゆ》を八の字にした。

「ですが、それでは先生にご負担が」

「負担なんてことは、ちっともねえ。患者の傍らで寝るのは、俺の拘《こだわ》りだからよ」

道庵に笑顔で諭され、お葉は何も言えなくなってしまう。患者に寄り添おうとする道庵の医の心を目の当たりにする度に、お葉は自分の未熟さを思い知らされる。

お葉は道庵に、素直に頷いた。

「かしこまりました。明日に備えて、今日は休ませていただきます」

「おう。おやすみ」

お葉は一礼して、診療部屋を出た。

二

翌日、直弥の仲間たちが、よ組の頭を連れて再び訪れ、改めて道庵に礼を述べた。

道庵は、義と情に厚そうな頭に訊ねた。

「それで、ほかに火傷《やけど》や怪我をした人たちはいなかったんですか」

「何人か火傷はしたみたいですが、軽いものだったようです」

「よ組の皆さんのおかげですな。死者が出なくてよかった」

「まことに。そこは、あっしたちも一安心といったところです」

道庵と頭は頷き合った。


直弥は若く、躰《からだ》が鍛えられていたこともあり、治りが早かった。潤肌膏《じゅんきこう》に伯州散《はくしゅうさん》を混ぜて使うと、いっそう効き目がある。伯州散とは、鹿角《ろっかく》（鹿の角）と津蟹《つがに》と反鼻《はんぴ》（マムシ）の黒焼きである。

水膨れが破れて化膿《かのう》しそうになっていたが、伯州散を混ぜたものを塗ると、それを免れた。伯州散は、傷を治す力がとにかく強いので、古《いにしえ》の金創医たちも驚いたという。

珍しい薬なので値も張るが、道庵は付き合いの長い梅光堂から、いくらか負けてもらって手に入れているようだった。

直弥は三日目にして起き上がれるようになり、食欲もあった。道庵に言われてお葉はももんじ屋に赴き、旬の鯨肉を買って帰り、それを使って料理を作った。道庵曰《いわ》く、鯨肉には、傷を治して躰を修復するための滋養が、多く含まれているとのことだ。

お葉は鯨肉で料理をするのは初めてだったが、ももんじ屋で下拵《したごしら》えしてもらっていたので、どうにか作ることができた。

鯨肉を、大根、牛蒡《ごぼう》、人参《にんじん》、葱《ねぎ》、豆腐と一緒に醬油《しょうゆ》味で煮込んだ、鯨汁だ。

それを夕餉《ゆうげ》に出すと、直弥はご飯とともに、喜んで食べた。火傷の痕《あと》けまだ少し痛むようだが、旺盛《おうせい》な食欲のほうが勝るのだろう。箸《はし》も使えるようになっていた。

「いやあ、旨《うま》いです！　死ぬかと思いやしたが、生きててよかったです！」

笑顔で言われ、お葉の顔もほころぶ。

――直弥さんみたいな人は、どんな病でも気力で治してしまいそうね。

ご飯のお代わりまでする直弥が、お葉には頼もしく見えた。

直弥はよく食べ、よく眠り、五日目には楽々と動けるようになっていた。道庵は彼を診て、言った。

「このぶんなら、痕も残らねえかもしれねえな。潤肌膏を塗り続けていたら、そのうち消えちまいそうだ。若《わけ》えっていいなあ」

「ここの薬と食事のおかげです」

直弥は笑顔で礼を述べる。だが、不意に面持ちを引き締め、訊《たず》ねてきた。

「あの火事で、大怪我をした人はいたんでしょうか」

「多少の火傷や怪我をした者はいただろうが、大怪我ってのはどうだろうな。亡くなった者はいなかったって話だ」

「それはよかったです」

直弥は火事のその後が、やはり気になるようだった。

道庵は昼餉を食べ終えると、お葉に留守番を頼んで、小柳町へと赴いた。死者は出なかったようだと、よ組の者たちから聞いてはいたが、自ら一応確かめたかったのだろう。

お葉が直弥に煎《せん》じ薬を飲ませているところへ、道庵が戻ってきて伝えた。

「お前さんたちの活躍のおかげで、働いていた者たちもお客たちも皆、助かったようだ。火傷をした者はいたみてえだがな」

瀬利屋は建て直しのためにまだ休んでいるので、道庵は周りの店の者たちに訊ね回ったようだ。道庵から話を聞いて、直弥は神妙な面持ちになった。

「火傷をしたというのは、客でしょうか」

「いや、客は軽傷だったみてえだ。芸者も火傷を負ったらしいが、店の者が連れてきた医者にすぐ診てもらったそうだから、大丈夫なんじゃねえかな。火傷の具合がどの程度かは分からねえが」

瀬利屋は座敷に芸者を呼べる店のようだ。

「……そうですか」

直弥は押し黙ってしまう。お葉は思った。

――火傷や怪我を負ってしまった人がいたと聞くと、火消しとしての責任を感じるのでしょうね。……その芸者さんも心配だわ。お仕事に障りがないとよいのだけれど。

お葉は、火事の怖さを改めて思い知るのだった。

直弥は八日もするとすっかり元気になり、よ組に帰ることになった。道庵とお葉が作った薬が効いたのだろう、痕もそれほど残ることなく治りそうだ。道庵曰く、水膨れの底、つまりは真皮が赤くなって痛い場合のほうが、白くなって痛みがない場合より、痕が残らず治りやすいという。直弥は前者だったので、快復が早かった。

直弥は道庵とお葉に厚く礼を述べ、薬は暫《しばら》く続けることを約束して、帰っていった。

それから少し経って、診療所を仕舞う頃、直弥が薬を取りにきた。彼の肌の具合を診ながら、道庵は唸《うな》った。

「治りが速《はえ》えなあ。見事なもんだ」

直弥は笑みを浮かべて頭を掻《か》いた。

「もう仕事にも復帰しやした。先生たちのおかげです」

「頼もしいぜ。くれぐれも怪我には気をつけてな」

「この時季は特に、火は怖いですね。火鉢や囲炉裏で火傷を負う方も多いです」

お葉が言うと、直弥は神妙な面持ちになった。

「ええ。それで、折り入って、相談したいことがあるのです」

お葉は道庵と目を見合わせる。道庵が訊ねた。

「どういったことだ」

「俺が火傷した、瀬利屋の火事の件です。あの時、逃げ遅れた芸者がいて、その人も手に火傷を負ってしまいました。……でも、どうやら治りがよくないみたいで。それで先生に一度、その芸者を診てもらいたいんです」

「それは構わねえが、芸者の手はどのような状態なんだろう」

直弥は目を伏せ、躊躇《ためら》いつつ答えた。

「どうも、ある指が、殆《ほと》ど使いものにならなくなってしまったみたいで」

道庵の面持ちが強張《こわば》る。お葉も胸に手を当てた。

直弥は目を伏せながら話を続けた。

「あの時、芸者は、店が呼んだ医者に手当てしてもらったようですが、その手当てがまずかったのか、火傷が思いのほか深かったのか、左手の小指がまったく動かないらしくて。別の医者に診てもらったところ、その指は諦《あきら》めるしかないと言われたそうです」

お葉は眉根《まゆね》を寄せた。

――左手の指に障りがあれば、もう三味線を弾けなくなってしまうかもしれないわ。三味線を奏でるには、左手の人差し指、中指、小指を使って、絃を押さえるからだ。

道庵も眉《まゆ》を顰《ひそ》めた。

「指を諦めるってことは、切らなくてはいけねえってことか」

直弥は首を捻《ひね》った。

「どうなのでしょう。人伝《ひとづて》に聞いた話だと、そのようなことでしたが」

「人伝？　お前さんは、その芸者とは知り合いではねえのか」

直弥は小さく頷《うなず》き、押し黙ってしまう。お葉が訊ねた。

「あの日、直弥さんがその方を助けられたのですか」

暮れ六つを告げる鐘の音が聞こえてくる。直弥は目を上げ、おもむろに口を開いた。

「俺が、その人に助けられたのです」

診療部屋に置かれた、行灯《あんどん》の明かりが揺れる。道庵とお葉に見つめられながら、直弥は話を続けた。

「中に踏み込んだ時、逃げ惑う者たちで大騒ぎになっていました。どうやら煙草の燃え滓《かす》が原因だったようですが、空気が乾いていたせいか、あっという間に燃え広がってしまって。廊下で気を失った者を助けている時、燃え盛る柱が、俺に向かって倒れかかってきたんです。その時、芸者が俺を突き飛ばしてくれたので、柱に直撃されずに済みました。ですが、その人の手に、柱がぶつかってしまったのです。

……きっと、そのせいで、小指が重傷に」

直弥は再び目を伏せ、唇を噛《か》み締める。良心の呵責《かしやく》となっているに違いない。

直弥はここで養生している間も、その芸者のことがずっと気懸かりだったという。

そして診療所を出るとすぐ、彼女が無事であったかどうかを調べた。すると、芸者は春駒《はるこま》という名で、柳橋《やなぎばし》の〈岡堀《おかぼり》〉という置屋にいることが分かった。

直弥は溜息《ためいき》交じりに言った。

「岡堀にまで行って、女将《おかみ》と直接話をしたのですが、春駒さんはまだ仕事には復帰できていないようです」

春駒の手については、女将から教えてもらったという。女将も春駒を心配していて、ほかの医者にも診てもらいたいようだが、春駒は塞《ふさ》ぎ込んで閉じ籠《こも》っているらしい。直弥は春駒に直接謝りたかったが、それゆえ、会えなかったそうだ。

「春駒さんは三味線がたいへん得手だったとのことです。それで……俺、いっそう責任を感じてしまって」

直弥は膝《ひざ》の上で拳《こぶし》を握り、声を微《かす》かに震わせる。道庵が訊《たず》ねた。

「春駒さんは、ほかに火傷《やけど》はなかったんだろうか」

「脚にも負ったようですが、軽かったみたいです。重傷なのは手だけです」

春駒は、美しく、芸事に長《た》けていると評判の、人気芸者のようだ。だが人気に溺《おぼ》れることなく、三味線などの腕を常に磨いていたという。ならばよけいに、指の損傷が心の負担となっているだろう。春駒の気持ちを慮《おもんぱか》り、お葉の胸も痛む。

お葉はまた、このようにも思った。

——直弥さんは真面目なご性分なのでしょうし、春駒さんも優しい方なのでしょう。火事という極限の状態の中で、直弥さんを庇《かば》って差し上げたのだから。

春駒の指をどうしても治したいという気持ちが、込み上げてくる。

直弥は道庵とお葉を真っすぐに見て、真摯《しんし》な面持ちで言った。

「春駒さんも、お二人にならば心を開いてくれるような気がするんです。薬礼などは俺が持ちますので、どうか春駒さんを診てあげてください。今のままじゃ手後れになって、指が、その、腐っちまうんじゃないかって。……だから、お願いします」

深々と頭を下げる直弥を眺め、道庵は低い声を響かせた。

「一度、診させてもらうぜ。薬礼のことまで考えなくてよいから、春駒さんを連れてきてくれ。それとも俺たちが置屋まで出向こうか」

直弥は顔を上げ、微かに潤む目で道庵を見た。

「お願いしている上にご足労までおかけしては、申し訳が立ちません。俺が春駒さんを必ず連れて参ります」

直弥は約束し、帰っていった。


裏庭で蘆薈《ろかい》（アロエのこと）の花が咲き始めた。鶏冠《とさか》にも似た橙色《だいだいいろ》の花は、空に向かって真っすぐに伸びている。いかにも元気よく見える蘆薈には、その葉に著しい薬効がある。胃ノ腑《ふ》を健やかにし、便秘を緩和し、虫刺されや火傷にも効き目がある。しかし肌につけるとかぶれる者もいるので、注意が必要である。

――小さい頃、火傷すると、おっ母さんが蘆薈の葉を開いて、その部分に貼ってくれたっけ。軽い火傷は、それで治ってしまったわ。

蘆薈の葉も厚く、ギザギザとしていて、見るからに力強い。

――寒さも吹き飛ばしてしまうような生命力に溢《あふ》れていて、頼もしいわ。

その葉に触れながら、お葉は笑みを浮かべた。

お葉は道庵の許しを得て、蘆薈の花を摘み、花器に挿して診療部屋に飾った。それを眺め、道庵は目を細めた。

「ほう。一輪だけでも、ぐっと明るくなるな」

「はい。患者さんたちに、少しでも和んでいただきたくて」

「よい心がけだ」

道庵と笑みを交わしながら話していると、格子戸が音を立てて開かれた。お葉が急いで出ていくと、直弥が立っていて、一礼した。

「春駒さんを連れて参りました」

直弥に背中を押され、春駒が土間に入ってくる。お葉は思わず息を呑《の》んだ。春駒は、地味な着物に半纏《はんてん》を羽織った姿だが、色が白く柳腰で、目鼻立ちが整っており、美しさが匂い立っている。

――寒椿のような女人《ひと》だわ。

お葉は思わず見惚《みと》れてしまう。春駒は暗い色目の装いだったが、艶《つや》やかな紅色の椿を彷彿《ほうふつ》とさせた。

だがその左手は、晒《さら》し木綿《もめん》で包まれている。お葉は痛々しさを感じつつ、春駒に声をかけた。

「お話、伺っております。どうぞお上がりください」

春駒はお葉を見つめ、丁寧に礼をした。

「よろしくお願いいいたします」

少し低めの、落ち着いた声が響く。お葉は二人を、診療部屋へと通した。


道庵は、春駒の左手の小指をよく診た。春駒は姿勢を正して、面持ちを崩さないが、気持ちが張り詰めているであろうことは窺《うかが》われた。

お葉も道庵の隣で、春駒の指を見ていた。どのような状態なのだろうと思っていたが、付け根の近くまで真っ黒になっている。

――皮膚だけを切り取るという手術はできないのかしら。

火傷の痕《あと》で黒ずんでいるのだろうが、皮膚の下がどうなっているかが分からない。

道庵がそっと小指に触れると、春駒は眉《まゆ》を微かに顰《ひそ》めた。

「痛いかい」

「はい……少し」

「指を柱にぶつけたのだろう」

「はい」

道庵は、はっきりとは言わなかったが、お葉は薄々気づいた。春駒は指を火傷しただけでなく、骨も折ったのかもしれないと。ならばいっそう重傷で、使いものにならなくなったというのも過言ではないだろう。

道庵は続けて訊ねた。

「熱はねえみたいだな。気持ちが悪いなんてことはあるかい」

「それはありませんが……よく眠れないことはあります」

「うむ。動悸《どうき》はするかい」

「たまにあります」

道庵はお葉に告げた。

「潤肌膏《じゅんきこう》を持ってきて、塗ってあげてくれ」

「かしこまりました」

お葉は速やかに薬部屋へと行き、薬を持って戻ってきて、春駒に向き合った。

「お薬を塗らせていただきます」

「お願いいたします」

春駒が手を差し出す。お葉はその手を丁寧に持ち、潤肌膏をそっと触れるように塗っていった。

少し沁《し》みるのだろう、春駒の長く黒い睫毛《まつげ》が、微かに揺れる。春駒の手は白いがゆえに、傷を負った指がより痛々しく見えて、お葉に複雑な思いが込み上げた。

——潤肌膏が効きますように。

願いを籠《こ》めて、お葉は指の手当てをする。道庵は隣で、煎《せん》じ薬を作っていた。

お葉が春駒の手を新しい晒しで包み終えると、道庵が煎じ薬を渡した。

「柴胡加竜骨牡蠣湯《さいこかりゆうこつぼれいとう》だ。火傷した後などによく現れる、不眠や動悸の症状に効き目がある。これを煎じて、食前か食間に飲んでみてくれ」

「ありがとうございます」

春駒は丁寧に礼をする。その凜《りん》とした姿からも、春駒は色気ではなく芸事で人気を博しているということが窺える。

おとなしく見守っていた直弥が、ようやく口を開いた。

「先生、お葉さん、診てくださってありがとうございました。あの、これ、少ないですがお礼です」

直弥が包みを差し出すと、春駒が慌てた。

「直弥さんにそこまでしていただかなくても大丈夫です。薬礼は私が出しますので」

「いえ、ここは俺が」

「そんな、いけません」

「俺が迷惑をかけてしまったのですから」

言い合う二人を眺め、道庵は苦笑し、一喝した。

「薬礼については、治ってからでよい！　それよりな、春駒さん。明後日の夜、もう一度ここに来てもらうことはできねえかい」

春駒は大きな黒い目を瞬かせた。

「はい。できないことはありませんが」

「ありがてえ。お願いするぜ。今日渡した煎じ薬と塗り薬が効いてくれるのが一番だが、万が一にそれだけでは効かなかった場合、もう少し踏み込んだ治療が必要になるかもしれねえ。俺の元弟子で、それができる者がいるので、その男に改めて診てもらおうと思う。長崎で蘭方医学を学んできた者だ」

春駒は背筋を伸ばして聞き、目をそっと伏せ、静かに答えた。

「明後日、よろしくお願いいたします」

春駒の白い頬に、長い睫毛が影を作っている。その憂いのある横顔は、ずっと見つめていたいほどに麗しかった。

三

次の日、お葉は道庵の使いで源信の診療所へと赴き、頼んでみた。相談したいことがあるので、夜、来てもらえないかと。

「謝礼はもちろんお渡ししますので」

そう付け加えると、源信は快く応じてくれた。


夜、源信は約束どおり、診療所を訪れた。居間へと通し、牡蠣蕎麦《かきそば》を出すと、源信は相好を崩した。彼は蕎麦が大好物なのだ。

「磯の香りがよいなあ」

源信は汁を啜《すす》り、息をつく。牡蠣のほかに葱《ねぎ》と生姜《しょうが》もたっぷり入っている。道庵も交えて、炬燵《こたつ》にあたりながら蕎麦を手繰る。躰《からだ》の芯《しん》まで温《ぬく》もるようだった。

「こんなに旨《うま》い蕎麦を馳走《ちそう》してくれるってことは、何か難しい問題でも起きたのか」

あっという間に平らげ、源信は笑みを浮かべた。道庵は彼に酒を注いだ。

「冴《さ》えているじゃねえか」

「で、どのようなことだ」

酒を一口啜り、源信は道庵を見つめた。

「うむ。火事に巻き込まれて、左手の小指を大火傷《おおやけど》しちまった芸者がいてな。診てみたところ、どうも指がもう死んじまっている（壊死）。燃え盛る柱にぶつけたらしく、骨も折れていてな。一応、潤肌膏と柴胡加竜骨牡蠣湯を出しておいたが、気休めにしかならんだろう。俺の勘だと、指を切るしかないような気がするぜ。今のまま放っておくと、危ないのではねえかと」

お葉は顔を強張《こわば》らせた。やはり、あの指は治しようがないようだ。薄々、切ることになるだろうと予感していたが、道庵の口からはっきりと聞き、息苦しさが込み上げてくる。

源信は淡々と訊《たず》ねた。

「危ないというのは、死んでしまった部分が広がっていくということか」

「うむ。それを防ぐためにも、切ってしまったほうがいいと思うんだ。……三味線が得手な芸者というから、気の毒だけどな。仕方ねえ、命には代えられねえよ」

道庵の言うことは尤《もっと》もだと思いつつも、お葉は目を伏せる。いくら怪我をしたといっても、女人が指を失うということには、やはり耐え難い思いがあるだろう。お葉だって、指を切らなければならなくなったら、悩み、落ち込むに違いない。

切断の手術は、室町や戦国時代から金創医たちが行ってきたので、源信にもできぬことはないだろう。それを見込んで、道庵は彼に頼むために呼んだようだ。

火鉢の上の五徳に載せた薬缶《やかん》が、音を立てている。源信は酒をまた一口啜った。

「その芸者は、指を切ったら、三味線を弾けなくなるのだろうか」

道庵は首を少し傾げた。

「左手の小指だから、絃を押さえることができなくはなるだろうな。すると、完璧《かんぺき》に弾くことはもう無理かもしれねえ」

「その芸者はいくつぐらいなんだ」

「二十五、六といったところか」

やけに冷える夜、お葉は薬缶の湯を急須《きびしょう》に注ぎ、お茶を味わう。行灯《あんどん》の明かりの加減か、源信の横顔は、より引き締まって見えた。

源信は酒を干し、手酌で注いだ。

「どこの芸者なのだろう。深川《ふかがわ》か」

道庵がお葉を見る。お葉が代わりに答えた。

「柳橋と仰《おつしや》っていました」

源信はまた酒を啜った。黒く長い眉《まゆ》が、微《かす》かに動いたことに、お葉は気づいた。

霜月も半ばの静かな夜、木の葉が風に揺れる音さえ聞こえてきそうだ。道庵が声を響かせた。

「芸事に秀でた、売れっ妓《こ》とのことだから、本人が手術を拒むかもしれねえが。置屋の女将《おかみ》も許すかどうか。それが気懸かりでよ。そこでお前に、芸者を説得してほしいって訳だ。芸者が手術を承諾すれば、女将も無理に止めることはできねえだろうからな」

源信はゆっくりと口を開いた。

「分かった。説得してみよう」

「それはありがてえ。明日の夜、芸者がここに来るんで、話し合ってみてくれ。指もよく診てくれな」

お葉が口を挟んだ。

「源信先生のお診立て次第では、指を切らなくても済むかもしれません」

源信はお葉を見て、微かな笑みを浮かべた。

「そうかもしれんな」

そして源信は、不意に訊ねた。

「その芸者は、なんという名なのだ」

「春駒、だ」

道庵が答えると、盃《さかずき》を持つ源信の手が止まった。お葉も思わず湯呑《ゆの》みを置く。源信は、お葉が今まで見たことがないような面持ちになっていた。

お葉の心の中に、もやもやとした思いが広がっていく。

――もしや源信先生は、春駒さんのことをご存じなのかしら。でも……まさか、そのようなことは。

道庵が源信に酒を注ぐ。源信は一息に干し、姿勢を正した。

「明日、来よう。実は、うちにも重傷の患者が留《とど》まっているんだ。端女《はしため》に世話を任せてきたが、心配なので、今宵はもう暇《いとま》する」

言うなり源信は立ち上がり、速やかに部屋を出ていく。お葉は慌てて追いかけた。

土間へ下り、板戸を開けたところで源信は振り返り、お葉に声をかけた。

「蕎麦、旨かった。ご馳走《ちそう》さん。じゃあ」

そして去っていく。お葉も外へと出て、源信の背中に向かって声をかけた。

「明日、よろしくお願いいたします」

源信は振り向くことなく、右手を軽く振り、足早に帰っていった。


次の日の夜、診療所を仕舞った後で、春駒が訪れた。今宵も地味な着物と半纏《はんてん》を纏《まと》っているが、薄化粧の顔の唇には、艶《つや》やかな紅が差してあった。

道庵は春駒の顔色を見ながら訊ねた。

「どうだい。夜は眠れているかい」

「はい。先生にいただいたお薬が効いたようで、よく眠れるようになりました」

春駒は道庵に丁寧に礼をする。

道庵に言われ、お葉は春駒の手を包んだ晒《さら》しを取り、指を露《あら》わにした。指は相変わらず黒いままだ。道庵は、その指にそっと触れた。

「動かねえか」

春駒は目を伏せ、声を低めた。

「はい」

「痛みはあるかい」

「……日に日に、感じなくなってきています」

指が、真に死んできているということなのだろうか。やはり表面だけの問題ではないようだ。

道庵は春駒に、言い聞かせるように話した。

「別の医者に診てもらうが、その者の判断次第で、二、三日、ここに留まってもらうことになるかもしれねえ。もし、そうなったら、必ずお前さんの置屋には伝える。このこと、承知してくれるかい」

春駒は長い睫毛《まつげ》を瞬かせ、頷《うなず》いた。

「はい。承知いたしました」

「ありがとよ。ここには養生部屋があるのでな。食事などはお葉が世話をするので、気楽に留まってくれ。居心地よくて旅籠《はたご》みたい、なんて言う患者もいるからよ」

道庵の少しおどけた口ぶりに、春駒は微かな笑みを浮かべた。

お葉は春駒の指に再び潤肌膏《じゅんきこう》を塗って晒しを巻いた。それから養生部屋へと案内し、源信を待つ間に、生姜葛湯《しょうがくずゆ》を出した。生薬の生姜《しょうきょう》と葛根《かっこん》に、蜂蜜《はちみつ》を加えて作るこの飲み物は、躰《からだ》を温めて強張りをほぐす。

「まあ、よい香り」

湯気の立つ生姜葛湯を一口飲み、春駒は目を細める。

「とても美味《おい》しくて、落ち着きます」

「それはよろしかったです」

お葉は春駒に笑みを返し、火鉢に炭を継ぐ。春駒は背筋を伸ばして生姜葛湯を味わいながら、養生部屋を眺めた。

「綺麗《きれい》に片付いていて、本当に旅籠のようですね」

お葉は肩を竦《すく》めた。

「旅籠にしては質素過ぎます」

「ご謙遜《けんそん》なさらず。ここならば居心地よく、養生できますでしょう。直弥さんもそのようなことを仰ってました」

「まあ、さようですか」

お葉は春駒と微笑み合う。春駒は笑うといっそう、紅色の椿を思い起こさせた。

少しして、道庵がお葉を呼びにきた。源信が到着したようだ。お葉は春駒に告げた。

「少しお待ちください。新しい先生を連れて参りますので」

「はい」

春駒は小声で答え、目を伏せる。緊張が窺《うかが》え、お葉の顔も微かに強張《こわば》った。

源信は、診療部屋で腰を下ろしていた。その面持ちはなにやら険しく、お葉は声をかけるのを躊躇《ためら》ってしまった。

——お疲れなのかしら。……それとも、指の手術をすることに戸惑いがあるのかしら。やはり躰の一部を切るということは、命に障りがあるのでは。

お葉は息苦しさを覚え、言葉に詰まる。お葉より先に、道庵が源信を促した。

「早速だが、患者を診てもらえねえか」

「承知した」

源信は押し殺した声で答え、腰を上げた。

お葉は源信を養生部屋へと案内した。源信は小袖《こそで》に十徳を羽織った姿で、道具箱を手に、中へと入った。

春駒が、伏せていた目を上げた。源信と春駒の眼差《まなざ》しが、交ざり合う。

源信の口から、小さな声が漏れた。

「……お春」

「源さん」

春駒の黒い瞳《ひとみ》が、微《かす》かに揺れる。

行灯《あんどん》の明かりの中で、お葉は二人を交互に見る。

——やはり源信先生は、春駒さんのことをご存じだったのね。

源信と春駒は、動きを止めたまま、目を逸《そ》らそうとしない。かける言葉が見つからず、お葉が躊躇っていると、源信が言った。

「少しの間、二人きりにしてくれないか」

「あ、はい。かしこまりました」

お葉は一礼し、速やかに部屋を出た。胸がやけに波打っていた。


お葉は診療部屋に戻り、道庵に二人のことを告げた。道庵は神妙な面持ちで、そうか、と言っただけだった。

お葉は道庵と一緒に、診療部屋で待っていた。二人とも言葉少なになってしまう。

半刻《はんとき》(およそ一時間)ぐらい経って、源信が戻ってきた。お葉は思わず立ち上がる。道庵も然《しか》りだった。

源信はお葉たちを見て、言った。

「明日の夜、手術をする。患者も承知した」

道庵は頷いた。

「分かった。先生、お願いするぜ」

源信は頷き返し、速やかに立ち去った。お葉は追いかけ、外へと出たが、源信の姿は既に見えなかった。


それからお葉は急いで夕餉《ゆうげ》を作り、春駒にも運んだ。どのような態度を取ってよいか戸惑いはあったが、努めて平静を装う。

明日は手術というのに、春駒には少しも取り乱した様子がなく、お葉は安心した。それどころか、心なしか、春駒の白い頬には血の気が戻っているように見える。

源信とのことを訊《たず》ねてみたい思いは確かにあったが、お葉はどうしてか、訊《き》くのが怖くもあった。

夕餉の膳《ぜん》を見て、春駒は頬を緩めた。

雑穀ご飯、小松菜と油揚げの味噌汁《みそしる》、鱈《たら》の煮つけ、里芋の煮物、沢庵《たくあん》が並んでいる。それに、お茶がつく。

「ごゆっくり、お召し上がりください。後ほどお布団を敷きに参りますので」

お葉が言うと、春駒は微笑んだ。

「ありがとうございます。本当に旅籠のようですね」

「私、隣の部屋にいますので、何かありましたらお声をかけてください」

お葉も笑みを返し、源信について訊ねることなく、部屋を出た。


その夜、お葉は医心帖《いしんちょう》を開きながら、考えを巡らせた。

源信から「おぼこ」とからかわれるお葉ですら、薄々と勘づいていた。源信と春駒は、単なる知り合い以上の関係であったのであろうと。それは、二人が会った時の様子や、目の動きなどから、窺われた。

――かつて、恋人同士だったのかしら。……それとも、仲はよかったけれど、恋人というまではいかなかったのかしら。

文机《ふづくえ》に頬杖《ほおづえ》をつきながら、お葉の胸に複雑な思いが広がっていく。それはきっと、自分がまったく知らない源信の姿が、垣間見《かいまみ》えたからだろう。

芸者、しかも春駒のような艶《あで》やかな美女といい仲だったなど、源信がやけに大人のように思えてくる。

――源信先生からご覧になったら、私など子供で当然よね。……でも、春駒さんと、どこでお知り合いになったのかしら。

源信と春駒の出会いが気になり始める。源信に張り合う気などはないが、仕事の面でも恋愛の面でも、自分より遥《はる》か遠くをいっているように思えて、お葉は溜息《ためいき》をつく。自分が取り残されているような気がしたからだ。

鬱々《うつうつ》としてきたので、お葉は不意に立ち上がり、雨戸を閉めながら空を見上げた。月は少しずつ欠けてきているが、まだ丸い。お葉は、空の上にいる、亡き両親に向かって語りかけた。

――お父つぁん、おっ母さん、私は私でいいのよね。仕事も、恋も、ゆっくり覚えていけばいいわよね。

その答えは、美しく輝く星々が、出してくれているかのようだ。亡き父親の職人姿を思い出すと、故郷の欅《けやき》の木が瞼《まぶた》に浮かび、道庵の姿が重なり合っていく。

――今はまだ、先生のお手伝いをすることで精一杯だわ。私は不器用ね。

それでもいいんだよと、両親の励ましが聞こえたような気がして、お葉は耳を澄ます。冷たい夜風が、気持ちを鎮めてくれた。

雨戸を閉め、文机の前に座り直すと、お葉は医心帖に書き留めた。

《私は、ぶきよう。でも、ぶきようなりに、真心をもって、努めていきたい》

すると心が落ち着き、明日の朝餉《あさげ》のことをぼんやりと考え始める。寒くなり、鶏が卵をあまり産まなくなってきたが、もし手に入ったら、玉子焼きにしようか味噌汁に落とそうか、などと。そして、はたと気づいた。

――私って、まだまだ色気より食い気みたい。

静かな部屋の中、一人で笑みをこぼす。墨と紙の匂いが心地よくて、お葉は暫《しばら》く、医心帖を眺めていた。

四

次の朝、願いどおり卵が一つ手に入ったので、お葉はそれを小松菜の味噌汁に溶き入れ、均等になるよう椀《わん》によそった。

春駒に朝餉の膳を運ぶと、またも喜んでくれた。ご飯と味噌汁のほかは、納豆、板海苔《のり》、沢庵が並ぶ。

よく晴れた、気持ちのよい朝だ。目を細めて味噌汁を啜《すす》る春駒に、お葉はさりげなく訊ねてみた。

「源信先生とは、お知り合いだったのですか」

春駒は椀を手にしたまま、ゆっくりと頷《うなず》いた。

「ええ。……お会いしたのは、久方ぶりでしたが」

「先生が長崎に行かれる前から、ご存じだったのですね」

「さようです。立派になられて、驚きました」

春駒は椀を揺らし、また味噌汁に口をつける。お葉は春駒を見つめた。

「ご本名も、お春さん、なのですね」

「ええ。……あの人は、いつも私をそう呼んでおりました」

春駒の白い頬がほんのりと色づく。お葉は一礼し、部屋を出た。


お葉の胸は複雑だった。

――やはり、あのお二人は恋人同士だったのかもしれない。

すると源信は、かつての恋人の指を、切らなければならないということだ。春駒にしてみれば、かつての恋人に、指を切られるということになる。

――源信先生と春駒さん、それぞれ、どのような思いでいらっしゃるのかしら。

昨夜の源信の姿が蘇《よみがえ》る。いつもは軽口が多い源信が、厳しい面持ちで、寡黙だった。源信も春駒に対して、複雑な思いがあるに違いなかった。

道庵と朝餉を食べながら、お葉は気懸かりなことを話してみた。道庵は、箸《はし》を止めずに言った。

「何があったか分からねえが、二人とも大人だ。こちらが気に懸けることはねえよ。放《ほ》っといてやろう」

お葉は黙って頷く。無闇に詮索《せんさく》するというのも、野暮だろうとは思うのだ。

道庵は、柚子《ゆず》納豆をかけた雑穀玄米ご飯を頬張る。納豆に柚子を搾って炒《い》り胡麻《ごま》を加えたものだが、これが道庵とお葉の朝餉の定番である。道庵がとても美味《おい》しそうに食べるので、お葉もつられて頬張り、笑みを浮かべる。

裏庭から、鶏の啼《な》き声が聞こえてくる。障子窓から、穏やかな朝の日差しが注いでいた。


診療所を開けると患者が引っ切り無しに訪れ、午前《ひるまえ》は慌ただしく過ぎた。その間にも、春駒には柴胡《さいこ》加竜骨牡蠣湯《かりゅうこつぼれいとう》を飲ませていた。夜には手術があるので、気持ちを鎮めるためだ。

午後からはお繁に春駒を見ていてもらい、道庵とお葉は往診にいった。岩本町《いわもとちょう》の髪結い床の主人の腰の具合を診てから、亀井町へと赴く。米問屋の実之屋に、お弓の薬を届けるためだ。お弓は、鼻水と白そこひの薬はまだ続けていた。店先で渡して帰ろうとしていたところ、お弓が目敏《めざと》く道庵とお葉の姿を見つけて、奥から出てきた。

「先生、お姉ちゃん、いらっしゃいませ」

明るい面持ちになったお弓を眺め、お葉の心も安らぐ。お弓の母親代わりである、
祖母のお斎が言った。

「おかげさまで、ずいぶん元気になりました。手習い所にも通っておりますし、踊りの稽古《けいこ》もしたいなどと言い出しましてね」

お葉は胸の前で手を合わせた。

「まあ、それは素敵。お弓ちゃんが踊るところ、見てみたいです」

道庵も笑みを浮かべる。

「躰《からだ》を動かすことで、丈夫にもなりますからな。習うのはよいことだと思いますよ」

お弓はお斎を見上げ、得意気に言った。

「ほら。先生とお姉ちゃんもそう仰《おつしや》ってるわ。踊り、習わせて」

お斎はお弓の頭を撫《な》でながら、苦い笑みを浮かべた。

「この子ったら、我儘《わがまま》なのは相変わらずなんだから。……でも、習うのはいいので

すが、この子が懐くようなお師匠さんを探せますか、どうか」

お弓はなかなか好き嫌いが激しいということは、道庵とお葉も知っている。道庵が笑った。

「焦らず、追い追い探せばよいのではありませんか。お弓ちゃんのお眼鏡に適《かな》うようなお師匠さん、そのうちきっと見つかりますよ」

するとお弓はお葉をちらと見て、言った。

「お姉ちゃんみたいな人がいいんだけれど。ねえ、お姉ちゃんは踊りを教えられないの？」

お葉は目を見開き、手を大きく振った。

「私にできる訳ないわ！　せいぜいお花を器に生けられるぐらいよ。それも自分流で」

「お葉流生け花か、それはいいな」

道庵が声を響かせると、実之屋の店先に笑いが溢《あふ》れた。手代たちも温かな目で、お弓を見守っていた。

実之輔は留守にしているようで、お弓とお斎と手代たちに見送られ、実之屋を後にした。龍閑川沿いを引き返そうとして、道庵が不意に呟《つぶや》いた。

「ちょいと、柳橋に寄っていくか」

道庵の言わんとしていることが分かり、お葉は静かに頷く。よく晴れているが、風が冷たい日、お葉は半纏《はんてん》の衿元《えりもと》を手で押さえつつ、道庵と一緒に柳橋へと向かった。

両国のほうへと進み、広小路の近くに架かる橋を渡れば、花街である柳橋に着く。文化年間にできた花街なので、深川に比べてそれほど広くはないが、粋《いき》と艶《つや》が共存しているような独特の空気が漂っている。

訊《たず》ね歩くと、春駒が身を寄せている置屋の岡堀はすぐに見つかった。

玄関で大きな声を上げると、女将《おかみ》が迎えてくれた。道庵が名乗ると、女将は深々と礼をした。

「春駒、そして直弥さんからお話を伺っております。春駒を預かっていただき、ありがとうございます。こちらからご挨拶《あいさつ》に伺わねばなりませんのに、申し訳ございません」

恐縮する女将に、道庵は穏やかに言った。

「突然伺って、こちらこそ失礼しました。それで、春駒さんのことで、お話ししておきたいことがありましてな」

女将は目を上げ、道庵を見つめた。その面持ちが微《かす》かに強張《こわば》ったのは、何かを察知したからだろうか。

「ここではなんですから、お上がりくださいまし」

女将は再び丁寧に辞儀をし、中へと通してくれた。


奥の部屋で、女将と話をした。女将は駒江《こまえ》という名で、齢《よわい》五十ぐらい。おそらく元芸者なのであろう、婀娜《あだ》っぽさが漂っている。そのしなやかな立ち居振る舞いから、やはり芸事に打ち込んできたであろうことが見て取れた。

道庵が、春駒の指を手術することを告げると、駒江は項垂《うなだ》れた。

「やはり……あの状態では、仕方がありませんよね。それで、どのような手術なのでしょうか」

駒江に真っすぐ見つめられ、道庵は少し口籠《くちごも》った。

「まだ、はっきりしたことは言いかねますが、傷んでしまったところを、少し切除することになると思います」

「指を切るというのですね」

駒江の声が微かに震える。道庵は小さく頷《うなず》いた。

「おそらく」

駒江は目を伏せ、肩を落とした。静寂が漂う。二階から、三味線の音色が聞こえてくる。

女中がお茶と羊羹《ようかん》を運んできて下がると、道庵が口を開いた。

「放っておくと、傷んだところが広がってしまうこともあり得るんです。それを防ぐためにも切ったほうがよいのではないかと。……骨も死んでしまっているようですし」

駒江は大きく息をついた。

「お話ししてくださって、ありがとうございます。覚悟がつきました。あの真っ黒な指を放っておくのは、確かに危険でしょう。手術、よろしくお願いいたします」

気丈に言いつつも、駒江は思わず涙ぐんだ。時折聞こえてくる三味線の音色は切なくて、お葉の胸にも悲しく響く。道庵が掠《かす》れる声を出した。

「必ず成功させます。春駒さんを元気にしてお返ししますので、ご心配なく」

駒江は袂《たもと》で目元を押さえながら、頷く。

「あの子は、確かに三味線が飛び抜けて得手でしたが、小唄《こうた》や鼓、踊りなどもすべて上手ですからね。三味線が弾けなくなっても、どうにかやっていけるとは思います。指がなくなりますのは……不憫《ふびん》ですがね」

春駒の白くしなやかな手を思い出し、あの火事さえなかったらと、お葉は唇を噛《か》む。道庵が力強い声で言った。

「仰るように、春駒さんなら大丈夫でしょう。もしかしたら、小指を失っても、ほかの指を使って、再び三味線を弾けるようになるかもしれません」

お葉も思わず口にした。

「私もそう思います。春駒さんならば、お稽古を積まれるのではないでしょうか」

駒江は洟《はな》を啜《すす》りながら、頭を下げた。

「励ましてくださって、痛み入ります。確かに、あの子なら、やるかもしれません。あの子のおっ母さんも深川芸者だったので、芸事にかける情熱は親譲りなんですよ。意地っ張りといいますか、勝気といいますか」

道庵は微《かす》かに笑った。

「頼もしいですよ」

「まあ、そうですね。だからきっと、平然として手術を受けますでしょう」

駒江は涙を拭《ぬぐ》いつつ、背筋を伸ばす。道庵はお茶を一口飲み、訊ねた。

「ところで、源信という男をご存じですか。春駒さんの知り合いのようですが」

するとと駒江の面持ちが少し変わった。

「ええ。知っております。お医者をなさっていて、長崎へ留学されたとか」

「春駒さんと、男女の仲だったのでしょうか」

お葉は思わず道庵を見た。訊《き》きにくいことを率直に訊ねるので、驚いてしまう。

だが駒江はそれほど躊躇《ためら》いもせずに答えた。

「さようです。恋人同士でしたよ」

お葉は目を見開く。薄々気づいてはいたが、はっきりとした答えを得て、なにやら衝撃が走った。

源信が芝蘭堂で学び直しつつ、そこの出身の蘭方医のもとで働いていた頃、贔屓《ひいき》筋《すじ》に連れられて料理屋に行った際に、春駒と出会ったらしい。春駒はその座敷に呼ばれて三味線を弾き、ほかの芸者が踊ったという。

「源信先生は、あの子の三味線の音色に惚《ほ》れ込んでしまったようです。それから何度か、ご自分でもお座敷にお呼びになっていました。でも、あの子は、初めは先生のことをよく思っていなかったんです。お座敷から帰ってきては愚痴をこぼしていました。なによ、偉そうに、って」

お葉は思わず苦い笑みを浮かべる。源信に抱く初めの印象は、皆、似通っているようだ。

だが、春駒の気持ちは徐々に変わっていったらしい。

「あの子、稽古《けいこ》のし過ぎで、指と手首が痛みで動かなくなってしまったんです。それを源信先生が治してくださったんですよ。薬礼もお受け取りになることなく。春駒の三味線が聞けなくなるのは大いなる損失だ、薬礼などの比ではない、と仰《おつしや》ってね。……それからでしょうか、あの子も先生に思いを寄せるようになりましたのは。源信先生は、自分の最もよいところを見てくれている、理解してくれていると、心を許せるようになっていったのでしょう」

そして二人は、深い仲になっていったのだろう。駒江の話を聞きながら、お葉の胸は痛む。金銭に拘《こだわ》る源信が、薬礼を受け取らずに治したというのは、春駒へよほどの思いがあったからだろう。自分の美しさに甘んじることなく、真摯《しんし》に芸に打ち込む姿に、魅力を感じたに違いない。

——源信先生は、かつて春駒さんの手を治すことで、親しくなられたのに。……今度は、その指を切ることになるなんて。

お葉に悲しみが込み上げる。道庵も同じ思いなのだろう、押し黙っていた。

駒江によると、源信と春駒の仲は一年以上続き、二人で旅に出かけたこともあったという。当時、源信は二十四、春駒は二十三。春駒は、今は年季が明けており、寸志（給金）をもらっている身だが、その頃はまだ年季も明けていなかった。ある時、駒江が、源信とのことはどう考えているのかと、さりげなく訊《たず》ねてみると、春駒はこう答えたという。

——まだ、はっきり分かりません。でも、先生は、いずれ立派なお医者になる方。私が足手纏《あしでまと》いになるのならば、すっぱりと身を引きます。

春駒の、気丈でありながらも切ない思いが伝わってきて、お葉の目が微かに潤む。駒江は溜息《ためいき》をついた。

「それから少しして、源信先生は長崎留学が決まりましてね。春駒は自ら別れを告げ、笑顔で先生を送り出したという訳です。いろいろなことを学んで、名高い医者になってください、と。……あの子は、源信先生のことを本当に好いていたのでしょう。だからこそ、自ら別れを選んだんです」

お葉は、胸の中で、駒江の言葉を繰り返す。

——好きだからこそ、相手を思えばこそ、自ら別れを告げることもあるのよね。お夕さんを思い出すわ。

それは美しいことなのかもしれないが、実際は身が切られるほどに辛《つら》いであろうと、おぼこなお葉でも分かる。

不意に、この前見た、源信の横顔を思い出した。翳《かげ》りのある面持ちは、いつもの源信とは違っていた。すると、このような考えが浮かんだ。

——長崎への留学が決まってからも、源信先生は春駒さんに未練があったのではないかしら。春駒さんは、それを断ち切らせようとしたのでは。先生を旅立たせるために……。

好きな人に夢を諦《あきら》めないでほしいと願うことは、お葉にも分かるような気がした。

道庵が、源信が春駒の指の手術をすることになったと告げると、駒江は押し黙った。そして、ゆっくりと口を開いた。

「源信先生に治してもらえるのなら、あの子も本望でしょう。……私も、同じ思いです」

「源信に、伝えておきます」

道庵は低い声で答えた。

岡堀を出て、診療所へと戻る道すがら、道庵とお葉は言葉少なだった。昨夜、二人きりにしてくれと言われて、お葉は養生部屋を離れた。あの後、源信と春駒は話し合い、互いに心を決めたのだろう。それは分かっているが、やはり、やるせない。

空を見上げると、雲が広がっている。風も冷たいので、いっそう鬱々《うつうつ》としてくる。

道庵がぽつりと言った。

「一雨来るかもしれねえ。早く戻ろう」

お葉は頷《うなず》き、道庵とともに歩を速めた。

五

雨は七つ（午後四時）頃から降り始め、診療所を仕舞う頃には激しくなっていた。

少しして源信が訪れた。傘を差して来たようだが、十徳が濡《ぬ》れてしまっている。

お葉は急いで手ぬぐいを渡した。

源信は雨滴を払いながら、言った。

「始めよう」

「お願いするぜ」

道庵が立ち上がる。お葉は源信を、養生部屋へと導いた。

部屋の中で、春駒は姿勢を正して待っていた。行灯《あんどん》の明かりの加減か、今宵の春駒はいっそう目鼻立ちがくっきりと麗しく見える。源信の姿を眺め、春駒は微《かす》かな笑みを浮かべた。

源信は腰を下ろし、春駒に向き合った。二人は暫《しば》し眼差《まなざ》しを交わす。源信がおもむろに口を開いた。

「今から手術をする」

春駒は源信を真っすぐに見つめ、頷いた。

「先生、よろしくお願いいたします」

雨の音が聞こえてくる。お葉は、波打つ胸を手で押さえながら、道庵をちらと見た。道庵もお葉に目をやる。そして、低い声で源信に言った。

「ここはお前に任せる。二人だけのほうが、春駒さんも落ち着くだろうからな。俺とお葉は、術後に飲んでもらう薬を今から作るので、終わったら声をかけてくれ」

お葉も大きく頷く。お葉が考えていたことを道庵が口にしてくれたので、ありがたかった。春駒の指が切られるところを見たくない気持ちや、二人きりにしてあげたい気持ちが入り乱れ、息苦しくなっていたのだ。

源信が春駒を見る。春駒は、穏やかな面持ちで答えた。

「いえ、道庵先生とお葉さんもいてください。源信先生を手伝って差し上げて。そして、先生の手術の腕を、しっかりと見ていただきたいのです」

春駒の凛《りん》とした声が、部屋に響く。お葉は涙が滲《にじ》みそうになり、うつむいた。

道庵は春駒を見つめ、頷いた。

「では、付き添いましょう」

「ありがとうございます」

春駒は一礼した。

お葉は急いで、水を汲《く》んだ盥《たらい》や、手ぬぐいや晒《さら》しなどを運んだ。道庵は文机《ふづくえ》と、手元を照らすための小さな行灯を持ってきた。塗り薬は、源信が用意してきていたので、それを使うことにした。

準備が整うと、源信と春駒は文机を挟んで、再び向き合った。源信は春駒の左手を取り、黒ずんだ小指の根元を、元結《もとゆい》のような細い紐《ひも》で、きつく縛った。

春駒は、少しも面持ちを変えずに、源信を見つめている。

何重にも紐を巻き付け、縛り終えると、源信はその小指を、慈しむように、そっと撫《な》でた。

その時、ほんの一瞬、春駒の顔が歪《ゆが》んだ。

雨の音は、ますます強くなっている。

源信は文机に手ぬぐいを敷き、その上に、春駒の左手を乗せた。そして、とても優しい穏やかな目で、春駒を見た。春駒も顔をほころばせ、源信を見る。

お葉は思った。このような時でも、春駒は艶《あで》やかな椿のような女人《ひと》だと。

春駒が源信に微笑んだ。源信は小さく頷き、手にした尖刃刀《せんじんとう》（メスのこと）で春駒の指を切り落とした。

春駒は叫び声も上げずに、源信を見つめたままだった。

あまりに一瞬のことだったので、お葉は目を逸《そ》らすこともできず、両の手で口を押さえた。躰《からだ》が震え、涙が溢《あふ》れそうになる。道庵も身動きもせずに、息を詰めていた。

源信は焼酎《しょうちゅう》を口に含み、切り口に吹きかけた。沁《し》みたのだろう、春駒は顔を顰《しか》めたが、呻《うめ》いたりはしなかった。

それを何度か繰り返し、指の根元を縛った紐を外した。お葉は心配したが、血が噴き出すようなことはなかった。

源信は春駒の手を水に漬け、洗浄した。それから持参した塗り薬の金創膏《きんそうこう》を、触れるようにそっと塗った。

金創膏とは戦国時代から使われていたもので、大黄《だいおう》や地黄《じおう》、芍薬《しゃくやく》や桑白皮《そうはくひ》、漢防已《かんぼうい》など七種の生薬と胡麻油《ごまあぶら》を併せて作る。大黄には化膿《かのう》の予防、地黄には止血、芍薬には鎮痛の効果がある。漢防已とは、大葛藤《おおつづらふじ》の蔓茎《つる》もしくは根茎を乾燥したもので、水分代謝不良からの神経の痛みを鎮める作用がある。

源信はそれを春駒の指に丁寧に塗ってから、晒しを巻いた。

「これで大丈夫だ。薬をまめに塗っていれば、傷口が膿《う》むこともなく、治るだろう」

源信が力強い声で言うと、春駒は安堵《あんど》したような笑みを浮かべた。

「ありがとうございました。……思っていたより、ずっと痛くありませんでした」

「そうか」

源信は頷き、切り落とした指を丁寧に懐紙で包んだ。それから、そっと手を伸ばした。彼の指先が、春駒の晒しを巻いた左手に、微かに触れる。

春駒はとても優しい面持ちで、源信を見る。源信は不意に春駒の肩を抱き寄せた。

お葉は道庵と目配《めくば》せをして、静かに腰を上げた。養生部屋を出て、薬部屋へと向かい、十味敗毒湯《じゅうみはいどくとう》を作り始める。

柴胡《さいこ》や桔梗《ききょう》、川芎《せんきゅう》、甘草《かんぞう》、生姜《しょうきょう》など、名のとおり十の生薬を併せて作るこの薬には、化膿を防ぐ効果がある。

調合している時も、煎《せん》じている間も、お葉は道庵と殆《ほとん》ど言葉を交わさなかった。湯呑《ゆの》みに注いで運ぶと、春駒はすっかり落ち着いていた。春駒は源信に見守られながら、薬を飲み干した。

源信は金創膏をお葉に渡し、まめに塗って晒しを取り替えるよう、頼んだ。

「かしこまりました」

お葉は、しかと頷く。源信は道庵に言った。

「経過を見たいので、あと三日ほど、ここに留《と》めておいてくれ」

「承知した」

そして源信は立ち上がった。

「明日《あした》も早いので、これで暇《いとま》する。……お春、ゆっくり寝《やす》んでくれ」

「はい。ご苦労様でございました」

春駒は長い睫毛《まつげ》を瞬かせ、穏やかな笑みを浮かべる。

部屋を出ていく源信に、お葉は声をかけたかった。今日はここへお泊まりになればよろしいのでは、と。でも、できなかった。

源信は速やかに土間に下り、追いかけてきたお葉を振り返った。

「お春の世話をしてやってくれ。言っていた。お葉ちゃんの作る料理がとても旨《うま》いと」

源信はどうしてかとても澄んだ目をしていて、お葉は胸が詰まって、返事ができない。何か言葉を発したら、涙がこぼれてしまいそうだった。

源信はお葉に微笑み、帰っていった。

その夜、お葉は文机の前に座ったまま、なかなか眠ることができなかった。今宵の源信も、今までお葉が見たことがなかったような顔をしていた。

誰も皆、様々な思いを抱えて生きているということに、改めて気づく。元恋人の指を切るのは、どんな思いだったのだろう。

——源信先生の耳には、雨の音に混じって、春駒さんが奏でる三味線の音色も聞こえていたのではないかしら。

源信が愛した、春駒の三味線の音色。それがもう聞けなくなると分かりつつ、源信は指を切った。

雨は小降りになってきている。雨音に耳を傾けながら、お葉は胸に手を当てた。

——でも、春駒さんの三味線の音色は、源信先生の心に、ずっと残っているでしょう。

隣の部屋で、春駒は眠っている。お葉は思う。源信と春駒は、お似合いであると。見つめ合う二人は、おぼこな自分には遠い世界のような、大人の趣を漂わせていた。

——焼け木杭《ぼっくい》に火、という言葉を、お父つぁんに教えてもらったことがあるわ。あの二人も、また仲がよくなるのではないかしら。そうすれば、春駒さんもきっと、心強いのでは。

源信と春駒の今後について、あれこれとお節介なことを考え始める。

行灯《あんどん》の明かりの中、花器に挿した白い山茶花《さざんか》が、清らかに咲いている。お葉は文机に頬杖《ほおづえ》をつきながら、暫《しば》し眺めていた。

六

翌朝、お葉が薬を持って養生部屋に入ると、春駒は既に起床していた。顔色もよく、変わった様子も見られないので、お葉は安堵した。

雨戸を開け、朝餉《あさげ》の前に芎帰膠艾湯《きゅうききょうがいとう》を飲ませ、指の手当てをする。朝日が差し込む部屋で見ると、切った痕《あと》は痛々しかったが、膿《うみ》が出ていることもなく、少し経てば綺麗《きれい》に塞《ふさ》がりそうだった。

芎帰膠艾湯は、当帰《とうき》や川芎、阿膠《あきょう》や艾葉《がいよう》など七種の生薬を併せて作る。出血を抑え、貧血症状を改善し、気鬱《きうつ》にも効き目がある。

源信から預かった金創膏を丁寧に塗り、晒しを巻いて、お葉は言った。

「今夜も源信先生が診にきてくださるそうです」

「さようですか。先生もお忙しいでしょうに、なんだか申し訳ないです」

首を竦《すく》める春駒に、お葉は微笑んだ。

「そうでしょうか。先生、春駒さんと再び仲よくなれて、嬉《うれ》しいのでは」

すると春駒は弱々しく笑った。

「嬉しいも何も、医者として患者に接していらっしゃるだけでしょう」

お葉は返す言葉が見つからず、口籠《くちご》もってしまう。春駒は右手で晒《さら》しを巻いた左手にそっと触れつつ、毅《き》然《ぜん》として続けた。

「あの人とのことは、既に終わっておりますので、誤解ありませんよう。あの人には、立派な目標や夢があるのです。それをどうか追いかけていってほしい。あの人ならば、それを叶《かな》えることができると、信じておりますので。……そして私にも私なりの、ささやかな夢がございます。芸者を辞めましたら、お弟子を取って芸事の師匠になりたいと、予々《かねがね》思っておりました。三味線の師匠は、もう無理でしょうが、踊りや小唄《こうた》ならば、どうにかできるのではないかと希《のぞ》みを抱いております」

春駒は、晒しを巻いた手を見つめる。お葉は姿勢を正して言った。

「春駒さんならば、きっと素敵なお師匠様になれますでしょう。私も信じています」

春駒はお葉に目を移し、椿の花の如き、艶《あで》やかな笑みを浮かべた。

「ありがとうございます。……怪我をしてしまった私が師匠としてやっていきますには、辛苦もありますでしょう。でも、指が欠けてしまった分」

春駒はいったん言葉を途切れさせ、晒しを巻いた手を胸元に当て、続けた。

「ここを充実させ、いっそう芸事に精進して参りたく思います」

凜《りん》と美しい春駒を見つめながら、お葉の目が潤む。春駒は源信に甘えることなく、源信とは別の道を、一人で歩んでいこうとしているのだ。

お葉は唇を噛《か》み締め、うつむく。裏庭から鶏の啼《な》き声が聞こえてくる。春駒は声音を変えて、言った。

「寒くなってきても、こちらの鶏は元気がよいですね」

お葉は目元を指でそっと拭《ぬぐ》い、答えた。

「はい。小屋を油紙で覆ったり、中に火鉢を置いて、暖かくしていますので」

「ならば鶏も快適に過ごせますね」

「卵を産んでくれているといいのですが」

お葉は春駒と微笑み合う。卵が手に入ったら朝餉に使うことを約束して、お葉は養生部屋を出た。


夜、源信が訪れ、春駒の手の具合を診た。傷は順調に塞がってきているようで、問題はないとのことだ。源信は長居することもなく、帰っていった。

その後で、お葉は春駒に夕餉《ゆうげ》を出した。南瓜《カボチャ》と葱《ねぎ》と人参《にんじん》をたっぷり入れた、ほうとう風の饂飩《うどん》に、春駒は目を細める。南瓜と味噌《みそ》が溶け合った、甘やかな香りが、湯気とともに広がる。

「温まります」

汁を啜《すす》り、春駒は満足げに息をついた。


翌日、岡堀の女将《おかみ》の駒江が、診療所を訪れた。春駒を見舞った後で、駒江は道庵とお葉と少し話をした。

春駒が今後どうしていきたいと思っているか、駒江は彼女の口からはっきり聞いたようだった。

「先日も少しお話ししましたが、あの子はもう年季は明けておりますので、いつ独り立ちしてくれても構わないのです。でも、いきなり辞められるといいますのは、うちとしては、やはり困るのです。売れっ妓《こ》でしたから、たとえ指を失っても、お座敷にはお呼びがかかりますでしょう。現に、春駒の復帰を待っているお客様方は多いのです」

道庵は腕を組んだ。

「術後の様子もよいですからな。年内に復帰することもできなくはないでしょう」

駒江は頷《うなず》いた。

「そうなれば、ありがたい限りです。でもこの先、あの子がもしお座敷に出ることに躊躇《ためら》いがあるようでしたら、裏方として、半玉《はんぎょく》たちに教えてほしいとも思っております」

半玉とは、まだ衿《えり》替えをする前の、芸者見習いの若い娘たちのことだ。お葉は姿勢を正した。

「春駒さん、教える側につきたいと仰《おっしゃ》っていました」

「そのようですね。だからあの子の気持ちを汲《く》んで、ゆくゆくは独り立ちさせ、お弟子を取らせたいと思います。あの子なら、やれるでしょうから」

　お葉は駒江の目を見つめて、言った。

「はい。私もそう思います」

「うむ。俺も、同じく」

　道庵も相槌《あいづち》を打つ。皆の思いは同じようで、お葉は安堵《あんど》する。

　昼の休み刻なので、診療部屋の中、駒江も交えてお茶と紅梅焼《こうばいやき》を味わった。紅梅焼とは、饂飩粉《うどんこ》に砂糖を混ぜ、捏《こ》ねて伸ばして梅の花に型抜きをして、鉄板で焼いた煎餅《せんべい》だ。道庵とお葉の好物なので、近くの菓子屋でよく買っている。

　紅梅焼を、音を立てて食べながら、駒江が言った。

「一足先に梅の花を楽しめて、ありがたいです」

「早いものなら、来月の終わりには咲きますな」

　道庵の言葉を聞きながら、お葉は思った。梅が咲き始める頃にはきっと、春駒は再び活躍を見せているだろうと。


　その日の夕刻には、火消しの直弥も訪れた。

「これ、よ組の皆からです」

大福の手土産を渡され、お葉は恐縮する。春駒を見舞いたいというので、養生部屋へと案内した。

部屋へ通すなり、直弥は平伏《ひれふ》し、春駒に幾度も頭を下げた。

「本当に申し訳ありませんでした。俺のせいで、大怪我をさせてしまって」

直弥の声は震えていて、如何《いか》に反省しているかが伝わってくる。春駒は、眉《まゆ》を八の字にして言った。

「そんな……直弥さんには充分謝っていただきました。だからもう、謝らないでください。直弥さんが助かって、本当によろしかったです」

直弥はようやく顔を上げる。その頰は涙で濡《ぬ》れていた。穏やかな笑みを浮かべている春駒を見て、直弥は再び平伏す。何度詫《わ》びても、詫び切れぬようであった。

お葉は途中で立ち、部屋を出て、お茶と菓子を用意して戻った。

直弥は幾分落ち着きを取り戻していた。熱いお茶とあられを出すと、春駒は頰を緩めた。

「このあられ、お葉さんの手作りなんです。前にも一度おやつで出してもらって、とても美味《おい》しくて」

春駒はあられを一粒摘んで、頰張る。角餅《もち》を切って干したものを揚げて、塩を振ったただけなのだが、気に入ってくれたようだ。春駒を眺めながら、直弥も指を伸ばした。

「では俺も、いただきます」

一粒食べて、直弥は面持ちをようやく和らげた。お葉の胸も、少し軽くなる。

直弥は春駒に対して謝罪し切れぬ思いはあるようだが、目を見て詫びることができて、胸の痞《つか》えは僅《わず》かにでも下りたようだ。

それからは穏やかに会話を交わし、帰り際、直弥は真摯《しんし》な面持ちで切り出した。

「春駒さんがお元気になりましたら、うちの組で、ご回復のお祝いをさせてもらいたいと思っているんです。それで……その時、是非とも踊っていただけませんか。もちろんお礼をさせていただきますので」

春駒はそっと目を伏せ、答えた。

「はい。考えておきます」

直弥は姿勢を正し、頭を深々と下げた。

「どうかよろしくお願いします。頭のお内儀《かみ》さんが、是非、春駒さんの踊りを見たいと言っていまして。楽しみにしているようですので。あ、もちろん、俺たちも楽しみにしています」

「承知しました」

春駒の顔に微《かす》かな笑みが浮かぶ。お葉は思わず呟《つぶや》いた。

「春駒さんの踊り、私も見てみたいです」

直弥と春駒が、お葉を見る。直弥は微笑んだ。

「その時は、是非、お葉さんも先生と一緒にお越しください」

お葉は声を裏返した。

「本当によろしいんですか？　嬉《うれ》しいです！」

思いのほか大きな声を上げてしまったようで、道庵が診療部屋から出てきて、廊下で声をかけた。

「お葉、どうかしたのか」

道庵の鷹揚《おうよう》な声が響き、お葉たちは顔を見合わせて、くすくすと笑った。


その夜、診療所を仕舞った後で源信がまた訪れ、淡々と春駒の手を診て、手当てをした。

帰り際、源信はお葉に言った。

「良好に回復している。明日《あした》は、お春がここへ留《とど》まる最後の日だ。ゆっくり休んでもらいたいので、明日の夜は来るのはよそう。明後日の朝、お春がここを出る前に診にくる。その時に、金創膏をよぶんに持ってこよう。戻ってからも、暫《しばら》く塗り続けてほしいのでな」

お葉は源信を見つめた。

「明日は本当にいらっしゃらないのですか」

「ああ。このぶんならば、大丈夫だ。道庵先生とお葉ちゃんの手当てがよいからだろう。ありがたい」

源信はお葉に微笑みかけると、足早に去ろうとする。お葉はその背中に向かって声をかけた。

「往診、ご苦労様でした」

源信は振り向くことなく、片手を軽く上げ、帰っていった。

七

次の日、お葉はお弓に薬を届けにいった後で、魚屋や八百屋に寄って買い物をして帰った。春駒が診療所に留まる最後の夜に、心を籠《こ》めた料理を出したかった。

診療所を仕舞った後で、夕餉《ゆうげ》を運ぶと、春駒は目尻《めじり》を下げた。

白いご飯、豆腐の味噌汁《みそしる》、鰤《ぶり》と大根の煮つけ、慈姑《くわい》の含め煮、大根と人参《にんじん》のなます。それに、紅白のあられ。お茶もついている。

「このあられ、可愛い」

呟く春駒に、お葉は微笑んだ。

「春駒さんのいっそうのご活躍を祈って、作りました」

春駒はお葉を見つめ、笑みを返した。

「ありがとうございます。しっかりやっていきますね」

晒《さら》しを巻いた手で椀《わん》を持ち、春駒は湯気の立つ味噌汁を啜《すす》る。ゆっくりと味わう春駒に、お葉は話しかけた。

「それで、春駒さんに折り入ってお願いがあるのですが」

春駒は手を止め、目を上げた。

「はい。どのようなことでしょう」

「私の知り合い……と申しましても、患者さんなのですが、齢十《よわい》のお嬢さんがおりまして。そのお嬢さんが踊りを習いたいらしく、お師匠様を探していらっしゃるのです。日本橋は亀井町の米問屋、実之屋のお嬢さんなのですが」

春駒は目を瞬かせた。

「ああ、実之屋さんですか。お名前を存じ上げております。以前、米問屋さんたちの集まりのお座敷に呼ばれたことがありまして、その時に確か実之屋さんのご主人もいらっしゃっていたような」

お葉は胸の前で手を合わせた。

「そうなのです。実之屋さんのご主人も、その時のことを覚えていらっしゃいました。そのお嬢さん、お弓ちゃんと仰《おっしゃ》るのですが、ご両親を早くに亡くされて、ご祖父母であるご主人夫婦に育てられているのです。ご主人はお弓ちゃんをとても可愛がっていらっしゃって、私も頼まれていたのです。踊りのお師匠でよい人がいたら、教えてほしいと。それで、今日、薬を届けにいった時に……春駒さんのお話をしてみたのです。お弓ちゃんの踊りのお師匠さんに相応《ふさわ》しいのではないか、と」

お葉は上目遣いで、春駒を窺《うかが》う。春駒は黙ってお葉を見ている。差し出がましいことをしたのではないかと危ぶみつつ、お葉は続けた。

「そうしましたら、ご主人夫婦も乗り気になってくださって。私はお弓ちゃんと仲がよいので、お弓ちゃんも、私が薦めるお師匠ならば習ってみたいと言ってくれて。お弓ちゃんは少し我儘《わがまま》なところもあるけれど、心を許した相手には懐きますし、根は優しい女の子なんです。実之屋さんは乗り気になってくださっているので、春駒さん、よろしければこのお話、考えていただけませんか。お弓ちゃんに是非、踊りを教えていただきたいのです」

お葉は姿勢を正し、春駒に一礼した。春駒は暫く黙っていたが、静かに口を開いた。

「私でよろしければ。来年からになってしまうかもしれませんが」

お葉は声を上げた。

「ありがとうございます！　お弓ちゃん、喜ぶと思います。ご主人とお内儀様も。お返事を聞いて、安心しました」

手で胸を押さえるお葉を眺め、春駒も面持ちを和らげる。膳《ぜん》の上で、紅白のあられも、ころころと微笑んでいるかのようだった。

翌朝、診療所を開く前に源信が訪れ、春駒の指を診た。春駒は身繕いを終え、薄く化粧を施している。お葉は道庵と、二人の傍らに座り、見守っていた。

源信は落ち着いた声で言った。

「少しずつ元の暮らしに戻ってよい。大丈夫だ」

春駒は源信を見つめ、笑みを浮かべて、改めて礼を述べた。

「治してくださって、ありがとうございました」

「躰《からだ》に気をつけて」

「源信先生も」

源信は小さく頷《うなず》き、春駒を真っすぐに見た。

「俺は、お前のことを応援している。もし具合が悪くなったり、困るようなことがあったら、伝えてくれ。その時は、すぐに駆けつける」

春駒は微かに顔を歪《ゆが》ませ、頷く。そして源信に再び一礼し、おもむろに腰を上げ、お葉に目配《めくば》せをした。お葉は慌てて立ち上がり、春駒に続いて部屋を出ようとして、振り返った。

「先生」

声をかけるも、源信は振り向かず、道具を片付けている。

道庵も腰を上げ、お葉の背中を押し、養生部屋の襖《ふすま》を閉めた。

診療所の外に出ると、春駒は改めて、道庵とお葉に礼を述べた。

「お世話になりました。こちらで養生させていただいて、本当によかったです」

そして春駒はお葉を見つめた。

「思うことはいろいろあったのですが、お葉さんのお心遣いに励まされました。ありがとうございました」

お葉は春駒を見つめ返す。自分でも気づかぬうちに、春駒の心を癒《いや》していたようだ。お葉はまた、ちらと振り返る。源信は見送りには現れない。きっと源信は、揺れ動く気持ちを、必死で整えようとしているのだろう。だが、先ほど本心を聞けたようで、お葉は幾分安堵《あんど》していた。それは春駒も同じ思いであっただろう。

道庵が言った。

「今度お葉と一緒に、是非、踊りを見させてもらうぜ」

「楽しみで仕方ありません」

お葉が微笑むと、春駒も笑みを浮かべた。

「私も楽しみにしています」

春駒は深々と礼をし、帰っていった。朝日が昇った空は澄んでいるが、空気は冷たい。

お葉は白い息を吐きながら、春駒を見送る。

春駒は一度も振り向くことなく、明るくなった町を、真っすぐに歩いていった。

第四章　ありがとね

一

霜月（十一月）も終わりに近づき、裏庭の牡丹《ぼたん》も美しく咲き始めた。牡丹は春に咲くが、二季咲きのものは冬にも眺めることができる。

藁《わら》で囲った冬牡丹は、春の牡丹よりもいっそう可憐《かれん》に、お葉の目に映る。

雪が降りそうなほどに寒い朝、お葉は、藁の中の真白な牡丹にそっと手を伸ばした。

牡丹からも生薬が採れる。牡丹皮《ぼたんぴ》とは、牡丹の根皮を乾燥したものだ。血行をよくし、熱を冷ます作用がある。皮膚炎や、女人に特有の月経不順や月経痛など、血の滞りによる症状の改善に効果を現す。

——美しいお花は、女人の味方にもなってくれるのね。

美人を表すのに、〈立てば芍薬《しゃくやく》、座れば牡丹、歩く姿は百合《ゆり》の花〉という言い回しがあるが、それらの花はそれぞれ優れた薬効も持っている。

道庵は、その言い回しは生薬の処方を覚えるのにも適していると、教えてくれた。

——苛々《いらいら》と気が立っている女人には、鎮痛や鎮静の働きを持つ芍薬。座ったまま動けない女人には、瘀血《おけつ》を改善する牡丹。ふらふらと頼りなげに歩く女人には、精神を安定させる百合《びゃくごう》。……それらのお花のように美しくなりたいなんて、恐れ多くて望まないけれど、心身ともに健やかではいたいわ。

寒気の中で麗しく咲く牡丹に、お葉は微笑みかけた。

診療所を仕舞う頃、半鐘の音が聞こえてきて、お葉は外へと出た。火事だ、と叫びながら駆けていく者たちがいる。神田川の向こう、下谷《したや》のほうで火が上がっているのがぼんやりと見えた。

春駒のことを思い出し、お葉の胸が痛む。

——皆、無事でありますように。

祈りつつ中へと戻ると、道庵が厳しい面持ちで言った。

「この時季は、町も慌ただしいぜ。火事だの喧嘩《けんか》だのと、不穏なことが毎日あちこちで起きるからな。戸締りはしっかりしておこう」

「はい。重々、気をつけます」

　お葉は、しかと頷いた。


　その後で、鯖《さば》の塩焼きと金平牛蒡《きんぴらごぼう》がお菜の夕餉《ゆうげ》を味わっていると、板戸が激しく叩《たた》かれた。思わず道庵と顔を見合わせる。道庵が立ち上がり、お葉も続いた。

　廊下に出ると、叫ぶ声が聞こえてきた。

「先生、お葉ちゃん、かたじけない！　急患だ」

　声の主はすぐに分かった。道庵が急いで板戸を開くと、謙之助が年老いた女人を担いで立っていた。女を見て、お葉は眉根《まゆね》を寄せた。口や鼻から血を流し、目の周りに痣《あざ》を作って、ぐったりとしている。

　――誰かに打《ぶ》たれたりしたのかしら。お年寄りをこんな目に遭わせるなんて……。酷《ひど》いわ。

　お葉に憤りが込み上げる。謙之助が言った。

「この近くで、居酒屋の者たちに暴行されていたんだ。見廻《みまわ》りの途中だったので、やめろと止めに入った。どうも、このお婆さんは無銭飲食をしたようだ。それも初めてではなく、注意しても繰り返したために、店の者たちの堪忍袋の緒がついに切れて、やられたみたいだ」

お葉は溜息《ためいき》をついた。

「それでもここまでするのは、酷いのではないでしょうか」

「うむ。店の者たちも番所に届ければよかったのだが、腹に据えかねていたのだろう。お婆さんの態度も横柄だったみたいだ」

お葉が一刻も早く手当てをしたいと思っていると、道庵が女をまじまじと見ながら声を上げた。

「お砂《すな》じゃねえか？　お前さん、江戸に戻っていたのか。久方ぶりだが、面影、残っているぜ」

お砂は顔を上げ、道庵を見て、ぼそっと呟《つぶや》いた。

「まだ医者やってんだ」

道庵は苦笑した。

「おう、そうだ。夕餉を食っていたとこだが、診てやるから上がりな。相当やられたみてえだな」

二人の遣《や》り取りを、お葉は瞬きもせずに聞いていた。

——先生はこの女《ひと》と、知り合いだったというの。

お砂は忌々しそうに舌打ちしつつ、謙之助に抱えられて上がり框《がまち》を踏む。傷めつけられたのか、左足が思うように動かないらしく、お砂は顔を顰《しか》めていた。

お砂は白髪が多く、顔色も悪く、窶《やつ》れているので、道庵よりも年上に見える。険のある顔には皺《しわ》が目立ち、口がへの字に曲がっていた。

お砂は診療部屋に寝かされ、道庵は足を診て、お葉は傷口を手当てした。晒《さら》し木綿《めん》に焼酎《しょうちゅう》を含ませ、血を拭《ぬぐ》いつつ消毒をする。沁《し》みたのだろう、お砂が悲鳴を上げた。

「痛いじゃないか！　下手糞《くそ》な手当てして」

露骨に顔を顰められ、お葉は思わず手を止める。道庵が苦笑した。

「お砂は昔から口が悪いんだ。気にすることはねえ」

「……はい」

お葉は気を取り直し、お砂に告げた。

「化膿《かのう》を防ぐためです。我慢してください。傷口を消毒する時は、誰でも痛いものですから」

するとお砂は鼻を鳴らした。

「ふん。なんだか偉そうな端女《はしため》だね」

「端女じゃねえよ。俺の弟子だ」

道庵が言うと、お砂は目を剝《む》いた。

「弟子？　こんな頼りなさそうな小娘が？　先生、あんたも爺《じい》さんになって焼きが回ったねえ」

「おめえは本当に口が減らねえなあ」

道庵はまたも苦笑いだ。お葉は眉《まゆ》を八の字にしてしまう。

――なんだか苦手な感じのお婆さんだわ。

すると謙之助が口を挟んだ。

「いや、お葉ちゃんの手当てはよく効くぞ。私も掏摸《すり》に刺されて痛い目に遭ったが、お葉ちゃんの手当てで、みるみる治ったからな。あ、もちろん道庵先生に診てもらったおかげでもあるが」

道庵は笑みを浮かべつつ、お砂を睨《ね》めた。

「旦那《だんな》の仰《おっしゃ》るとおりだ。そういう訳だから、俺たちに任せておけ。早く治りたいなら、我慢して言うことを聞くんだ」

お砂は仏頂面で、何も答えない。お葉が消毒を続けようとすると、お砂はまた

「痛いんだよ」と叫び声を上げる。道庵が一喝した。

「騒ぐな！」

お砂は口をへの字にして、黙り込む。謙之助が溜息をついた。

「ところでお砂、お前さんの処分はどうするか。無銭飲食を繰り返したというならば、それは罪になるからな。手当てが済んだら、番所へしょっ引くか」

するとお砂はぎょっとしたような面持ちになり、項垂《うなだ》れた。道庵が言った。

「旦那、お砂は足の骨が折れてますんで、暫く動けません。うちで数日預かりますので、治ってから処分をお考えくださいませんか」

道庵と謙之助は密《ひそ》かに目配《めくば》せし合う。謙之助が答えた。

「そうするか。先生とお葉ちゃんが預かってくれるというなら、安心だ。まあ、ここにいる間に深く反省し、改心するのであれば、処分については軽減してやってもいいからな。お砂、先生たちの言うことを聞いて、しっかり治すように」

お砂はうつむいたまま目を瞬かせ、小さな声で「はい」と言った。

お葉も謙之助と眼差《まなざ》しを交わし、微笑み合う。謙之助は見廻りに戻っていった。

謙之助に睨《にら》まれたからだろうか、お砂は幾分おとなしくなった。お葉は綺麗《きれい》に血を拭い、傷口に神仙太乙膏《しんせんたいっこう》を塗っていった。塗り薬にはほかにも紫雲膏《しうんこう》や中黄膏、源信に作り方を教えてもらった金創膏などがあるが、お砂の傷には神仙太乙膏がよいと道庵が判断した。

清熱解毒作用のある大黄《だいおう》や玄参《げんじん》、鎮痛作用のある桂皮《けいひ》、補血作用のある当帰《とうき》など七種の生薬と、胡麻油《ごまあぶら》と蜜蠟《みつろう》を併せて作るこの薬は、切り傷や虫刺され、痒《かゆ》み、軽い床ずれなどに効果を現す。

お葉は丁寧に塗り、腕や足の重傷のところには晒しを巻いた。

その間に、道庵は治打撲一方を作った。桂皮や丁子、大黄、撲樕《ぼくそく》など七種の生薬を併せるこの薬は、打撲や捻挫《ねんざ》に用いられ、骨折にも効果がある。

撲樕とは、櫟《くぬぎ》や小楢《こなら》の木皮で、解毒作用があり、打撲損傷による血の鬱滞《うったい》も改善する。

道庵はそれを煎《せん》じてお砂に飲ませ、お葉はあまった煎じ薬を酢で溶き、それをお砂の骨折した左上腕と、右足の親指へと湿布した。治打撲一方は塗り薬としても使うことができるのだ。

それから道庵は、骨折したところに副木《そえぎ》をあて、晒しを巻いて固定した。

「さっき旦那には大袈裟《おおげさ》に言ったけどよ、お前さんの足は、指以外は骨折を免れたから、歩けなくなることはねえぜ。腕の骨折は、治るのにちいと時間がかかりそうだが」

お砂は無愛想に言った。

「なら、明日にでもここを出ていけるね」

「そりゃ無理だ。指といえども折れてりゃ痛くて、暫く歩けねえよ。特に親指はな」

お砂は忌々しそうに舌打ちした。

「面倒なことになっちまった」

道庵はお砂を見つめた。

「今、どのあたりに住んでいるんだ」

お砂は少しの間の後、答えた。

「湯島横町《ゆしまよこちよう》さ」

湯島横町は、神田川に架かる昌平橋を渡ったところにある。

「じゃあ、ここと近いじゃねえか。三治郎《さんじろう》と一緒なのか」

お砂の面持ちが変わったことに、お葉は気づいた。三治郎とは、おそらくお砂の亭主のことであろう。お砂はまたも黙り込んでしまったが、ゆっくりと口を開いた。

「とっくに逝っちまったよ。だから一人で暮らしてる」

今度は道庵の顔色が変わった。

「病だったのか」

「事故だよ。屋台を引いている時に、大八車にぶつけられてね。引っ繰り返って、頭の打ちどころが悪かったんだ」

道庵は押し殺した声を出した。

「そうだったのか。報《しら》せてくれれば、俺も弔えたのに」

「もう、十八年も前のことさ」

お葉は姿勢を正して、二人の話を聞く。行灯《あんどん》の明かりの中、お砂がお葉を見やった。

「この人は、先生の娘さんではないよね。もっと大きいはずだもの」

「うむ。俺の女房と娘も、逝っちまった。流行《はや》り病でな」

お砂は道庵に目を移し、呟《つぶや》くように言った。

「そうだったんだ。……辛《つら》かったね」

「お互いにな」

お砂は微《かす》かに頷《うなず》く。お葉は気づいた。道庵がお砂に何か言いかけて、口を噤《つぐ》んだことに。

道庵はお砂の右肩に、そっと手を乗せた。

「まあ、暫くここでゆっくりしていけや。朝昼晩と飯もつくからよ。しっかり食って、養生しろ」

お砂は口をへの字にして、頷く。

それからお葉は道庵と一緒に、お砂を支えながら養生部屋へと連れていった。布団に横たわると、お砂の面持ちは幾分和らいだ。安心したのだろうか、すぐに寝息を立て始めた。


すっかり冷めてしまったご飯を茶漬けにして食べながら、お葉は道庵に訊《たず》ねた。

「お砂さんと、お知り合いだったのですね」

道庵は一息ついて答えた。

「亭主を診てやったことがあったんだ。三治郎って名で、岡っ引きだった」

謙之助の手下《てか》の岡っ引きたちを思い出し、お葉は食べる手を一瞬止める。道庵はゆっくりと続けた。

「いつもはお砂と二人で、夜鳴き蕎麦《そば》屋をやっててよ、屋台を引いて廻《まわ》っていたぜ」

「そうだったのですね。三治郎さんは、何の病に罹《かか》られたのですか」

「うむ。病ではなくて、昔の仲間に刺されたんだ。それで俺のもとに運ばれてきた」

　お葉は目を見開き、言葉を失う。道庵は茶漬けを啜《すす》り、息をついた。

「三治郎は、かつては破落戸《ごろつき》みてえな暮らしをしててよ。美人局《つつもたせ》の罪でお縄になりそうになった時に、同心に言われたそうだ。見逃してやる代わりに、手先になれとな。三治郎はぐれていただけで、根は悪い奴ではなかったから、破落戸の暮らしに、自分でも内心嫌気が差していたんだろう。それで悪い仲間たちから逃げ、身を隠すようにして、ひっそりと岡っ引きの働きを始めたそうだ。その時にお砂と出会い、夫婦《めおと》になったらしい。子供もできて幸せだったところ、昔の仲間に勘づかれ、追ってこられて刺されたって訳だ」

「え……どうしてですか。三治郎さん、何か悪いことをした訳ではないのに」

「傍《はた》から見るとそうだが、三治郎は同心の旦那《だんな》に、かつての仲間たちの悪い行いなどを流していたんだ。三治郎の密告で、捕まった者もいたようだ。それはかつての仲間から見れば、裏切り行為に映っただろう。腹を刺された時、お上の狗《いぬ》め、と罵《ののし》られたらしい。もう少し深く刺されていたら、命を落としていただろうよ」

　お葉は道庵を見つめた。

「先生が助けて差し上げたのですね」

「うむ。今から二十五年ほど前のことだ。その頃、俺は師匠のもとから独り立ちして、既にここで診療所を開いていた。三治郎を養生部屋に留《とど》め、暫《しばら》く匿《かくま》ってやったんだ。一月近くいたが、その間にお砂や、三治郎を使っていた同心の旦那も交えて相談してよ。江戸を離れるのがいいんじゃねえかってことになった。それで三治郎はここを出るとすぐに、お砂と息子とともに武州《ぶしゅう》は調布《ちょうふ》へ向かったんだ。調布でまた夜鳴き蕎麦屋をやると言ってな。……だが、お砂はどういう訳か、江戸に舞い戻っちまったようだな」

お砂は道庵より老けて見えるが、一つ年下だという。お葉は道庵の話を聞きながら、ぼんやりと考えを巡らせていた。

二十五年前のその頃、道庵は三十三歳。留学していた長崎からとうに帰ってきていて、お由《よし》と既に所帯を持ち、娘のお小夜《さよ》も生まれていただろう。当時お由は二十八、お小夜は五つだったと思われる。そしてその四年後に、その頃に流行っていた麻疹《はしか》に罹り、お由とお小夜は命を落としてしまうのだ。

お葉は道庵に訊《き》き返した。

「お砂さんには息子さんがいらっしゃったのですね」

「うむ。あの頃、確か八つと言っていたから、三十をとうに越しているように思うが。今は一緒じゃねえようだな」

道庵は口を噤み、微かに眉根《まゆね》を寄せた。お葉は思った。お砂に何か言おうとして言わなかったのは、おそらく息子のことだったのだろうと。

――いずれにせよ、お砂さんは、今は孤独のようだわ。

お葉はお砂の、への字に曲げた口元を、思い浮かべた。

――それゆえに、あのような面持ちをなさっているのかも。

またお葉は、こうも思うのだ。

――お砂さんは、道庵先生のお若い頃を、ご存じなのね。

道庵がここで診療所を開くことにした経緯は、本人の口から聞いたことがある。道庵の師匠だった道誉の診療所は、神田川の向かいの佐久間町《さくまちょう》にあったので、その近くにしたそうだ。道庵は照れくさそうに話してくれた。結局、師匠の傍から、あまり離れたくなかったんだろうな、と。道庵のその気持ちが、お葉にはよく分かったものだ。

――二十五年前か。その頃、先生はどのような感じだったのかしら。医の心は、今とそれほど変わらなかったのかな。お内儀《かみ》さんや娘さんは、どのような方々だったのかしら。

実はお葉は、道庵の口から、お由やお小夜の話を殆《ほとん》ど聞いたことがない。聞いてみたくはあるのだが、どうしてか、聞くのが怖いようにも思える。それゆえ、二人のことを知っているであろうお繁にも、どのような人たちだったか、はっきり訊《たず》ねたことはなかった。

それはきっと、道庵の本当の家族であったその二人には、自分はまだ到底敵《かな》わないと、心のどこかで思っているからなのだろう。

お由やお小夜が道庵の家族に相応《ふさわ》しく、素敵な人たちだったとはっきり知れば、道庵が手の届かない人になってしまいそうで、道庵と自分の絆《きずな》を失ってしまいそうで、お葉は怖いのだ。

そのような自信のなさがまだ残っていることを、お葉は自分でも分かっている。それゆえお葉は、道庵の来し方をもっと知りたいと思いつつ、お由やお小夜については知ることを躊躇《ためら》ってしまっていた。

いずれにせよお葉は、道庵の若い頃を知るお砂が現れたことに、胸がざわめくのだった。

二

翌朝、お葉はお砂に治打撲一方を飲ませ、骨折した足の指と左腕の湿布を変えた。するとお砂は大きな声を上げた。

「痛い！　痛いじゃないか！　もっと丁寧にできないもんかね」

そして苦虫《にがむし》を嚙《か》み潰《つぶ》したような顔で、お葉を睨《にら》んでくる。

――努めて丁寧にしているつもりなのだけれど。

不快な気分と同時に、悲しみも込み上げてくる。お葉は素直に謝った。

「申し訳ありません。でも、治療や手当ての際に痛みが伴うのは仕方がないことです。痛みを我慢していただけましたら、必ずよくなりますので」

するとお砂は鼻白んだ。

「ふん。見習いが、何を偉そうなことを言ってるんだい。こっちはね、あんたみたいな、とろい娘に手当てなんてしてもらいたくないんだよ」

お葉は思わず目を見開く。何か言い返そうとしても、言葉が見つからない。お砂は忌々しそうに続けた。

「あんたのほかに、手伝う人がいないみたいだから、仕方ないけどさ。……道庵先生、金がなくてちゃんとした人を雇えないのかね。昔も今も、不器用なのは相変わらずか」

お葉の胸に、もやもやとしたものが広がる。源信も遠回しに、道庵を不器用だと言っていることに、お葉は気づいていた。そしてお砂も、そう思っているようだ。

――道庵先生は、昔も器用ではなかったのね。お砂さんはどのようなことから、そう思われたのでしょう。

訊ねてみたいような気もしたが、お砂の仏頂面を見ていると、迂闊《うかつ》には言い出せない。お葉はいっそう努めて手当てをし、傷口に神仙太乙膏《しんせんたいっこう》を塗り直し、晒《さら》し木綿《もめん》も当て変えた。

「本当はあんたみたいな若い娘に、触られたくないんだ」

お葉が手当てをしている間、お砂はずっと愚痴をこぼしながら顔を顰《しか》めていた。

だがお葉は、お砂がいくら憎々しいことを言っても、怒る気持ちにはなれなかった。何故ならば、お砂は刺々《とげとげ》しいことを口にしながらも、その面持ちは無性に寂しげだったからだ。

――相手を責めるようなことを言ってしまうのは、寂しさの裏返しなのかもしれない。……もしくは、若い女人に何か嫌な目に遭わされたのでは。

そう思うと、お砂を放っておけないような気がしてくる。お葉はお砂に微笑んだ。

「後ほど先生も診に参ります。それから朝餉《あさげ》をお持ちしますね」

お砂はぶすっとしたまま何も答えない。

お葉は御虎子《おまる》を持って、部屋を出た。排泄《はいせつ》物を厠《かわや》に流し、裏庭で洗って清める。

お砂は足の指を骨折して動きにくいといっても、まったく動けないという訳ではないので、襁褓《むつき》をあてるのではなく御虎子で用を足せばよいと、道庵が判断したのだ。


お葉が朝餉を運ぶと、お砂はまた憎まれ口を叩《たた》いた。

「ふん。ずいぶん時化《しけ》た飯じゃないか。納豆に沢庵《たくあん》に、ちっぽけな魚の切り身かい」

「海苔《のり》もついていますよ。このようなお食事がよいと、先生はいつも仰《おっしゃ》っています」

お葉は少々呆《あき》れながら、お砂に言い聞かせる。お砂は、芹《せり》と豆腐の味噌汁《みそしる》を一口飲み、顔を顰めた。

「不味《まず》いねえ。飲めたもんじゃないよ。ああ、酒が呑《の》みたい。酒を出してくれないかい」

お葉はさすがに、ぴしゃりと言った。

「ここにいる間は、お酒は控えていただきます。ご冗談でも、そのようなことは仰らないでください」

するとお砂は、唇の端を歪《ゆが》めて笑った。

「面白くもなんともない小娘だねえ。どうせ、おぼこなんだろ。日がな一日、病人の世話をして、いったい何が面白いのか」

お葉は姿勢を正した。

「患者さんのお世話をさせていただくことに、なによりも遣《や》り甲斐《がい》を見出《みいだ》しております。私にとって大切なお仕事に対して、そのような言い方はなさらないでください」

お砂は顔を顰めて、耳を塞《ふさ》いだ。

「はいはい、分かったよ。酒が駄目なら、煙草も駄目かい」

「当然です。健康を損なうことがあり得るものは、すべて控えていただきます。ここではどうか、慎ましやかにお過ごしください」

「煙草は害だと言いたいんだね」

「健康によいものとは言いかねます」

お砂はお葉を睨んだ。

「私は若い頃、煙草屋の看板娘だったんだ。あんただって、私のかつての仕事に対して、悪口を言ったも同然さ」

お葉はお砂を真っすぐに見つめた。

「看板娘だったのですか？　凄《すご》いですね。私、そんなふうに言われたことがないから、羨《うらや》ましいです」

するとお砂の頬が、ほんの少し緩んだ。

「昔の話だけどね。私を目当てに、多くの男が店に詰めかけたものさ」

「人気者でいらっしゃったのですね」

「当時はね。……今は、こんなになっちまったけどさ。あんただって、そう思っているんだろう」

お砂は再び険しい顔で、お葉を睨む。お葉は微笑んだ。

「そんなこと思ってません。お砂さん、お肌が滑らかで、目鼻立ちが整っていらっしゃいますもの。だからこそ、健康を害するものは控えてほしいのです。健やかさって、美しさに繋《つな》がりますよね。お砂さんには、まだまだ美しくいらっしゃってほしいです」

お砂は不意に真顔になり、掠《かす》れた声で返した。

「あんた、とろそうに見えるけれど、口はなかなか達者だね。ふん。お世辞を言って私をここに長く留《とど》めて、養生代を巻き上げようって魂胆だろ？　その手には乗らないよ。動けるようになったら、さっさと出ていくからね」

お葉は頷《うなず》いた。

「治りましたら、お帰りくださって構いません。お砂さんがここにいらっしゃる間は、先生と私で精一杯、お手当てさせていただきます。お躰《からだ》をよくするため、言うことも聞いていただきます。でも、これだけは申し上げておきます。先生も私も、患者さんからお金を巻き上げようなんてことは、ちっとも考えておりません。不器用な者たちが営んでいる小さな診療所ですので、ご安心ください」

お砂は膳《ぜん》を見つめたまま口を閉ざしていたが、急に言った。

「今から食べるから、一人にしてくれないかい」

お葉は再び姿勢を正した。

「気づかず、申し訳ございません。ごゆっくりお召し上がりください。後ほど、片付けに参りますね」

そして一礼して腰を上げ、部屋を出た。

その後、道庵と一緒に朝餉を食べた。お菜は、お砂に出したものと同じだ。お葉は鰆《さわら》の塩焼きを味わいながら苦笑した。

「お砂さんに、ちっぽけな切り身、と言われてしまいました」

節約のために二切れを三等分したのが不評だったのだろうかと、反省する。道庵は厳しい面持ちでお葉に訊《たず》ねた。

「お砂はちゃんと食べていたか」

お葉は箸《はし》を持つ手を止め、道庵を見た。

「お味噌汁をお飲みになって、不味いと仰ってましたが、私が部屋を出る時には、召し上がり始めていました」

「ほかに何か言っていなかったか」

「はい。……お酒を呑みたいと仰っていました。煙草を吸いたいとも。煙草のほうは、冗談ではないかと思ったのですが」

道庵は箸を置き、お茶を啜《すす》った。

「やはり、未《いま》だに酒が好きなのか。ここに運び込まれた時も、酒臭かったものな」

「確かに。居酒屋さんで無銭飲食をしたというのは、ほぼお酒だったのかもしれません」

お葉が頷くと、道庵は声を低めた。

「もしかしたら、お砂は肝ノ臓も傷んでるんじゃねえかな。黄疸《おうだん》が出てるんだ」

お葉は胸に手を当てた。

「そう言われてみれば……。お肌や目の際が、黄色いような気もします」

「うむ。痩《や》せているのに、腹だけ出ているのも妙だ。飲酒によって引き起こされた、肝ノ臓の障りかもしれねえ。あいつは若い頃から、酒が好きでよ。三治郎とともに酒豪の、呑兵衛《のんべえ》夫婦だったんだ」

「それも微笑ましいような気がしますが」

「まあな。しかし、度が過ぎると、まずいことになる。手後れになる前に、お砂がここにいる間に、肝ノ臓も治しちまおう。腕と足の指のほうは、この調子だと骨はくっつきそうだから、そちらは心配はいらねえと思う」

お葉は息をついた。

「安心しました。肝ノ臓も治して差し上げたいです」

「薬を出そう。それで、食事中に悪《わり》いが、ちいと訊《き》いておきたいことがある。御虎子を片付けた時に見ただろうが、小水は結構、黄色かったか？　量はどうだった」

「はい。鮮やかな黄色で、量はそれほど多くありませんでした」

秘がちというので、陽黄と判断したようだ。


「排便していたか」

「していませんでした」

道庵は目を泳がせ、頷いた。

「教えてくれて助かったぜ。お砂の黄疸は湿熱黄疸、つまりは陽黄だ。黄疸にも陽黄と陰黄の二種あって、出す薬もそれぞれ異なる」

道庵が診たところ、お砂は皮膚が鮮やかな黄色になり、腹部が張り、少し熱っぽく、口が渇き、口に苦みが感じられるという。それに加えて小水も濃い黄色で、便秘がちというので、陽黄と判断したようだ。


朝餉《あさげ》を終えて診療所を開ける前、お葉も手伝い、道庵と急いで薬を作った。お砂に処方したのは、茵蔯蒿湯《いんちんこうとう》だ。

茵蔯蒿、山梔子《さんしし》、大黄《だいおう》を併せて作るこの薬は、肝炎や、それによる湿熱黄疸に効き目を現す。

茵蔯蒿とは、河原蓬《かわらよもぎ》の頭花を乾燥したもので、利胆、解熱、消炎、利尿などの効果があり、黄疸、肝炎、胆嚢《たんのう》炎などに用いられる。

山梔子と大黄も清熱瀉火《しゃか》の作用に優れているので、茵蔯蒿の清熱作用を増強するのだ。

それを煎《せん》じて、お葉はお砂へと運んだ。道庵も付き添う。

道庵がいるからだろう、お砂は憎まれ口を叩《たた》かず、おとなしく薬を飲んだ。道庵は腕を組み、お砂を睨《ね》めた。

「酒を呑《の》むなんてことは考えるなよ。ここにいる間に、できるなら断酒しちまえ。お前さんは、肝ノ臓も傷んじまってるようだ」

お砂は首筋を掻《か》きながら、溜息《ためいき》をついた。

「肝ノ臓かい。ふん、好きなもん呑んで病気になったって、それはそれでいいけどね」

道庵は低い声を響かせた。

「ふざけるのもいい加減にしろ。そんなことを言えるのはな、好きなもんを、ちゃんと金を払って買える者だ。お前さんは金も払わずに、酒を鱈腹《たらふく》呑んで逃げようとしたんだろう」

痛いところを突かれ、お砂は顔を顰《しか》めて押し黙る。道庵は声を少し和らげた。

「お前さんの躰を思って言っているんだ。酒のことは忘れて、その代わりに俺たちが出す薬をしっかり飲んでくれ」

「酒は百薬の長とも言うじゃないか」

お砂の相変わらずの減らず口に、お葉は道庵と目と目を見交わし、苦い笑みを浮かべる。道庵が答えた。

「じゃあ、こうしよう。お前さんが無事に回復したら、その時、祝い酒を酌み交わそうぜ。それを楽しみに、養生しろや」

お砂の面持ちが緩む。お葉は目を大きく瞬かせた。お砂の嬉《うれ》しそうな表情を見たのは、初めてだった。

お砂は鼻の頭を少し掻いて、訊《たず》ねた。

「その時は、鱈腹呑んでもいいかい」

「いや、ほどほどだ」

「ほどほどでも、呑めないよりはいいさ。我慢は嫌だけれど、じゃあ、養生してやるか」

道庵は眉間《みけん》を揉《も》んで、苦笑いだ。

「相変わらず生意気な物言いだな」

「ふん。この歳になると、生意気なんて可愛いことも言われなくなるよ」

お砂は口をへの字に曲げつつ、お葉を見た。

「あんたも酒を呑むのかい？」

「いえ、私は呑みません」

お葉が即座に答えると、道庵が付け足した。

「お葉は一口呑んで顔が真っ赤になるからな。酒を受け付けねえ躰《からだ》なんだ」

お砂は鼻を鳴らした。

「根っからのおぼこってことか。先生に歳を聞いて吃驚《びっくり》したよ。あんた、幼く見えるけれど、十七なんだってね。私が十七の頃なんか、色気づいていて、男たちを振り回していたもんだよ」

お葉は姿勢を正して、お砂を見つめた。

「どうすれば振り回すことができるか、その道を是非、教えていただきたいです」

道庵が失笑した。

「やめとけ。お前なんかがその道を習ったところで、上達する訳がねえんだからよ！　医術の道より、男と女の道のほうが、お前にとっては遥《はる》かに険しいぜ。お砂だって教えきれねえよ」

お砂も思わず、肩を震わせて笑う。お砂が笑う姿を初めて見たと思いつつ、お葉は道庵に目をやり、頰を膨らませた。

「先生、さりげなく失礼なことを仰《おつしや》っていると思うのですが」

「そうか？　俺は本当のことを言ったまでだ」

道庵は謝りもせず、咳払《せきばら》いを一つする。寒さがいっそう増してきたというのに、裏庭から鶏たちの元気な啼《な》き声が聞こえてくる。朝の日差しが、障子窓を照らしていた。

その日の午後、謙之助が訪れ、お砂について知り得たことを教えてくれた。
「お砂は身寄りがなく、三年ほど前から湯島横町の裏長屋で、一人で暮らしている。
縫物の内職をしてなけなしの金を稼いでいるようだが、無銭飲食をあちこちで繰り
返し、皆から忌み嫌われているみたいだ。酒を鱈腹呑み、厠《かわや》に行くふりで逃げてし
まうらしい」
お葉は眉根《まゆね》を寄せ、道庵は顰め面になる。謙之助は続けた。
「おまけに口が悪くて、周りからは、捻《ひね》くれ者の意地悪婆さんと呼ばれているよう
だ」
お葉は思わず苦い笑みを浮かべる。お砂はお葉に対しても道庵に対しても、確か
に遠慮せずに物を言うところはあった。

道庵は溜息をついた。

「報《しら》せてくださってありがとうございます、旦那《だんな》。……ところで、お砂の息子については、何か聞きませんでしたか」

謙之助は腕を組んだまま、首を傾げた。

「いや、息子のことは何も聞かなかった。大家は、お砂は長屋に入った時からずっと一人で住んでいると言っていたな。お砂には息子がいるのか」

道庵は神妙な面持ちで答えた。

「いたはずなのですが……。こちらの勘違いかもしれません。妙なことをお訊《たず》ねして、申し訳ありませんでした」

「謝ることなどない。息子はお砂を置いて、独り立ちしてしまったのではないか。もしくは……息子も既に亡くなっているのかもしれない」

お葉は道庵と目と目を見交わす。謙之助が言ったことを、お葉も漠然とは考えていたが、口には出さずにいたのだ。道庵も同様だったであろう。

道庵が謙之助に訊ねた。

「お砂がここを出たら、しょっ引くようなことはありますか」

謙之助は笑みを浮かべた。

「今回は見逃してやってもよい。だが、今度また何か騒ぎを起こしたら、その時は処罰しよう。そうならないためにも、先生とお葉ちゃんで、お砂の躰と心をしっかり手当てしてあげてくれ。頼んだぞ」

そう言い残し、謙之助は帰っていった。


お砂は少し打ち解けてくれたように見えたが、それも束の間、再び仏頂面になっていった。ここへ来て四日目の夜、お葉が蜆《しじみ》をたっぷり載せた饂飩《うどん》を出すと、露骨に嫌な顔をした。

「また蜆かい。朝昼晩と、味噌汁《みそしる》だ饂飩だと、蜆ばかりじゃないか。食べる気も失《う》せちまうよ。蜆しか買えないほど貧乏なのかね」

お葉は唇を尖《とが》らせた。

「蜆は肝ノ臓の病に効き目があるので、お料理に使っているのです。それに、そのような言い方は道庵先生に失礼ではないでしょうか」

「ふん。本当のことじゃないか。この診療所、二十五年前と殆《ほとん》ど変わってないからね。いや、あの頃よりは確実に古ぼけた。あの先生、腕はいいのに、損な性分なんだよね。巧《うま》く立ち回ることができていたらね。あんなことさえなければ、もっと金持ちで立派な医者になれていただろうに。もったいないというか、残念というか」

お葉はお砂を見つめた。

「……あんなこと、というのは、どういったことでしょう。先生がお若かった頃、ほかのお医者の中に、先生の足を引っ張ろうとする者たちがいたとは聞きましたが」

斎英が藩医になりたいあまりに、道庵を蹴落《けお》とすようなことをしたのだろうかと、疑念が浮かぶ。だが、斎英は既に亡くなっている。斎英がもし何かを道庵に仕掛けたとしても、亡くなった時点で、その影響も薄れているはずだ。道庵が巻き返すことだってできたであろう。

――それなのに先生は、今までずっと、町医者の立場を貫いていらっしゃる。ということは……あんなこと、とは、斎英との一件ではなく、もっと別のことを指しているのでは。

お葉の胸がざわめく。お砂はお葉をじろりと見た。

「あんた、先生から聞いてないんだ。じゃあ、先生に直接訊《き》いとくれ。教えてくれるかどうかは分からないけれどさ」

お砂はそう言って、半身を起こそうとした。お葉が背中に手を当てて手伝うと、お砂は顔をますます顰《しか》めて微《かす》かに呻《うめ》いた。

「……痛っ」

お葉はお砂の顔をよく見た。薬を飲み続けているのに、黄疸《おうだん》はなかなか消えない。それどころか、いっそう黄色味が増しているようだ。

「どこが痛いのですか」

「……骨が折れたところだよ」

お葉はお砂の目を見つめる。

「ほかにも痛いところがあるのではありませんか」

「腕と足の指だけだよ。ったく、この副木《そえぎ》はいつになったら取れるんだい？　こんなのがあてられていると、却《かえ》って痛く感じるよ」

舌打ちをするお砂に、お葉は優しく言い聞かせた。

「来月になれば取れますよ」

「来月のいつ頃さ。とにかく、鬱陶《うっとう》しいんだよ！　こんなのが腕や足の指にくっついてて」

お砂は文句を言いながらどうにか半身を起こし、箸《はし》を持って食べ始める。お葉が道庵について再び訊ねようとしたところで、お砂が顰め面で言った。

「ゆっくり食べたいから一人にしてくれるかい」

「あ、はい」

お葉は一礼して腰を上げ、部屋を出ていった。

道庵と夕餉《ゆうげ》を味わいながら、お葉は溜息《ためいき》をついた。膳《ぜん》の上には、お砂に出したものと同じく、蜆饂飩《しじみうどん》と、人参《にんじん》の煮物と、大根の梅酢漬けが載っている。道庵が訊ねた。

「どうした。疲れているのか」

「いえ。……お砂さん、今日も殆ど召し上がらなかったので。心配なのです」

「うむ」

人参を頬張り、道庵も息をつく。お葉は箸をいったん置いた。

「黄疸がなかなか消えませんし、食欲がないせいかいっそう痩《や》せたように思うのです。躰《からだ》も痛いようですし」

「どこが痛いと言っていた」

「骨折したところだと仰っていました。でも……本当のことは、黙っていらっしゃるような気もするのです。私が背中に手を当てた時、びくっとしたような反応をなさったので、おそらく背中も痛いのではないかと」

道庵も箸を置き、お茶を啜《すす》った。

「黄疸と痩せたことについては、俺も気になっていた。……背中も痛いのか」

顔を強張《こわば》らせる道庵を眺めながら、お葉の胸がざわめく。

――もしや、肝ノ臓の具合が、思ったよりも悪いのでは。

道庵は暫《しば》し考え、言った。

「肝ノ臓に効く薬を増やすか。明日の朝、詳しく診よう」

「お願いいたします」

お砂は腹部だけやけに膨らんでいるのも、お葉は気懸かりだった。

三

翌朝、道庵がお砂をよく診たところ、両脇が脹《ふく》れて痛んでいるようだと分かった。

お砂は顔を顰めつつ言った。

「腕の骨折から来ているんじゃないかね」

「いや、肝ノ臓のほうからだろう。薬をもう一種飲んでもらうことにする」

お砂は首を竦《すく》めた。

「これ以上、不味《まず》い薬を飲むのは嫌だね。それより酒を呑《の》ませておくれ。そのほうが、痛みが消えるのさ」

「ふざけるな！」

道庵が一喝すると、お砂は項垂《うなだ》れ、黙り込んだ。静かな部屋に、道庵の低い声が響いた。

「そういうことは、冗談でも口にするなと言っただろ。お砂、お前、もしかしたら前々から躰が痛かったんじゃねえか。その痛みを和らげるために酒を呑んでいたんだろう」

お砂は何も答えない。道庵はお砂を睨《ね》めた。

「そんなことをしてもな、痛みを忘れるのは一時だけで、また強い痛みが襲ってくるだけなんだ。約束したじゃねえか。全快したら、祝杯をあげようと。どうしてそれまで待てねえんだ。あの約束は嘘だったってのか」

お砂は薄ら笑った。

「先生は相変わらずお人好しだね。私みたいな碌《ろく》でなしの婆さんの言うことを本気にしてさ。……ねえ、さっさと私をここから追い出してよ。私がどんな奴か分かったただろう？　見捨ててもらったほうが、気が楽なんだ。それにさ、私は、薬礼や養生代なんて払えないんだよ」

お砂の話を聞きながら、お葉はうつむいてしまう。自棄《やけ》になっているお砂は、やけに痛々しく見えた。

静まり返った部屋の中、道庵が笑い声を響かせた。

「その心配はいらねえよ。お前さんに金をもらおうなんて、端《はな》から思ってねえからな。ここにいくら留《とど》まっても、いくら薬を飲んでも、すべて只《ただ》だ」

お砂が顔を上げ、道庵を見る。その唇が微かに震えたことに、お葉は気づいた。

道庵は急に真摯《しんし》な顔になり、付け足した。

「だから治るまで、ここにいろ。しっかり躰を休めるんだ」

道庵の、お砂に対する思いやりが伝わってきて、お葉の胸は熱くなる。少しの沈黙の後、お砂は掠《かす》れた声を出した。

「ふん。そんなところが損な性分だっていうんだよ。こんな婆さん、さっさと見捨てりゃいいんだ。どうせ老い先は、長くないんだからさ」

道庵は声を荒らげることもなく、静かに答えた。

「そんなことを自分で言わねえでくれ。治る見込みはあるんだからよ。俺たちの言うことを聞いてくれ。お砂、お願《ねげ》えだ」

「……分かったよ」

お砂は不貞腐《ふてくさ》れたように言い、溜息をついた。

お葉は道庵と一緒に、新しい薬を作った。加味逍遙散《かみしょうようさん》だ。茵蔯蒿湯《いんちんこうとう》とこの薬を併用すると、胸脇脹満を伴う黄疸に効き目を現す。

柴胡《さいこ》、白朮《びゃくじゅつ》、茯苓《ぶくりょう》、牡丹皮《ぼたんぴ》、薄荷《はっか》など十種の生薬を併せて作る加味逍遙散は、肝《かん》鬱《うつ》の症状に適している。肝鬱とは、肝ノ臓の失調によって生じる、胸脇脹満、苛立《いらだ》ち、溜息、弦脈などの症状のことである。弦脈とは、弓の弦が張ったように緊張感のある脈を言う。

この薬は散薬（粉薬）なので、お葉はお砂に水で飲ませた。そして布団に横たわらせ、微笑みかけた。

「ゆっくり休んでくださいね」

お砂は何も言わず、目を閉じた。

その日、診療所を仕舞う頃、お繁が訪れた。鰻《うなぎ》を届けてくれたのだ。赤子を取り上げた家の主人からもらったという。

「お裾《すそ》分《わ》け。先生もお葉も、鰻は好きだろう？」

お葉は包みを受け取り、満面に笑みを浮かべた。

「はい！　大好きです。鰻は高いのでなかなか買えませんから、本当にありがたいです」

土間で話していると、道庵も現れた。

「鰻と聞いて、出てきたぜ。お繁さん、いつも悪いなあ。……と恐縮しつつも、ありがたくいただくぜ。時間があるなら、お葉と一緒に作ってくれねえか。蒲焼《かばや》きが食いてえんだ」

「是非教えていただきたいです。お繁さんも一緒に食べましょうよ」

お葉は笑顔でお繁を見つめる。お繁は頰を少し搔《か》き、頷《うなず》いた。

「そうだね。私も相伴させてもらおうか」

お葉に袂《たもと》を引っ張られ、お繁は上がり框《がまち》を踏んだ。


お繁は道庵に頼まれ、蒲焼きの前に、白焼きを作った。お砂の夕餉に出すためだ。道庵曰《いわ》く、鰻の滋養も、肝ノ臓に効き目を現すという。

お繁も、お砂がここで養生していることを知っていた。

二十五年前といえば、その頃お繁は齢《よわい》二十八で、師匠のもとで産婆の仕事を手伝い始めた頃だったそうだ。二人の娘を産み、既にこの近くに住んでいた。道庵とも見知りで、その頃からたまに診療所にも手伝いにきていたそうで、お砂のこともぼんやりと覚えていたという。

道庵がお砂の容態を話すと、お繁は眉根《まゆね》を微《かす》かに寄せた。

「肝ノ臓の具合が悪いんですか。心配ですね。肝ノ臓の場合、一気に悪くなることもありますから」

お葉は思わず訊《き》き返した。

「そうなのですか」

道庵が代わりに答えた。

「体力が落ちていたり、免疫力が失われていたりすると、急に悪くなることはある。だから体力をつけるためにも、なるべく滋養を摂《と》ってほしいんだ」

お繁が頷く。

「そうですね。鰻なら食べるんじゃないでしょうか。お酒がほしくなってしまうかもしれませんがね」

「確かにな」

道庵が肩を竦める。お葉も苦笑した。

お葉がお砂に夕餉《ゆうげ》を出す時、お繁も一緒に部屋に入った。お砂を見て、お繁は声を上げた。

「久方ぶりだねえ。やはり面影が残っているよ。私のこと覚えていない？　この近くで産婆の見習いをしていたお繁だ」

お砂は目を皿にして、見つめ返した。

「ああ、思い出した！　ずいぶん老けたけど、あんたも面影残っているよ」

お砂の歯に衣《きぬ》着せぬ物言いに、お繁は苦笑いだ。

「老けたのはお互い様さ。二十五年も経てば、誰だって年取るよ」

「そりゃそうだね」

お繁は腰を下ろし、膳《ぜん》を出した。芳《こうば》しい匂いを立てている鰻を眺め、お砂は唇を舐《な》めた。

「鰻とは、ここには珍しく豪勢じゃないか」

「私が持ってきたんだよ。酒を呑《の》めないのが辛《つら》いだろうけど、まあ食べてみてよ」

お砂は早速箸《はし》を伸ばし、ふわふわのそれを一口味わい、頬を緩めた。

「こりゃいいね。確かに呑めないのが残念だ。しかし産婆って儲《もう》かるんだね。鰻を差し入れするなんてさ」

「別に儲かりゃしないよ。この鰻は、赤ん坊を取り上げた家からもらったんだ。それをお裾分けしにきたってことさ」

「なるほどね。それで私もおこぼれに与《あずか》ったと。で、あんた、まだこんなところに手伝いにきてんの？」

お繁はまたも苦笑する。

「しかし、一言よけいというか、口が悪いねえ。昔はそれほどでもなかったけれどね」

「そうかい？　じゃあ、段々と口が悪くなっちまったんだろうね」

お砂は箸を止めずに答える。お繁はお砂を見つめた。

「孤独だと、そうなったりするよね。何を言っても叱ってくれる人がいなくなっちまうとさ」

お砂は黙々と食べている。お繁は続けた。

「私もそういうふうになってきたかもしれないね。亭主は亡くなり、娘たちも嫁いで、今は一人で暮らしているからね」

お砂は箸を持つ手を不意に止め、お繁を見た。

「あんたも今は一人なんだ」

「お砂さんもかい？」

お砂はお茶を啜《すす》って、答えた。

「まあね。私の亭主も逝っちまったよ」

「そうだったんだ。……お互い、辛い思いをしたね」

「あれから二十五年だろ。誰だって、いろいろなことがあるよ」

お葉は二人を眺めながら、不意に腰を上げた。

「お繁さんの分も、お茶を用意して参りますね」

そう言って一礼し、部屋を出た。

だがお葉はお茶を運ぶことはなく、道庵と一緒にお繁を待っていた。四半刻《しはんとき》（およそ三十分）ほど経ってお繁が戻ってくると、お葉はようやくお茶を出した。それを啜って、お繁は大きく息をついた。

「お葉が気を利かしてくれたおかげで、お砂さんといろいろ話すことができたよ」

道庵が訊《たず》ねた。

「どんな話をしたんだ」

お繁はお茶をまた啜り、答えた。

「亭主だった三治郎さんが亡くなったのは、今から十八年前みたいですね。その頃、お砂さんは齢三十九で、息子さんは十五だったそうです。それから息子さんは、染物職人を目指して染物屋で働き始めたようです。調布は布の産地ですから、それに関する店や問屋が多いのでしょう。息子さんに支えられ、お繁さんも一人で屋台の蕎麦屋《そばや》を続け、細々と暮らしていたとのことで、その頃は幸せだったのではないかと。……ところが、息子さんは二十一の時に亡くなってしまったそうです」

道庵が眉根を寄せた。

「どうして亡くなったんだ」

お繁は首を少し傾げた。

「多摩川《たまがわ》で、溺死体《できし》で見つかったようですが……溺《おぼ》れたのか、それとも自害なのか、はっきり分からなかったみたいです」

「自害だとも疑われるということは、そのような理由があったのだろうか」

「息子さんには多額の借金があったらしいです。……それがどうも、悪い女に引っかかって、貢がされた挙句のことだったようで。ほら、隣の府中宿《ふちゆうじゆく》には、飯盛女を置いている旅籠《はたご》が多いじゃないですか。息子さんは十八ぐらいからよくそういうところへ遊びにいっていたそうで。つまりは悪い女に騙《だま》されて、借金まみれにされて捨てられたと考えましたら、自害が疑われますよね。でも代官《だいかん》が調べても、真相ははっきり分からなかったようです」

道庵は腕を組み、大きな溜息《ためいき》をつく。自害しようとして川に飛び込んだことのあるお葉は、他人事《ひとごと》とは思えず、胸がひりひりと痛んだ。お砂の寂しさが、よりいっそう伝わってくる。

お繁はお茶で喉《のど》を潤しつつ、続けた。

「事故か自害かよく分からずに片付けられ、お砂さんは釈然とせずに悲しみに打ちひしがれたそうです。ところが間もなく借金取りが押しかけてきたようで。証文を突きつけられて凄《すご》まれ、どうにかして返すと約束したものの、夜逃げしたんですって」

お葉は道庵と顔を見合わせる。道庵が低い声を響かせた。

「お砂はそれから逃げ回って、今に至るというのだろうか」

「そのようです。まずは内藤新宿《ないとうしんじゅく》へ出て、住み込みの仕事を探したそうですよ。ですが、飯盛旅籠の下働きの仕事しかなかったらしく、その仕事を暫《しばら》くしていたんですって。その時、飯盛女たちから、婆あ、などとさんざん罵《ののし》られたようです。彼女らは仕事の鬱憤《うっぷん》を、お砂さんをいびることで晴らしていたんでしょう」

お葉は、自分が虐《いじ》められていた時のことを思い出し、さらに辛くなる。

――息子さんが飯盛女に酷《ひど》い目に遭わされたり、自分もいびられたりしたから、きっとお砂さんは若い女人が嫌いになってしまったのだわ。だからつい、かつての仕返しという訳ではないけれど、意地悪してしまうのでしょう。

お砂が捻《ひね》くれてしまったのは、辛い思いをしたからなのだ。お葉には、その気持ちが分かるような気がした。

お繁は言った。

「飯盛旅籠に暫く身を置いて、借金のいざこざのほとぼりが冷めたと思《おぼ》しき頃、そこを出たようです。そして江戸へ戻り、日雇い仕事や内職をこなして、細々と暮らしていたそうで。ですが、最近では、その内職の仕事も辛くなってきていたみたいです。目が悪くなって、躰《からだ》もきつかったらしくて」

道庵は眉間《みけん》を揉《も》みながら、呟《つぶや》くように言った。

「たいへんだったんだな。江戸に戻った時、挨拶《あいさつ》だけでもしにきてくれればよかったんだが」

「遠慮してしまったんでしょう。お砂さん、好き放題言っているようで、妙に気を遣っているところもありますよ。只《ただ》でいいと言われたけれど、ここに長くいるのは申し訳ない、なんて言っていましたしね」

「そんなことを言っていたのか」

「ええ。お砂さん、話すことを初めは躊躇《ためら》っていたけれど、一度口を開いたら、堰《せき》を切ったように話してくれましたよ。自分のことを、誰かに聞いてもらいたかったのかもしれませんね」

お葉はお繁を見つめた。

「お繁さんだったから、お砂さんは心を開いてくれたのでしょう。私が相手なら、そこまで話してくれなかったと思います」

「ならば、お役に立ててよかったよ。まあ、お葉は、お砂さんが苦手とする若い女だからね」

お繁はそう言いながら、笊《ざる》に入れた蜜柑《みかん》に手を伸ばす。道庵は何か考えているようだったが、不意に訊ねた。

「夕餉《ゆうげ》は残さず食べたかい」

「鰻《うなぎ》はすべて食べましたが、ほかは残していましたね。ご飯は殆《ほとん》ど食べていませんでした」

道庵は肩を落とした。

「そうか。……どうにかして体力をつけさせないとな」

「黄疸《おうだん》、よくならないみたいですね。躰も痛むようで、話しながら時折、顔を顰《しか》めていました」

「鍼《はり》の治療もやってみるか。痛いと騒ぐかもしれねえが」

お葉は頷《うなず》いた。

「よろしいと思います。先生の鍼はよく効くと、患者さんたち皆、仰《おつしや》っていますし」

お繁がお葉を見つめた。

「お葉も鍼が打てるようになるといいね。仕事の幅が広がるよ」

「そうだな。お葉、これから鍼も少しずつ覚えていくか」

お葉は目を瞬かせ、胸に手を当てた。

「私にできるでしょうか。……習いたい気持ちは山々ですが、鍼って何か怖いような気もして」

道庵が笑った。

「やる気さえあれば、大丈夫だ。俺の遣《や》り方をよく見ておけ。鍼が怖《こえ》えなんてことは、ねえ。お葉ならすぐに慣れて、打てるようにもなるぜ」

「お葉、先生を手伝いながら、覚えていきな」

お葉は道庵とお繁を交互に眺め、首を縦に振った。

「本当に打てるようになるか自信はありませんが、先生から学んで参ります」

その返事に満足したように、道庵とお繁は顔を見合わせて微笑む。

それから急いでお繁と鰻の蒲焼《かばや》きを作り、三人で味わった。脂が乗った冬の鰻は絶品で、躰が温まっていくようだった。


師走《しわす》(十二月)に入り、鍼の治療も試みるようになった。肝ノ臓に効くのは、足の甲にある太衝《たいしょう》というツボである。太衝とは、足の親指と人差し指の骨が合わさるところにある窪《くぼ》みで、軽く触れると脈を感じる。

お砂は痛いと騒いだが、道庵は容赦なく鍼を打った。お葉はその治療を目に焼き付け、足のツボの場所を絵にも描いて、医心帖《いしんちょう》に書き留めた。

お砂はお繁には打ち解けたようだが、お葉には相変わらずだった。食事に文句をつけては、食べようとしない。どうにか滋養を摂《と》らせようと、お葉は頭を働かせて柚子《ゆず》の蜂蜜《はちみつ》煮などを作って出してみたが、お砂はそっぽを向いた。

「甘いものは嫌いなんだよ。塩辛はないのかね」

「塩の摂り過ぎはお躰によくありません」

お葉は眉《まゆ》を八の字にする。

――ここに運び込まれる前は、お砂さんは塩辛いものを肴《さかな》に、お酒ばかり呑《の》んでいたのかもしれないわ。

不安が胸を過《よぎ》る。道庵が熱心に治療しているものの、お砂の黄疸や躰の痛みは一向によくならず、食べないせいか日に日に痩《や》せ細ってきている。だが骨折のほうは日増しに改善され、立ち上がり、杖《つえ》を使えば少しは動けるようになっていた。

お砂が杖を貸してほしいと言い出した時、お葉はまだ危ないように思ったが、道庵は承諾した。寝てばかりいると本当に動けなくなるので、起き上がれるようになったら躰を動かす稽古《けいこ》をしたほうがよいというのが、道庵の考えだ。

それゆえお砂に杖が与えられ、それを使って厠《かわや》にも行けるようになってきていた。

四

お砂がここに来て十日目の昼、お葉が食事を運ぶと、彼女の姿が見えなかった。

――厠へ行ったのかしら。

お葉は胸をざわめかせながら、膳《ぜん》を置き、厠へと確かめにいった。だが、お砂はそこにいなかった。

慌てて裏庭に出る。裏庭には枝折戸があり、そこから外へと抜けられる。枝折戸が微《かす》かに開いていた。

お葉は顔色を変え、外へと出て、お砂を捜した。白い息を吐いて名前を呼びながら、駆け回る。しかし、どこにも姿が見当たらない。

――こんな寒い時に、あの姿でうろうろしたりしたら……。まさか長屋へと帰ったのかしら。

お砂が心配で、お葉は泣き出してしまいそうだ。ひとまず戻り、道庵に報《しら》せると、道庵も血相を変えて立ち上がった。

お砂の名前を呼びながら、二人して捜す。すると、近所の長屋に住んでいるおかみさんが、声をかけてきた。

「どうしたんですか」

「患者の姿が見えなくなっちまったんだ」

立ち止まって道庵が答えると、おかみさんは小さな稲荷《いなり》のほうを振り返った。

「もしや、その人かしら。あの稲荷の裏の路地で、蹲《うずくま》っているお婆さんがいたのよ。

声をかけたら、ちょっとお腹が痛いだけだから放っておいてと言われたけれど」

道庵とお葉はおかみさんに礼を言い、直ちに稲荷の裏へと向かった。

そこでお砂は、杖を放り出して、まだ蹲っていた。額に脂汗を浮かべ、お腹を押さえて呻《うめ》き声を上げている。

「言わんこっちゃねえ。どうして出ていこうなんてことを考えるんだ」

道庵はやるせないような面持ちで、お砂を叱る。そしてしゃがみ、お葉に命じた。

「お砂を俺に負ぶらせてくれ」

「はい」

お葉は顔を強張《こわば》らせながら、お砂を抱き起そうとする。しかしお砂は弱々しい声で、拒んだ。

「もう私のことなんて、放っておいてくれよ」

お葉は声を微かに震わせ、はっきりと言った。

「放っておけないから、こうして捜し回って、お砂さんを見つけたのではありませんか。道庵先生と私が、どれほどお砂さんのことを心配しているか、少しは分かってください」

お砂は黙り込み、身をますます縮ませる。その小さな背中を見ているうちに、お葉の目に涙が滲《にじ》んでくる。お葉は泣くことを堪《こら》えながら、お砂を抱え、道庵の背中に乗せた。お砂は静かになったが、息遣いが荒く、汗が止まらない。

道庵はお砂を負ぶって、地を踏み締めながら、診療所へと戻っていく。お葉も後ろからお砂の背中に手を添え、支えていた。

戻ると、道庵はお砂に、茵蔯蒿湯《いんちんこうとう》のほか、酸棗仁湯《さんそうにんとう》も飲ませた。酸棗仁、茯苓《ぶくりょう》、知母《ちも》など五つの生薬を併せて作るこの薬は、心身を安定させ、不眠の解消にも効き目を現す。躰《からだ》が弱っている虚証の患者に用いられ、お砂には適していると思われた。ちなみに酸棗仁とは核太棗《さねぶとなつめ》の種子であり、知母とは花菅《はなすげ》の根茎である。

薬を飲んで暫《しばら》くするとお砂は落ち着き、寝息を立て始めた。

お葉は道庵と養生部屋を出て、廊下で大きく息をついた。お砂を連れ戻すことができてひとまず安堵《あんど》したが、同時に、言い知れぬ不安が込み上げる。道庵がお葉の肩に手を置いた。

「ご苦労だった。これから日中も、裏口には錠を下ろしておくことにしよう。……だが、そろそろ動けなくなってくるかもしれねえが」

お葉は目を見開いた。

「お砂さん、それほど弱ってきているのですか」

「うむ。一度、源信にも診てもらったほうがいいかもしれねえな。あいつも忙しいみてえだが。とにかく、最善を尽くそうぜ」

「はい」

お葉は道庵を見つめ、頷《うなず》いた。


お砂は眠り続け、翌朝にようやく目を覚ました。お葉は朝餉《あさげ》を運び、声をかけた。

「お腹が空《す》きましたでしょう」

お砂は何も答えず、虚《うつ》ろな目で膳を見て、また目を閉じる。お葉は雨戸を開け、朝の日差しを取り入れた。冷えるが、青空が広がっている。部屋の隅に置いた火鉢に、火を熾《おこ》した炭を入れて、再び声をかけた。

「ゆっくりお召し上がりください。また後ほど参ります」

襖《ふすま》を静かに閉め、養生部屋を離れた。

朝餉を片付けにいくと、お砂は粥《かゆ》を僅《わず》かに食べてはいたが、殆《ほとん》ど残していた。お葉は廊下に出ると小さな溜息《ためいき》をついた。

――お粥は苦手なようね。お饂飩《うどん》はどうかしら。先生に相談してみよう。

考えを巡らせながら、膳を台所へと持っていった。


昨日の今日なので、道庵とお葉は、お砂にいっそう気をつけていた。思い余って妙な行動を起こさぬよう、患者たちを診ながらも、こまめに様子を窺《うかが》う。

午後《ひるご》、お葉が薬を煎《せん》じて運ぼうとしたところ、中から、お砂の呻くような声が聞こえた。

「失礼します」

慌てて中に入り、お葉は目を見開いた。お砂が激しく嘔吐《おうと》していたのだ。吐瀉物《としゃぶつ》がお砂の寝間着と布団を汚してしまっている。

お葉は部屋に置いてある簞笥《たんす》の中から手ぬぐいを取り出し、急いでお砂に駆け寄った。

「大丈夫ですか」

お葉は手ぬぐいをお砂に渡す。溢《あふ》れる吐瀉物が、お葉の手にかかった。しかしお葉は動じることなく、別の手ぬぐいで手を拭《ぬぐ》うと、お砂の背中をさすった。

「全部、吐き出してください。そうすれば、すっきりしますよ」

お砂は身を震わせながら嘔吐する。お葉はお砂の背中をさすり続ける。異変を感じたのだろう、道庵が部屋に入ってきて、顔を強張らせた。道庵は急いで窓を開け、火鉢を外へと出した。饐《す》えた匂いが部屋に充満するのを防ぐためだろう。

道庵がお葉を見つめる。お葉は、目配《めくば》せをした。ここは任せてください、というように。道庵は小さく頷き、部屋を出ていった。

お砂の嘔吐が収まると、お葉は手ぬぐいで、お砂の寝間着についた吐瀉物を拭った。

「取り替えますので、少しお待ちくださいね」

それから布団を拭うも、こちらも取り替えなければならなかった。

激しい嘔吐の衝撃で、お砂は糸が切れてしまったように、茫然《ぼうぜん》としている。

お葉は自分の手や小袖《こそで》が汚れるのも構わずに、吐瀉物を清め、お砂を着替えさせた。

廊下から道庵の声がした。

「新しい布団、ここに置いておく」

「ありがとうございます」

お葉は中から返事をする。

布団を取り替え、お砂を寝かせると、お葉は微笑んだ。

「ゆっくりなさってください。お薬をお飲みになるのは、もう少し経ってからでも構いませんので」

お砂は何も答えず、天井を見上げる。お葉は、窓を少し閉めた。この養生部屋からも、首を伸ばせば裏庭の草木が見える。

お砂が、掠《かす》れた声で、ぽつりと言った。

「ごめんね」

お葉は振り返った。お砂は天井を見つめたまま、続けて言った。

「あんなに吐いちまってさ。片付けるの、気持ち悪かっただろう」

お葉は笑みを浮かべて首を振った。

「そんなこと、まったくありません。お砂さん、すっきりなさったみたいで、よかったです。それに、謝らないでください。誰だって具合が悪い時は、吐いてしまうこともありますもの。だから、何も気にせず、吐き出してしまってくださいね」

「……そうかい」

天井を見つめたまま、お砂の目から、涙がつつっとこぼれた。お葉はそれを見ぬふりで、手ぬぐいを何枚かお砂の傍らに置き、汚れた布団と寝間着と手ぬぐいを抱えて部屋を出た。

それらを取り敢《あ》えず裏口の土間に運ぼうとして、道庵に声をかけられた。

「お葉、大丈夫か」

お葉は首を縦に振った。

「お父つぁんとおっ母さんの看病をしていた時も、嘔吐した後はいつも清めていましたから。慣れています」

「だが、家族と赤の他人ってのは、違うだろう。きつくねえか」

お葉は道庵を見つめた。

「違わないと言えば、嘘になりますでしょう。……でも、一番きついのは、嘔吐している本人なのだと思います。それを片付ける者ではなくて」

道庵がお葉を見つめ返す。お葉は真摯《しんし》な面持ちで続けた。

「堪《こら》え切れずに吐いている時って、苦しみや羞恥《しゅうち》が入り混じって、自分でも混乱に陥っていると思うのです。心身ともに衰弱しているということ。その痛みは、片付ける者の比ではないのではないでしょうか。……だから、私のことはお気遣いありませんよう。お砂さんが吐いた時は、きちんと清めますので」

道庵は頷き、お葉の肩に手を置く。

「お葉。お前、本気だな」

お葉は微《かす》かな笑みを浮かべ、小さく頷く。道庵は続けて言った。

「俺の仕事を手伝ってもらって、お前には本当に感謝してるぜ」

「そんな。……私こそ、お手伝いさせていただけて、感謝の言葉もありません」

お葉は道庵と微笑み合う。道庵も一緒に布団などを裏の土間に運び、それから、お葉は小袖を着替えた。その間に道庵が急いでお繁を呼びにいき、洗濯を手伝ってもらった。

五

お砂はだいぶおとなしくなり、躰《からだ》を治すためには滋養を摂らなければいけないと自覚したのか、お葉が出したものを食べるようにはなった。だが吐き気が続き、お砂の願いで、枕元に小さな盥《たらい》を置くようにした。しかし、どうしても寝間着や布団を吐瀉物で汚してしまうことがあり、その度にお葉は丁寧に清めた。

師走《しわす》も半ば近くになり、いっそう冷え込む頃でも、裏庭の草木たちは健やかだった。その元気を分けてあげたくて、お葉は道庵の許しを得て牡丹《ぼたん》の花を摘み、花器に挿して養生部屋へと運んだ。

薄紅色と白色の牡丹を眺め、お砂は目を細めた。

「綺麗《きれい》だねえ」

「裏庭に咲いているんです。牡丹の根からも生薬が採れるんですよ。お砂さんがお飲みになっているお薬にも入っています」

「へえ、そうなんだ。こんな綺麗な花に、そんな力もあるんだね」

「私も初めて知った時、驚きました」

お葉はお砂と笑みを交わす。必死で看病するお葉を見ていて、思うことがあったのだろう、お砂の態度も変わってきていた。

「眺めているだけで、元気が出そうだよ」

「嬉《うれ》しいです。これからいつも、飾るようにしますね」

お葉が約束すると、お砂は顔をほころばせた。

「若い頃には、牡丹の花みたいな女、なんて言われたこともあったよ」

「お砂さん、華やかでいらっしゃったのですね」

お砂は布団の中で、ふふ、と笑う。そして、不意に訊《たず》ねた。

「あんたはどうして、道庵先生を手伝うようになったんだろう。医術の仕事を志して、弟子入りしたのかい」

お葉はお砂を見つめ、首を横に振った。

「いえ。そういう訳ではありません。……私が川に身投げしたところ、先生に助けていただいたのです」

お砂が目を見開く。お葉は自分の身の上を、お砂に話した。お砂の息子の話を聞いていたので、身投げという言葉で、辛《つら》いことをお砂に思い出させてしまうのではないかという危惧《きぐ》はあったが、どうしてかお葉は正直なことをお砂に伝えたかった。

それはきっと、心のどこかに、苦しい思いをしているのはお砂だけではないと言いたい気持ちがあったからだろう。

お砂は黙ってお葉の話を聞き、ぽつりと言った。

「あんたみたいなおぼこ娘にも、そんなことがあったんだね。だから、それほど熱心に、人の世話をできるのかな。よい心がけだよ」

「お砂さんに初めて褒めていただきました。嬉しいです」

お葉が素直に喜ぶと、お砂は笑みを漏らした。

「私のこと、意地悪婆さんだと思っていたんだろう」

「そんな！　……些《いささ》か、口煩《くちうるさ》くていらっしゃるとは思っておりましたが」

お葉の正直な答えに、お砂は苦笑いだ。

「じゃあ、先生を手伝うようになって、まだ一年半も経っていないってことか。ならば、先生の来し方だって詳しくは知らないよね」

「お繁さんに聞いて、少しは知っていますが」

お葉はお砂と目と目を見交わす。お砂はゆっくりと口を開いた。

「あんたが正直なことを話してくれたお礼に、私も、あんたが知らなそうなことを教えてあげるよ。道庵先生が、どうして出世の道を閉ざされてしまい、町医者に甘んじなければならなくなったか、その訳をね」

お葉は思わず姿勢を正す。お砂は語り始めた。

お砂の亭主だった三治郎を、道庵に診てもらっていた二十五年前のことだ。

「その頃、先生は、お内儀《かみ》さんと娘さんと、幸せに暮らしていたんだ。長崎から帰ってきて、七年ぐらい経っていたみたいで、その頃から腕利きの医者として評判だったよ。それゆえに、足を引っ張ろうとする者も多かったようだけれどね」

その話は、お繁や源信から聞いて、お葉も知っていた。長崎に留学していたのは齢《よわい》二十四から二十六までであったことも、道庵から直《じか》に聞いていた。

「お内儀さんだったお由さんとは、長崎から帰ってきた後で、知り合ったようだね。お由さんのお父つぁんを診たことがきっかけだったらしい。お由さんは、もともとは武家の娘だったんだよ。ところがお父つぁんは、何かの訳あって浪人になってしまって、その頃はおっ母さんも一緒に親子三人でこの近くの長屋に住んでいたようだ。手習い所を開いていたお父つぁんは、助かる見込みのない病に冒されていたんだって。そのお父つぁんを、道庵先生は最期まできっちり看病したらしい。このことは、先生自らが話してくれたんだ。……先生は、遺《のこ》されたお由さんとおっ母さんのことが気懸かりだったらしい。特にお由さんは、七つの時に罹《かか》った病の後遺症で、耳が殆《ほとん》ど聞こえなかったからね」

お葉は目を見開いた。お由の耳に障りがあったことを、今の今まで少しも知らなかったからだ。言葉を失ってしまったお葉を、お砂は見つめた。

「七つまで聞こえていたから、お由さんは話せないという訳ではなかったけれど、物静かな人だったね。可憐《かれん》で優しくて、先生に嫁いでからは、あんたみたいに患者の世話もしていたよ。先生とはよく筆談していたね。賢くて、字がとても綺麗な人だったんだ。嫁ぐ前は、お父つぁんが開いていた手習い所で、近所の子供たちに習字を教えていたんだって」

「そうだったのですか……」

　お葉は声を絞り出し、唇を軽く噛《か》んだ。

「耳が不自由なのは気の毒だったけれど、先生は騒がしい女は苦手だろう？　だから、お由さんみたいな女のほうが、却《かえ》ってよかったんじゃないかな。本当に仲がよかったよ。夫婦《めおと》になってすぐ、子供にも恵まれた。お由さんのおっ母さんは、お小夜ちゃんが生まれるのを見届けた後で、安堵《あんど》したように息を引き取ったそうだ」

　お葉の胸に複雑な思いが込み上げ、指でそっと目元を拭《ぬぐ》った。いつか裏庭の納屋で見た、道庵がお由とお小夜を描いた絵を思い出す。母娘《おやこ》とも、とても美しく優しい面立ちだった。お由との馴《な》れ初めを聞き、道庵に対して、頭が上がらぬような思いがまた一つ増えていく。

　お砂が声音を少し変えた。

「幸せに暮らしていた道庵先生たちだったけれど、思いも寄らぬことが起きたんだ。……ある医者がお由さんに懸想してね、道庵先生を脅かし始めたんだよ。お由さんと離縁して妾《めかけ》として自分に差し出さなければ、道庵先生の診療所は失敗が多くて患者をよく死なせていると、得意先の武家や町の者たちに言いふらしてやる〟とね」

お葉は目を上げ、面持ちを強張《こわば》らせた。膝《ひざ》の上で組んだ両手が、微《かす》かに震える。お砂は続けた。

「おとなしく従わなければ、医者としての行く末がなくなるとまで脅かしてね。その医者というのは、その頃、道庵先生を敵視していた、町医者の筆頭格だった。しかも、御典医になろうとしていた男だったんだよ。相手が悪かったんだ」

お葉は声を微かに震わせた。

「それで道庵先生はもちろんそれを断ったがために、出世の道が閉ざされたと？」

「そのようだね。先生は江戸で仕事ができなくなったら、別の場所に移ろうと思っていたみたいだ。どこかの村で、小さな診療所を開こうとね。だから、そんな医者の脅かしも、たいして怖くはなかったんじゃないかな。道庵先生、その医者にはっきり言ったそうだよ。お由に何かをしようとしたら、ただじゃおかない、阿呆《あほう》な噂を流したいなら勝手に流せ、とね」

くだらぬ脅かしなどに屈しない、道庵の信念が伝わってきて、お葉の胸に熱いものが込み上げる。お砂は続けた。

「どうしてこんな話を私が知っているかというと、その医者が道庵先生に話をつけにきた時、ちょうど私の亭主がこの養生部屋に留《とど》まっていたからなんだ。診療所を仕舞った後で、なにやらひそひそと声が聞こえてきて、不穏な気配を感じたんで、廊下に出て耳を澄ましていたらしい。それで二人の話が聞こえたって訳さ。その医者の名前は、亭主も知っていたんだって。岡っ引きだったから、悪い噂のある医者の話も聞こえていたみたいだ」

お葉は眉根《まゆね》を寄せた。

「それほど悪い医者だったのですね」

「表向きは優秀だけれど、裏では悪人ってことだろうね。武士にあからさまに媚《こ》びを売って、町人を蔑《ないがし》ろにするなんて当たり前。町人など、陰では嘲笑《あざわら》っていたというよ。自分だって町人の出のくせにね。賄賂《わいろ》は茶飯事、女好きで妾を取っ替え引っ替えしていたそうだ」

お葉は膝の上で手を組み直し、唇を嚙む。そのような男に、道庵が目をつけられて陥れられたことが、許せなかった。

お砂は息をついた。

「道庵先生がはっきり断り、凄《すご》みを見せたんで、その医者はそれからお由さんには一切近づかなくなったようだ。でも、町医者の筆頭格で、悪い噂だって、金と権力でいくらでも揉《も》み消せる立場だったからね。それから少しして御目見医師になったみたいで、その医者の言うことを聞かなかった道庵先生は、そこで完全に出世の道を閉ざされてしまったって訳さ。道庵先生だって、その頃は、御典医候補だったのにね。この江戸で廃業にまで追い込まれなかったから、まだよかったのかな。細々とでも町医者を続けることができているんだものね」

「莫迦《ばか》げた噂は流されたのでしょうか」

お砂はお葉を見つめ、微かな笑みを浮かべた。

「流されたみたいだよ。でも、そこが道庵先生の凄いところだろうけれど……武家はともかく、町の人たちはさほど噂を信用しなかったんだ。だって、失敗が多いなんて、嘘なんだもの。嘘をいくら流したって、真実には勝てなくて、嘘ってばれるのがオチさ。そりゃあ流された時には、少しは患者が減っただろうけれど、また戻ってきたんじゃないかな。そんなことがあったから、先生はいっそう患者さんを大切にするようになったんだと思うよ。自分を信じてくれた、ってね」

お葉はお砂の話を聞きながら、啜《すす》り泣いた。涙を流さないようにしようとしても、駄目だった。

――先生が、それほどまでに過酷な思いをしていらしたなんて。お内儀様を引き合いに、そんな卑怯《ひきょう》な脅しを受け、どれほど傷つかれたことか。

道庵は強気でいたようだが、内心は甚《いた》く複雑であっただろうと、お葉には分かる。腹立たしさとともに、道庵と患者たちの絆《きずな》も窺《うかが》い知れ、心がぎゅっと摑《つか》まれるような、息苦しさが込み上げた。お砂はお葉を眺め、謝った。

「泣かせちゃって悪かったね。私さ、先生のことを損な性分だとか、不器用だとか、憎まれ口叩《たた》いたけれどさ。心の中では、思っていたんだ。道庵先生みたいな人を、本当の医者って言うんだろう、って。金も名誉も関係なく、私みたいな婆さんでも、ひたすら患者を救ってさ。……あんた、助けてもらったのが道庵先生でよかったよ。先生をしっかり手伝ってあげなね。あんたに手伝ってもらっていること、先生の救いにもなっていると思うよ」

お葉は袂《たもと》で涙を拭いながら、ようやく声を出した。

「はい」

お葉の答えに、お砂は満足げに頷《うなず》く。お葉はゆっくりと口を開き、気に懸かったことを訊《たず》ねてみた。

「あの……その御典医になった医者の名前までは、ご存じありませんか」

お砂は目を少し泳がせ、答えた。

「確か……最上とかいう医者じゃなかったかな。赤坂のほうに、凄い邸を構えていると聞いたことがあったね。代々、医者の家系のようだ」

お葉は息を呑《の》み、声を微かに震わせた。

「最上総伯、でしょうか」

「ああ、そうだ。確か、そういう名だった。あんたも知っているのかい？」

お葉は、言葉を濁し、口を閉ざした。夕暮れが近づき、烏の啼《な》き声が聞こえてくる。目の前が徐々に薄暗くなっていくような、空気の重みを、お葉は感じていた。


その夜、お葉はなかなか眠れず、医心帖《いしんちょう》を開いたまま、ずっと文机《ふづくえ》の前に座っていた。道庵の来し方を知れたことは嬉《うれ》しかったが、頭を殴られたような衝撃をも感じた。

——先生は、最上総伯とのことがあったのに、その息子の総一郎さんを助けてあげたというの。仕事のお世話までしてあげて。

あの後、お繁も交えて、総一郎の様子を見に志乃の店に行ったことがあった。その時も道庵は、とても優しい眼差《まなざ》しで、総一郎を見守っていた。

——先生は総一郎さんのことを、いつもそのような目で見てらしたわ。……それはきっと、総伯を嫌う総一郎さんの気持ちが分かっていたからなのでは。同じく、総伯に嫌な目に遭わされた者として、総一郎さんに共感なさったのかもしれない。だから先生は、憎き総伯の息子だというのに、総一郎さんにあれほど親身になられたのだわ。

お葉の心が震える。医者って汚ねえなあと総一郎が吐き捨てた時、道庵はどのような思いだったのだろう。

堪《たま》らずに立ち上がり、窓を開けた。冬の夜空は澄んでいて、星々が青白く輝いている。溢《あふ》れる涙を拭《ぬぐ》うこともせず、お葉は空にいる両親に向かって語りかけた。

——お父つぁん、おっ母さん、どうすれば先生のような人になれるのかしら。先生はどこまで懐が深くて、強く、優しい方なのでしょう。

自分も奉公先で辛《つら》い目に遭ったが、道庵の苦しみはそれ以上のものだったのではないだろうか。それなのに道庵は、悲しみを見せることなく、患者に真摯《しんし》に向かい合っている。お葉はいっそう頭が下がる思いだった。

道庵やお砂に気づかれぬよう、声を押し殺して泣く。道庵のことを知れば知るほど、敬意が増していく。悲しみや苦悩の果てに、我が道を見出《みいだ》した道庵は、お葉の憧憬《しょうけい》だった。

降る星々の間から、亡き両親の励ましが聞こえてくるようだ。

涙が乾いてくると、お葉は窓を閉め、再び文机の前に腰を下ろした。そして筆を執り、医心帖に書き留めた。

《お砂さんがおっしゃっていた。道庵先生みたいな人を、本当の医者と言うのだろう、と。私もそう思う。だから先生は、町の皆にしたわれるのだ。しんらいされるのだ。先生みたいには決してなれないだろう。でも、少しでも先生に近づきたい。先生と同じ道を、先生を追いかけながら、歩んでいくことができたなら。これほど幸せなことがあるのだろうか》

筆を置き、息をつく。行灯《あんどん》の明かりの中、お葉は自分が書いたことを、幾度も読み直す。お葉の胸には、様々な思いが去来していた。

六

お葉は道庵の来し方をまた新たに知り、心を揺らしつつも、努めて平静を装っていた。

道庵の使いで薬種問屋の梅光堂へ赴いた帰り、お葉は何かに背中を押されるように、浜町川が流れる東のほうへと向かって歩き始めた。雪が降りそうな寒い日、半《はん》纏《てん》の袂には温石《おんじゃく》を忍ばせていた。

源信の診療所は、浜町川に架かる栄橋《さかえばし》の近くにある。お葉はそこを訪ねてみるつもりだった。道庵について知り得たことで混乱し、胸が苦しいので、どうしても話を聞いてほしかったのだ。

またお葉は源信に、医者の世界はそのように汚いことが本当にあるのか、訊ねてみたかった。

源信の診療所は、道庵のそれよりも遥《はる》かに立派な構えだ。端女《はしため》が出てきて、挨拶《あいさつ》をした。以前にも源信に仕事を頼みにきたことがあるので、端女もお葉のことは知っていた。お連《れん》といい、お繁より少し若く、齢《よわい》五十だ。お連は源信の身の周りの世話だけでなく、お葉のように、医術の手伝いもしている。

お葉はお連に訊ねた。

「少しお話ししたいことがあるのですが、先生、お忙しいでしょうか」

「いえ。今は奥で昼餉《ひるげ》を召し上がっています。お昼がまだでしたら、お葉さんもご一緒に如何《いかが》ですか。ご用意いたします」

お葉は顔の前で手を振った。

「そこまではどうぞお気遣いございませんよう。すぐに帰りますので」

「さようですか。とにかく、お上がりになってくださいまし」

お連に促され、お葉は中に入った。

奥の部屋で、源信は湯気の立つ花巻蕎麦《そば》を手繰っていた。蕎麦は源信の好物である。

お葉は遠慮したが、源信はお連に蕎麦をお葉の分も持ってくるように頼んだ。

お連はすぐに運んできて、お葉は恐縮しつつ、海苔《のり》がたっぷり振りかけられた花巻蕎麦に箸《はし》を伸ばした。ゆっくりと手繰りながら、道庵について知ったことを源信に話した。源信の面持ちは強張《こわば》っていき、お葉が話し終えると大きな溜息《ためいき》をついた。

「それは今の今まで、俺も知らなかった。そんなことがあったのか。それで先生は、その医者の恨みを買って、出世の道が完全に閉ざされてしまったんだな」

「そのようです。……それで、なにやら遣《や》り切れなくて。自分だけの胸に留めておくのが苦しくて、こうして源信先生に聞いていただいたのです」

「うむ。その気持ちは分かる。俺も話を聞いて、なんだか悩んでしまった。……しかし先生は、本当に損な役回りだな。なまじっか医術に優れているから、特に若い頃は敵視され、一方的に恨まれてしまっていたのだろう」

お葉は箸を置き、源信を見つめた。

「先生のほかにも、道庵先生のことを損しているという人は確かにいますが、私はそうは思いません。御典医に出世してお金を儲《もう》けることを得といいますならば、そうなのかもしれません。でも、出世してお金持ちになることを別に得だとも思わないのであれば、道庵先生は別に損をしている訳でもなく、充分にお幸せでいらっしゃいます。多くの患者さんたちに慕われて、ご自身が打ち込めるお仕事をなさって」

お葉の声が微《かす》かに震える。源信は黙ってお茶を啜《すす》る。お葉は唇を少し嚙《か》み、話を続けた。

「私は、人を蹴《け》落《お》としてまで出世しようとする人を、別に偉いとも得だとも思いません。……それに私は、亡き両親のもとで質素に育って、奉公先ではあまりものみたいなご飯しか食べさせてもらえなくて。だからお金をたくさん持つことの意義だとか、贅沢《ぜいたく》ということが、よく分からないんです。こんな私は、今の暮らしで、もう充分過ぎるほどです。これ以上のことを望んだら罰が当たるのではないかと、思っています。先生はお医者のお仕事ができなくなった訳ではありません し、お米やお野菜を持ってきてくれる患者さんもいます。お菓子の差し入れだって、よくあります。先生が私と同じようなお考えならば、絶対にご自分のことを損だとは思っていらっしゃらないでしょう」

　源信は腕を組み、お葉を見つめた。

「うむ。俺が弟子入りしていた頃は既に、道庵先生もお葉ちゃんのような考え方だった。だから先生とお葉ちゃんは気が合ってるんだろう。根本的な考え方が似ているんだよ。弟子の頃から、先生はどうして出世や名誉や金に対する欲がないのだろうって不思議に思っていたが、今、話を聞いてよく分かった。お内儀《かみ》さんまで巻き込もうとするなど、そんな卑劣な遣り口を目の当たりにしたら、出世や金の欲に取り憑《つ》かれた者たちに嫌悪を抱いてしまうよな」

　お葉は目元を指でそっと拭い、頷《うなず》いた。

「先生がお医者を辞めないでいてくれたことに感謝します。ひたすら患者さんたちを救うために、そのような医者たちとは別の、ご自分の道を進んでいってくださったことに」

　源信は微かな笑みを浮かべた。

「そしてお葉ちゃんも、先生と同じ道を歩み始めている、と」

　お葉は目を伏せ、答えた。

「先生を見失ってしまいませんよう、追いかけていきたいと思います」

「お葉ちゃんにならできるだろう。俺は、先生の道とは、途中で逸《そ》れちまったからな。でもまあ、先生やお葉ちゃんの気持ちも分かる」

源信の言い方がどことなく曖昧《あいまい》なのは、若い彼にはまだ出世や金への野心があるからだろう。お葉とは考え方が違うが、だからといって源信を一概に責めることはできないとは思う。人それぞれ、目指すところは異なるからだ。

源信はお茶を啜り、不意に言った。

「ところで、そのことを教えてくれたという、お砂の病状が気になるな。肝ノ臓が悪いのか」

「はい。先生、お薬を変えたりしているのですが、あまり効いていないようで。もう動けない状態です」

「そうか。俺が一度診てもいいのだが」

お葉は姿勢を正した。

「お願いいたします。先生も、源信先生に診てもらいたいというようなことを、仰《おつしや》っていました」

「分かった。近いうちに行こう」

お葉は笑顔で頷き、冷めてしまった蕎麦を手繰る。源信が再び訊《たず》ねた。

「で、その道庵先生の出世の道を閉ざしたという医者は、いったい誰なんだろう。名前までは知らないか」

お葉は食べる手を止め、躊躇《ためら》いがちに答えた。

「最上総伯という人らしいです。今は御目見医師で、奥医師になると噂されているようですが」

源信の目が見開かれる。彼の面持ちが強張ったことに、お葉は気づいた。

「最上……?」

「はい。先生、その方をご存じですか」

源信は湯呑《ゆの》みを摑《つか》んでお茶を一息に飲み干し、目を泳がせた。お葉は背筋を伸ばし、彼の言葉を待つ。源信はおもむろに口を開いた。

「最上総伯先生は、俺が属している医者の一派の筆頭格だ。お会いしたことは数回しかないが、あの先生がそのようなことを……。本当なのだろうか」

お葉は言葉を失った。源信によると、芝蘭堂で学び直した時に出会った恩師が最上総伯の一派で、その縁で源信もそこに加わったそうだ。御典医を目指すには、そのような一派に属していないと難しいということを、お葉は初めて知った。出世には、いろいろな伝手《つて》やコネが絡んでくるのだろう。

押し黙ってしまったお葉に、源信は言った。

「最上先生は一見穏やかなので、仏の総伯などと呼ばれることもある。しかし、悪い噂も聞こえてこない訳ではない。それゆえ、道庵先生を陥れたというのも、あながち嘘ではないのだろうな」

お葉は思い出した。総伯の息子である総一郎が、医者について、仏の顔をして鬼の心で金や出世の欲を貪《むさぼ》る、と言っていたことを。つまりは父親の総伯のことであったのだ。

お葉は掠《かす》れる声で源信に訊ねた。

「最上総伯がそのような人だと分かっていても、源信先生は、その一派を抜けるということはないのですか」

源信は苦い笑みを浮かべた。

「それはないな。お葉ちゃんみたいな純真な娘から見れば、汚い世界に映るだろうが、それが医者の世というものだ。前にも言ったが、俺は最上家のような、代々の医者の家に生まれた訳ではない。だからこそ伸《の》し上がって、総伯先生の次男のような坊ちゃん医者たちを見返してやりたいんだ。ゆえに俺は一枚上手になって、総伯先生を利用するぐらいになろうと思っている」

「利用……ですか」

「そうだ。俺だって総伯先生みたいな者を、好んでいる訳でも敬っている訳でもない。だが出世するには、総伯先生からお墨付きをもらわなければならない。だからそれを手に入れるまでは、俺は総伯先生の機嫌を取るつもりだ。おべんちゃらだって言うかもしれない。すべて計算尽くでね」

お葉は、源信の端整な顔を見つめる。お葉はこの源信のことが、時々、分からなくなってしまう。野心に満ちた計算高い顔と、春駒に見せていた繊細そうな顔。いったいどちらが、本当の源信なのだろう。

源信は一息つき、声を響かせた。

「俺だっていろいろなものを犠牲にして、ここまでやってきたんだ。できるなら、とことんまで上り詰めてやりたい。名高い医者になってやるんだ」

その犠牲という中には、もちろん春駒との一件も含まれているのだろう。彼女との再会を経て、源信は医者として己の進むべき道を覚悟したようだ。

お葉は背筋を伸ばし、気になったことを、最後に訊ねた。

「ならば……源信先生は、道庵先生とはもうあまり親しくなさらないほうがよろしいのかもしれませんね。道庵先生はかつて最上という医者といざこざを起こしたのですから。源信先生が目をつけられてしまうかもしれません」

するると源信は笑った。

「そこまで考えることはないよ。おたくの診療所にはこっそり行っているので、大丈夫だ。お砂もお忍びで診てあげよう。それに、こう言っては失礼だろうが、総伯先生はもはや道庵先生のことなど気にも留めていないだろうからな。俺が道庵先生と会っていることが分かったとしても、何とも思わぬだろう」

「……さようですか」

お葉は肩を竦《すく》め、溜息《ためいき》をつく。そして、言っておきたいことを口にした。

「ですが、お砂さんは仰っていました。道庵先生みたいな人を本当の医者と言うのだろう、と。私もそう思います」

源信は腕を組みつつお葉を眺め、笑みを浮かべた。

「俺もそう思う。道庵先生こそ本当の医者だろう。だが俺は、道庵先生とはまた別の、本当の医者になるつもりだ」

お葉と源信の眼差《まなざ》しがぶつかる。もやもやとした思いが胸に広がるも、それを抑えて、お葉は返した。

「期待しています」

そろそろ昼の休憩が終わりそうなので、お葉は源信に話を聞いてくれた礼を述べ、診療所へと戻っていった。

お葉は、お繁にも道庵のことを話してみた。総伯とお由の一件についてはお繁も知らなかったらしく、驚き、衝撃を受けたようだった。お由の耳が聞こえなかったことは知っていたが、お葉がお由についてあれこれ訊ねることがなかったので、黙っていたそうだ。お繁は涙を拭《ぬぐ》った。

「道庵先生が偉い医者を怒らせてしまって、出世できなくなったとは、噂で聞いてはいたんだよ。……そんなことがあったなんてね」

お葉は自分の正直な気持ちを話した。最上のような医者が偉いなどと、微塵《みじん》も思わないと。お繁は洟《はな》を啜《すす》って頷《うなず》いた。

「私だってお葉と同じ思いだ。道庵先生とそんな医者、比べるにも値しないよ。……お葉、私たちでこれからも先生を支えていって差し上げよう。少しでも仕事がしやすくなるようにね」

「はい。お繁さん、よろしくお願いします」

お葉がはっきり答えると、お繁は目を潤ませながら笑みを浮かべた。

七

お葉たちの熱心な治療にもかかわらず、お砂は日に日に具合が悪くなっていった。

ある時、道庵がぽつりと言った。

「お砂だが、肝ノ臓に腫物《はれもの》（癌）ができているみてえだ。おそらく、ここに来る前からできていて、それが大きくなってしまったようだ。……もう、ちょっと無理かもしれねえ」

お葉は返す言葉が見つからず、うつむいた。肝ノ臓の腫物は静かに進行し、気づいた時には既に手後れになっていることが多い。初期の腫物ならば薬で治すこともできるが、進行したものを治すのは難しい。華岡青洲が乳癌の手術をした例もあるが、手術をしたところで助かるとは限らない。お砂のように体力の落ちている年老いた者ならば、なおさらだった。

助かる見込みはないのではないかと、お葉も薄《うつす》らと気づいていたのだ。それでも道庵の口からはっきり聞くと、心は千々に乱れた。

お葉は冷静さを失い、道庵に強い口調で返した。

「そんなの嫌です！　せっかくお砂さんと仲よくなれてきたのに」

お葉は、両親を喪《うしな》ったこと、そして祖父母を喪ったことも思い出した。祖父母を亡くした時は幼かったのでぼんやりとした記憶しかないが、とても悲しくて、無性に怖かったことを覚えている。

自分が大切にしている人が、自分の傍から消えてしまうという寂しさが蘇《よみがえ》り、激しい痛みとなってお葉を襲う。お葉は道庵に懇願した。

「どうにか治すことはできないのですか？　そうだ、源信先生に手術をしていただきましょう。源信先生ができないのならば、ほかのお医者を紹介してもらうのはどうですか」

だが道庵は首を横に振った。

「いや。あれほど躰《からだ》が弱っているのに手術をしたりしたら、却《かえ》って危ねえ。源信もそう言うだろう。ほかの医者もな」

お葉は道庵に食ってかかった。

「だって先生、お砂さんが快復なさったら一緒にお祝いのお酒を吞《の》むって、約束なさったではありませんか。お砂さんだって、それを楽しみに……」

目に涙が滲《にじ》み、お葉は唇を嚙《か》み締める。道庵はお葉の肩を摑《つか》んだ。

「お葉、落ち着け。お砂がここに来た時には……おそらく既に手後れだったんだ。悲しいことだが、俺たちがどんなに手を尽くしても、救える命と、救えない命ってのはあるんだ。そりゃ俺だって、すべての命を救いてえ。でも、医者は神じゃねえからな。それはできねえんだ」

道庵の真摯《しんし》な目を見つめながら、お葉は、はっとした。道庵だって妻子を喪っているのだ。人の死に接して、強い痛みを思い出し、深い悲しみを感じるのは、自分だけではなく道庵だってきっと同じなのだ。ただ道庵は、医者として、動じないように努めているのだろう。

道庵はお葉に言い聞かせた。

「この仕事を続けていれば、これから先、人の死に直面することは何度もある。お前は特に心が細やかだから、その度に傷つくかもしれんが、乗り越えなくてはな。俺だって、そうしてきたんだ。お葉、そういう時はな、せめて安らかに眠りについてもらえるよう、最期まで最善を尽くすんだ。俺もそうするから、お前もそうしてくれるか」

道庵が自分を見る目はとても優しい。お葉は掠《かす》れる声で答えた。

「はい……最善を尽くします」

お葉の目から涙がこぼれる。道庵に肩を摑まれたまま、お葉は嗚咽《おえつ》した。

——お砂さんには、最期の日々を、心安らかに、できれば笑顔で過ごしてほしい。躰の痛みなどで、それどころではないかもしれないけれど、なるべく穏やかな気分でいてほしい。

切に思いつつ、お葉は薄らと期待した。

——そのようにして過ごしていれば、もしかしたら何かの奇跡が起きて、治るかもしれない。

お葉は本気で奇跡を起こしたいと考え始め、それを叶《かな》えるべく手当てをいっそう努めようと、心に誓うのだった。

お葉は奇跡に希《のぞ》みをかけ、精一杯、お砂を手当てした。治療の甲斐《かい》あって骨折のほうは副木《そえぎ》が取れるところまできたが、衰弱して動けなくなってしまった。

お葉はお砂に薬と食事を運び、躰を拭《ふ》き、襁褓《むつき》を取り替え、嘔吐《おうと》をすると丁寧に清めた。

雪が降り、裏庭が一面真白になった日、お葉は牡丹《ぼたん》を生け替え、お砂の部屋に飾った。お砂は目を細めて、真紅のそれを眺める。お葉は昼餉《ひるげ》の膳《ぜん》も出した。お砂は固形のものは食べられなくなっているので、汁物のみだが、それでも何も口にしないよりはよい。白雪羹《はくせっこう》という落雁《らくがん》に似た菓子を湯に溶かしたものなど、いろいろ試してみたが、甘いものが苦手で吐き気が激しいお砂が唯一飲めるのは、大豆の煮汁だった。大豆の煮汁には滋養が含まれているので、お葉はそれをせっせと作り、お砂に飲ませていた。

お砂には味噌汁《みそしる》よりも飲みやすいようで、椀《わん》一杯を、ゆっくりと味わった。

「温まるよ。今日はなんだか一際《ひときわ》冷えるからね」

「雪が降っていますから」

「そうなんだ。どおりでね」

お葉はお砂に微笑んだ

「御覧になってみますか」

「え……」

お葉は立ち上がり、窓を少し開いた。微《かす》かな音を立てて、粉雪が舞っている。お砂が呟《つぶや》いた。

「綺麗《きれい》だねえ」

お葉はもっと見せてあげたかったが、お砂が風邪を引くのが心配で、すぐに窓を閉めた。お砂は、大豆の煮汁を啜《すす》りながら、言った。

「雪景色か。あと何回見られるんだろう」

お葉は胸を揺らしつつ、笑みを作った。

「何度だってご覧になれますよ。それにはお元気になっていただかないと。お砂さん、このところお食事もお薬もしっかり取ってくださっているので、頼もしいです。そうだ、ここを出られたら、皆で梅を見に参りましょう。その時に、先生とお祝いのお酒をお呑みになってください」

語りかけるお葉に、お砂は笑顔で小さく頷《うなず》く。そして牡丹に目をやり、不意に言った。

「あんたさ、酷《ひど》い虐《いじ》めに遭って、自害しようとして助かったって言っていたよね。それはきっとさ、神様があんたを生きさせたんだよ。あんたには、この世で、まだやるべきことがあったから」

お葉はお砂を見つめる。今日のお砂は、やけに言葉がはっきりとしていた。

「それが、道庵先生を手伝って、多くの患者たちを手当てしてあげるってことだったのさ。あんたが今ここにいるのも、神様のおはからいだ。あんたが親身になって手当てできるって分かっていたから、神様は惜しいと思って、あんたを死なせなかったのさ。……だから、自分がこの世ですべきことを精一杯して、道庵先生を助けてやりなね。それが、あんたが生き延びたことの意味だ」

お砂はとても穏やかな顔をしていて、お葉は目頭が熱くなる。でも涙は見せてはいけないと思い、必死で堪《こら》えて、微笑んだ。

「はい。ありがとうございます。お砂さんからいただいたお言葉を胸に留め、精進いたします」

お砂は満足げに頷いた。

それからお葉はお砂の髪を梳《す》き、寝るのに邪魔にならないように、工夫して纏《まと》めた。お砂は、初めは髪に触られることを嫌がっていたが、今では心地よさそうに目を細めている。

――おっ母さんの看病をしている時も、たまにこうして髪を整えてあげていたっけ。おっ母さんも喜んでくれたな。

女人とは、病の時でも、身だしなみを整えると気分が上がるものなのだろう。お砂はお葉に笑顔で礼を言った。

年末も近づいた頃の夜、源信が診療所を訪れた。

道庵からお砂の具合を聞き、実際にお砂を診て、源信も、やはり肝ノ臓に腫物《はれもの》ができているのではないかと言った。肝ノ臓の腫物は静かに進行するのが特徴で、進んでいる場合だと、手の施しようがなくなる。

覚悟しておいたほうがよいということになり、お葉は胸が激しく痛んだ。

帰り際、源信は道庵に訊《たず》ねた。

「俺、これからもここに来ていいかな」

道庵は淡々と答えた。

「お前に障りがねえようなら、俺は別に構わねえよ。しつこく来られては迷惑だがな」

源信は唇を尖《とが》らせた。

「相変わらず可愛くねえな」

「俺の歳で、可愛いもへったくれもねえよ」

「可愛い爺《じい》さんだっているぜ」

「じゃあそれを目指してみるか」

道庵は、ふふ、と笑う。源信は真顔になり、言った。

「俺、決めたんだ。必ず出世して、いろんなことから先生を守ってやる、ってね。だから先生、安心して長生きしてくれよ」

道庵は眼鏡を外して眉間《みけん》を揉《も》みながら、苦笑した。

「莫迦《ばか》言え」

だが道庵は、少し嬉《うれ》しそうだった。

お葉はお砂を親身に手当てし続けた。だが、お砂は大豆の煮汁を飲むこともできなくなっていった。お葉はそれでも滋養を摂《と》ってほしくて、指でお砂の口を微かに開き、端から煮汁や薬を流し込んだ。

寒い日が続く頃、お葉はお砂の隣に布団を敷き、一緒の部屋で寝ることにした。何かがあった時、すぐに手当てができるからだ。お砂が寒いと言うと、お葉は手で彼女の躰《からだ》をさすった。手に籠《こ》めた力で、お砂を温め、癒《いや》してあげたかった。

お葉は奇跡が起きることを、まだ信じていた。お砂の意識が朦朧《もうろう》としている時でも、努めて朗らかに接し、悲しい顔など見せないようにした。眠る前は必ず祈りを捧《ささ》げた。お砂が絶対に治るように、と。

大晦日の前日、お砂が昏睡《こんすい》し始めた。

「今夜が山だろう」

道庵の言葉に、お葉は胸を震わせる。お繁も手伝いにきて、三人は寝ずでお砂を看《み》た。

お葉は、お砂の枕元に、薄紅色の牡丹を花器に挿して置いていた。お砂は牡丹を、いつも目を細めて眺めていたからだ。お葉は、お砂に少しでも和んでほしかった。

しんしんと冷える夜、お砂が不意に手を動かした。ゆっくりと、お葉の膝《ひざ》のほうへと伸びてくる。お葉はお砂の細った手を、両手で握り締めた。

「お砂さん、お元気になったら、一緒にお花を見にいきましょう。牡丹でも、梅でも、桜でも」

思わず声をかける。手をさすっていると、お砂がゆっくりと目を開いた。

お葉だけでなく、道庵とお繁も身を乗り出し、お砂を見つめる。お砂は微かな声で、でもはっきりと、お葉に語りかけた。

「道庵先生を手伝ってあげるんだよ」

「はい」

お葉は大きく頷いた。堪え切れず、涙がこぼれる。お砂はお葉を見つめたまま、静かな笑みを浮かべた。

「いろんなことがあったけど、最期にあんたに会えてよかったよ。……お葉ちゃん、ありがとね」

お砂はお葉の手を弱々しく握り返し、再び目を閉じた。お葉は瞬きもせずにお砂を見つめ、冷たい手をさすり続ける。お砂の手の力が段々となくなってくることを、信じたくはなかった。

お葉は必死で声をかけた。

「お砂さん。私もお砂さんに会えて、嬉しいです。お元気になったら、道庵先生とお繁さんとお酒をお吞《の》みになってください。約束しましたよね。お砂さん……お砂さん！」

お葉は思わず、お砂の名前を叫んだ。

だが、お砂の目が再び開くことはなく、帰らぬ人となった。とても安らかな顔だった。

道庵が臨終を告げると、お葉は泣き崩れた。自分の力では奇跡を起こすことなどできなかったと、深い悲しみに襲われる。

お繁も洟《はな》を啜りながら、お葉の手を握った。

「最期まで看取《みと》ったんだ。よくやったよ。お砂さんは寿命だったんだ。ご冥福《めいふく》を祈ろう」

だがお葉は噎《むせ》び泣いた。

「お砂さんを救えませんでした……。お砂さんの命を……」

大切な命が喪《うしな》われてしまったことが、お葉を苛《さいな》む。道庵がお葉の目を見つめて言

った。

「俺たちは確かに、命を救えなかった。だがな、お葉。お前は、お砂の心を救った

んだ」

凍《い》てつくような夜、お葉は涙に暮れながら、知るのだった。

人の生死に絶えず隣り合っている医療の道の厳しさを、そして、人を救うことの

真の意味を。

道庵が、お砂の手を胸の上で組ませると、お葉はその胸元に、薄紅色の牡丹《ぼたん》の花

をそっと載せた。

終　章

年が明け、松の内も過ぎた頃、町火消しの〈よ組〉で春駒の復帰祝いが開かれ、お葉たちも招かれた。

まだ喪に服す気分だったが、お弓も春駒と一緒に《京鹿子娘道成寺《きょうがのこむすめどうじょうじ》》を踊るというので、お繁と謙之助も誘って観にいった。

お弓は駄々をこね、昨年の師走から春駒に稽古《けいこ》をつけてもらっていたという。習いたてではあるが、早速お披露目と相成った。踊れることが無邪気に嬉しくて、皆にも観てもらいたいのだろう。

指の手術から一月《ひとつき》以上が経ち、春駒はすっかり元気になっていた。麗しい春駒を、お葉は眩《まぶ》しい思いで眺める。踊りの前、春駒は道庵とお葉に改めて礼を述べた。お葉は、梅の切り枝を差し出した。

「源信先生からです。先生は残念なことに、お仕事が忙しくていらっしゃれませんので、預かって参りました。寒い時にも凜《りん》と咲く梅の花が、先生はお好きとのことです」

春駒は白い頬を仄《ほの》かに染め、切り枝を受け取った。

「私がお礼を申していたと、お伝えくださいませ」

「はい。必ずお伝えいたします」

お葉は頷《うなず》く。梅の芳香がふんわり漂い、春駒は漆黒の睫毛《まつげ》を揺らした。


よ組の大きな広間に腰を下ろすと、膳《ぜん》が運ばれた。弁当と、吸い物が載っている。弁当に入っているのは、赤飯、鱈《たら》の塩焼き、玉子焼き、蒟蒻《こんにゃく》と人参《にんじん》と牛蒡《ごぼう》の煮物、竹輪の磯辺揚げ、紅白蒲鉾《かまぼこ》、蓮根《はすね》の甘酢漬け。〈志のぶ〉に頼んだので、総一郎が届けてくれた。酒やお茶も出され、皆で舌鼓を打つ。

「煮物と磯辺揚げは、総一郎さんが作ったそうですよ」

お葉が言うと、道庵は頬を緩めた。

「あいつ、腕を上げたじゃねえか」

「所帯を持って張り切っているんでしょう。お袖さんも子育てで毎日てんやわんやみたいです」

「吾作もすっかり好々爺《こうこうや》だ」

お繁と謙之助も笑顔で相槌《あいづち》を打つ。

よ組の頭が挨拶《あいさつ》に来て、道庵と酒を酌み交わしたところで、踊りが始まった。

《京鹿子娘道成寺》は、いわゆる道成寺伝説を基にしているが、踊りの主題は、娘の恋心である。通しだと些《いささ》か長いので、〈町娘の踊り〉と〈花娘の踊り〉が披露された。

まずは〈町娘の踊り〉で、薄水色の振袖《ふりそで》姿の春駒が登場すると、皆から歓声が上がった。丁寧に化粧を施した春駒は艶《あで》やかなる美しさで、お葉は感嘆の息を漏らす。ほかの芸者たちが奏でる三味線や鼓に合わせ、春駒は踊る。身のこなし、手や首の動かし方は、優美さに溢《あふ》れている。袖を振り回して舞う姿は、まるで蝶《ちょう》のようだ。お葉は見惚《みと》れてしまい、春駒の指のことを思い出したのは、踊りが終わった後だった。まったく気にさせぬほど、春駒の踊りは人を魅了するものであった。

その後の〈花娘の踊り〉では衣裳《いしょう》を変え、お弓も一緒に踊った。二人とも薄桃色の振袖を纏《まと》い、赤い笠《かさ》を被《かぶ》り、手には振り出し笠を持っている。振り出し笠とは、笠を一振りすると、三つの笠が連なって現れる仕掛けで、踊りを華やかに彩る。

お葉たちは、春駒の麗しさ、そしてお弓の愛らしさに目を奪われる。習いたてのお弓が懸命に踊ろうとする姿は、観る者たちを惹《ひ》きつけた。

実之輔とお斎は、はらはらとした様子でお弓を見守っていて、なんとも微笑ましい。

道庵が目を瞠《みは》った。

「お弓ちゃん、なかなか上手だな」

「春駒さんに習って、一月も経っていないそうです。筋がよいのでしょうね」

お葉が答えると、道庵は笑みを浮かべた。

「この調子で健やかになれば、目も治っていくだろう」

お葉は大きく頷いた。

春駒がお弓を巧みに支えて導き、並んで舞う。まさに花々が咲いたような芳しさだ。

二人を眺めながら、お葉は思う。救えた命もあれば、救えなかった命もあった。お砂のことを考えれば痛みが走る。だがお葉は、お砂もどこかで、この踊りを一緒に観てくれているような気がしていた。

お葉はそっと胸に手を置く。お砂からもらった言葉が、心の奥に刻まれていた。

――お砂さん、私こそありがとうございました。まだ失敗してしまうこともありますが、挫《くじ》けずに、道庵先生のお手伝いができますよう、これからも励んでいきますね。

お砂をはじめ出会った人々に深く感謝しつつ、お葉は思いを新たにするのだった。

広間に飾った梅の切り枝が、優しく香る中で。

本書は書き下ろしです。

お葉《よう》の医心帖《いしんちよう》

わかれの冬牡丹《ふゆぼたん》

有馬美季子《ありまみきこ》

令和6年 11月25日 初版発行

発行者●山下直久

発行●株式会社KADOKAWA
〒102-8177 東京都千代田区富士見2-13-3
電話 0570-002-301(ナビダイヤル)

角川文庫 24420

印刷所●株式会社暁印刷
製本所●本間製本株式会社

表紙画●和田三造

ISBN 978-4-04-115609-4 C0193

◇◇◇

角川文庫発刊に際して

角川源義

第二次世界大戦の敗北は、軍事力の敗北であった以上に、私たちの若い文化力の敗退であった。私たちの文化が戦争に対して如何に無力であり、単なるあだ花に過ぎなかったかを、私たちは身を以て体験し痛感した。西洋近代文化の摂取にとって、明治以後八十年の歳月は決して短かすぎたとは言えない。にもかかわらず、近代文化の伝統を確立し、自由な批判と柔軟な良識に富む文化層として自らを形成することに私たちは失敗して来た。そしてこれは、各層への文化の普及滲透を任務とする出版人の責任でもあった。

一九四五年以来、私たちは再び振出しに戻り、第一歩から踏み出すことを余儀なくされた。これは大きな不幸ではあるが、反面、これまでの混沌・未熟・歪曲の中にあった我が国の文化に秩序と確たる基礎を齎らすためには絶好の機会でもある。角川書店は、このような祖国の文化的危機にあたり、微力をも顧みず再建の礎石たるべき抱負と決意とをもって出発したが、ここに創立以来の念願を果すべく角川文庫を発刊する。これまで刊行されたあらゆる全集叢書文庫類の長所と短所とを検討し、古今東西の不朽の典籍を、良心的編集のもとに、廉価に、そして書架にふさわしい美本として、多くのひとびとに提供しようとする。しかし私たちは徒らに百科全書的な知識のジレッタントを作ることを目的とせず、あくまで祖国の文化に秩序と再建への道を示し、この文庫を角川書店の栄ある事業として、今後永久に継続発展せしめ、学芸と教養との殿堂として大成せんことを期したい。多くの読書子の愛情ある忠言と支持とによって、この希望と抱負とを完遂せしめられんことを願う。

一九四九年五月三日

角川文庫ベストセラー

ゆめつげ　畠中恵

小さな神社の神官兄弟、弓月と信行。しっかり者の弟に叱られてばかりの弓月には「夢告」の能力があった。ある日、迷子捜しの依頼を礼金ほしさについ引き受けてしまうのだが……。

つくもがみ貸します　畠中恵

お江戸の片隅、姉弟二人で切り盛りする損料屋「出雲屋」。その蔵に仕舞われっぱなしで退屈三昧、噂大好きのあやかしたちが貸し出された先で拾ってきた騒動とは!? ほろりと切なく温かい、これぞ畠中印!

つくもがみ、遊ぼうよ　畠中恵

深川の古道具屋「出雲屋」には、百年以上の時を経て妖となったつくもがみたちがたくさん！　清次とお紅の息子・十夜は、様々な怪事件に関わりつつ、幼なじみやつくもがみに囲まれて、健やかに成長していく。

まことの華姫　畠中恵

江戸両国の見世物小屋では、人形遣いの月草が操る姫様人形、お華が評判に。〝まことの華姫〟は真実を語るともっぱらの噂なのだ。快刀乱麻のたくみな謎解きで、江戸市井の悲喜こもごもを描き出す痛快時代小説。

つくもがみ笑います　畠中恵

お江戸をひっくり返せ——！　お八つにお喋りの平和な日々が一転、小刀の阿真刀、茶碗の文字茶、馬の置物の青馬ら、新たな仲間の出現で、つくもがみたちが世直し一揆!? お江戸妖ファンタジー第3弾！

角川文庫ベストセラー

あしたの華姫　畠中　恵

両国で評判の、姫様人形・お華と、その遣い手の月草。両国一帯を仕切る親分・山越の跡取り問題が持ち上がり、娘のお夏が騒動の中心に。仲良しのお夏を守るため、2人で1人、月草とお華の冒険劇が始まる！

商売繁盛
時代小説アンソロジー　朝井まかて・梶　よう子・西條奈加・畠中　恵・宮部みゆき
編／末國善己

宮部みゆき、朝井まかてほか、人気作家がそろい踏み！　古道具屋、料理屋、江戸の百円ショップ……活気溢れる江戸の町並みを描いた、賑やかで楽しい〝お店〟小説の数々。

髪結百花　泉　ゆたか

遊女に夫を寝取られ離縁した梅は、実家に戻り髪結いの母の手伝いを始める。吉原の女たちと距離を置いていたが、花魁の紀ノ川や禿のタネと出会い、生気を取り戻していく。そんな中、紀ノ川の妊娠が発覚し――。

おんな大工お峰
お江戸普請繁盛記　泉　ゆたか

江戸城小普請方に生まれたお峰は、長じて嫁にはいかず、おんな大工として生きていくことを決心する。江戸の住まいにあるさまざまな問題を普請で解決！　ほっこり心が温かくなる次世代の人情時代小説！

おしどり長屋
おんな大工お峰
お江戸普請繁盛記　泉　ゆたか

身重の女房が求める普請とは？　おんな大工として依頼主の問題に寄り添うお峰は、干鰯問屋の跡継ぎと江戸のお店探しに……注目の著者、人情時代シリーズ第2弾！

角川文庫ベストセラー

光秀の定理　垣根涼介

牢人中の明智光秀が出会った兵法者の新九郎と、路上で博打を開く破戒僧・愚息。奇妙な交流が歴史を激動に導く。光秀はなぜ瞬く間に出世し、滅びたのか……「定理」が乱世の本質を炙り出す、新時代の歴史小説！

信長の原理　(上)(下)　垣根涼介

信長は、幼少から満たされぬ怒りを抱え、世の通念に疑問を抱いていた。破竹の勢いで織田家の勢力を広げる信長はある日、どんなに兵団を鍛え上げても、能力を落とす者が必ず出るという〝原理〟に気づき――。

葵の月　梶よう子

徳川家治の嗣子である家基が、鷹狩りの途中、突如体調を崩して亡くなった。暗殺が囁かれるなか、側近の書院番士が失踪した。その許嫁、そして剣友だった男は、それぞれの思惑を秘め、書院番士を捜しはじめる――。

お茶壺道中　梶よう子

優れた味覚を持つ仁吉少年は、〈森山園〉で日本一の葉茶屋を目指して奉公に励んでいた。ある日、番頭の幸右衛門に命じられ上得意である阿部正外の屋敷を訪ねると、そこには思いがけない出会いが待っていた。

三年長屋　梶よう子

ゆえあって藩を致仕した左平次は、山伏町にある三年長屋の差配を勤めることに。河童を祀るこの長屋には3年暮らせば願いが叶うという噂があった。おせっかいの左平次は今日も住人トラブルに巻き込まれ……。

角川文庫ベストセラー

隠居すごろく
西條奈加

巣鴨で六代続く糸問屋の主人を務めた徳兵衛。還暦を機に引退し、悠々自適な隠居生活を楽しもうとしていたが、孫の千代太が訪れたことで人生第二のすごろくが動き始めた……心温まる人情時代小説！

龍華記
澤田瞳子

高貴な出自ながら、悪僧（僧兵）として南都興福寺に身を置く範長は、都からやってくるという国検非違使別当らに危惧をいだいていた。検非違使を阻止せんと、範長は般若坂に向かうが――。著者渾身の歴史長篇。

稚児桜
能楽ものがたり

澤田瞳子

清水寺の稚児としてたくましく生きる花月。ある日、自分を売り飛ばした父親が突然迎えに現れて……（表題作「稚児桜」より）。能の名曲から生まれた珠玉の8作を収録。直木賞作家が贈る切なく美しい物語。

夫婦商売
時代小説アンソロジー

青山文平、宇江佐真理、澤田瞳子、諸田玲子、山本一力、山本兼一
編／末國善己

山本一力、諸田玲子ほか、豪華作家が勢揃い！　履物屋、旅籠、道具屋……楽しいことも辛いことも分け合ってきた、色々な夫婦のカタチを人情味たっぷりに描く味わい豊かな小説の数々。

君を恋ふらん
源氏物語アンソロジー

澤田瞳子、瀬戸内寂聴、田辺聖子、永井紗耶子、永井路子、森谷明子
編／末國善己

権力者たちの陰謀と美しい男女の情愛が複雑に絡み合う平安時代。1000年の時を経て人々を魅了し続ける『源氏物語』の世界を、歴史小説の名手たちが巧みな筆で浮き彫りにした。澤田瞳子、永井紗耶子ほか。

角川文庫ベストセラー

化け者心中　蝉谷めぐ実

役者6人が新作台本の前読みに集まったところ、車座の真ん中に誰かの頭が転げ落ちてきた。鬼が誰かを喰い殺し、成り代わっている——。鳥屋の藤九郎は、元女形の魚之助とともに鬼探しに乗り出すことに。

はなの味ごよみ　高田在子

鎌倉で畑の手伝いをして暮らす「はな」。器量よしで働きものの彼女の元に、良太と名乗る男が転がり込んできた。なんでも旅で追い剝ぎにあったらしい。だが良太はある日、忽然と姿を消してしまう——。

はなの味ごよみ　願かけ鍋　高田在子

鎌倉から失踪した夫を捜して江戸へやってきたはなは、一膳飯屋の「喜楽屋」で働くことになった。ある日、乾物屋の卯太郎が、店先に幽霊が出るという噂で困っているという相談を持ちかけてきたが——。

はなの味ごよみ　にぎり雛　高田在子

桃の節句の前日、はなの働く一膳飯屋「喜楽屋」に、降りしきる雨のなかやってきた左吉とおゆう。何か思い詰めたような2人は、「卵ふわふわ」を涙ながらに食べた後、礼を言いながら帰ったはずだったが……。

はなの味ごよみ　夢見酒　高田在子

一膳飯屋「喜楽屋」で働くはなのところに、力士の雷衛門が飛び込んできた。相撲部屋で飼っていた猫の「もも」がいなくなったという。「もも」は皆に愛されており、なんとかしてほしいというのだが……。

角川文庫ベストセラー

はなの味ごよみ
七夕そうめん
高田在子

はなの働く一膳飯屋「喜楽屋」に女将・おせいの恩人である根岸のご隠居が訪ねてきた。ご隠居は、友人の隠居宅を改築してくれた大工衆の丸仙を招待し、喜楽屋で労いたいというのだが……感動を呼ぶ時代小説。

はなの味ごよみ
心ちぎり
高田在子

はなの働く神田の一膳飯屋「喜楽屋」に、人形師の達平たちがやってきた。出羽からきたという達平は仲間たちと仕事のやり方で揉めているようだった。じっと堪える達平は、故郷の料理を食べたいというが……。

はなの味ごよみ
勇気ひとつ
高田在子

神田の一膳飯屋「喜楽屋」で働くはなの許に、ひとりの男が怒鳴り込んできた。男は、鎌倉の「縁切り寺」に逃げようとする女房を追ってきたという。弥一郎の機転で難を逃れたが、次々と厄介事が舞い込む。

はなの味ごよみ
涙の雪見汁
高田在子

はなを結城家の嫁として迎え入れるため、良太は駒場御薬園の採薬師に、はなを養女にしてもらえるよう働きかけていた。だが良太の父・弾正が、まとまりかけていたその話を断ってしまうのだった――。

はなの味ごよみ
蛍の約束
高田在子

神田の一膳飯屋「喜楽屋」で働くはなは、いよいよ武家の結城良太の家に嫁ぐため、花嫁修業に出向くことになった。駒場の伊澤家に良太とともに向かうはなだったが、心中は不安と期待に揺れていた――。

角川文庫ベストセラー

はなの味ごよみ
花笑み結び
高田在子

神田の一膳飯屋「喜楽屋」で働いていたはなは、武家の結城良太の家に嫁ぐため、伊澤家に養子入りを請い、修養することになった。だが、はなにはやはり捨てられないものがあった――。涙の完結巻。

味ごよみ、花だより
高田在子

小石川御薬園同心の岡田弥一郎は、ある日道端で苦しむ老爺と若い娘を助けた。名乗らず去ったものの、数日後、偶然小料理屋で、その時の娘・時枝と再会することに……この出会いは果たして運命なのか。

お江戸やすらぎ飯
鷹井伶

幼き頃に江戸の大火で両親とはぐれ、吉原で育てられた佐保には特殊な力があった。体の不調を当て、症状に効く食材を見出すのだ。やがて佐保は病人を救う料理人を目指す。美味しくて体にいいグルメ時代小説！

お江戸やすらぎ飯
芍薬役者
鷹井伶

人に足りない栄養を見抜く才能を生かし、料理人を目指して勉学を続ける佐保。芍薬の花のような美貌の人気役者・夢之丞を、佐保は料理で救えるか――？美味しくて体にいいグルメ時代小説、第2弾！

お江戸やすらぎ飯
初恋
鷹井伶

人に足りない栄養を見抜く才能を活かし料理人を目指す佐保は、医学館で勉学に料理に奮闘する。美味しくて体にいいグルメ時代小説、第3弾！